AF272553

Eva Lucia Bolsani

Parker

Just a very good friend

Smalltown Gay Romance

Covergestaltung: Eva Lucia Bolsani, Bildrechte Umschlagillustration vermittelt durch Shutterstock LLC www.shutterstock.com; iStock www.istockphoto.com
Kapitelzierden: Eva Lucia Bolsani unter Verwendung von Motiven von www.canva.com
Korrektorat: Dominique Daniel www.korrektorat-rechtschreibretter.de

Bibliografische Information der Deutschen Nationalbibliothek:
Die Deutsche Nationalbibliothek verzeichnet diese Publikation in der Deutschen Nationalbibliografie; detaillierte bibliografische Daten sind im Internet über http://dnb.dnb.de abrufbar.

Verlag: BoD · Books on Demand GmbH, In de Tarpen 42, 22848 Norderstedt, bod@bod.de

Druck: Libri Plureos GmbH, Friedensallee 273, 22763 Hamburg

ISBN: 978-3-7597-7856-7

Prolog

San Francisco, Duboce Triangle

»Das war oberaffengeil!«

Oberaffengeil? Beinahe hätte sich Parker an seinem Mineralwasser verschluckt. Hastig stellte er die Flasche ab und schnappte nach Luft. Zum Glück, denn Kieran setzte gleich noch einen drauf: »Du bist echt der Megahammer!«

Ja, sie hatten ziemlich guten Sex gehabt. Die Kommunikation hatten sie dabei auf lustvolles Stöhnen und ein gelegentliches »Fühlt sich das gut an?« beschränkt – eine kluge Entscheidung. Kieran schien ganz in Ordnung zu sein, außerdem war er ein Bär von einem Mann und somit genau Parkers Typ.

7

Aber Parker konnte sich nicht vorstellen, sich jemals an seinen krampfhaft jugendlichen und in Wahrheit längst veralteten Jargon gewöhnen zu können.

Zum Glück hatten sie sich bereits im Vorfeld darauf geeinigt, dass es eine einmalige Sache war. Also sagte Parker nichts und gab Kieran einen kurzen Kuss. Eigentlich sollte das die Einleitung zu der Frage werden, ob Kieran noch duschen wollte, bevor er wieder ging. Aber der hatte offenbar andere Pläne, erwiderte den Kuss begeistert, ließ sich dann selig lächelnd zurück in die Kissen fallen, schloss die Augen und – zack! – schlief er einfach ein!

Mit einer Mischung aus Verärgerung und Amüsement betrachtete Parker den Mann, der da wie selbstverständlich in seinem Bett lag und friedlich schlummerte. Nun gut, er würde jetzt kein Arschloch sein und den Kerl hinauswerfen. Wenn Kieran anfing zu schnarchen, konnte er immer noch ins Gäste-zimmer umziehen.

Obwohl sich Kierans Schlaf als nahezu lautlos her-ausstellte, fand Parker keine Ruhe. Er stand auf, schlüpfte in seinen Morgenmantel und schenkte sich im Wohnzimmer einen Whiskey ein. Das Glas in der Hand starrte Parker aus dem Fenster auf das funkelnde Lichtermeer von San Francisco.

Bevor er am Abend in einer Bar über Kieran ge-stolpert war, hatte sich Parker mit seinem Chef Alexander und dessen Ehemann Vince zum Dinner im Bistro L'Ardoise getroffen. Es hatte wahrlich einen guten Grund zum Feiern gegeben! Vince hatte an diesem Tag einen Termin beim Onkologen gehabt und erfahren, dass die Therapie, die ihm seit Monaten zusetzte, erfolgreich verlaufen war. Keine neuen Krebszellen waren gefunden worden.

Parker hatte sich selten so gefreut. Er arbeitete seit 20 Jahren für Eden Retreats, und längst war Alexander mehr als nur sein Boss. Er war Parkers Mentor, sein Freund … und vor langer Zeit war Parker auch mal ziemlich verknallt in Alexander gewesen.

Was Alexander elegant ignoriert hatte, und heute war Parker froh darüber. Vor drei Jahren hatte Alexander dann den Maler Vince getroffen und war sesshaft geworden. Sesshaft und glücklich, und Parker war unendlich erleichtert, weil dieses Glück nicht länger in Gefahr war.

Schaute er deshalb mitten in der Nacht auf die beleuchteten Straßen, die sich wie glitzernde Adern durch die Stadt zogen, den rauchigen Geschmack des Whiskeys auf der Zunge, und grübelte? Wollte er ebenfalls erleben, was Alexander und Vince hatten? Parker stand kurz vor seinem 40. Geburtstag, vielleicht war das so eine Art Midlife-Crisis?

Eigentlich unvorstellbar. Sein Leben war perfekt, so wie es war. Parkers Priorität war sein Job als Vice President of Project Development, aber er hatte durchaus Beziehungen, die länger dauerten als eine Nacht. Jene Art von Beziehungen, bei denen man seine Gewohnheiten, seine Arbeit und erst recht seine

Wohnung nicht aufgeben musste. In San Francisco gab es mehr als genug Männer, denen es ähnlich ging. Die ihre Freizeit aber ebenfalls ungern allein verbrachten und die auch nicht jedes Mal durch die Clubs ziehen wollten, wenn sie Lust auf Sex hatten.

Nein, es war wirklich alles gut.

Parkers Gedanken wanderten zurück an seinen Arbeitsplatz. Alexander plante ein neues Luxusresort in Colorado, und Parker hatte seine Mitarbeiterin Lissy angewiesen, sich nach möglichen Standorten dafür umzusehen. Heute hatte sie ihm einige Orte präsentiert, die infrage kommen würden.

Lissy hatte gute Arbeit geleistet, das war also nicht der Grund, weshalb Parker das Gespräch immer noch beschäftigte. Es lag an einem der Orte, den sie ihm vorgestellt hatte.

Maple Meadows.

Bei dem Namen hatte gleich etwas bei ihm geklingelt, und er glaubte, ein hübsches junges Gesicht, umrahmt von kastanienbraunen Locken, vor sich zu sehen.

Hope. Hope Barnes.

Die einzige Frau, mit der er jemals intim geworden war. Wie lange hatte er nicht mehr an Hope gedacht? Er sollte sich schämen!

Seine Begegnung mit Hope war allerdings ewig her. Der Junge, der Parker damals gewesen war, war ihm fremd geworden. In einer Nacht-und-Nebel-Aktion hatte er direkt nach der Highschool sein Elternhaus in

Tombstone nach einem scheußlichen Streit verlassen. Ebenso wütend wie verwirrt trampte er damals ein wenig planlos durch die USA.

In Colorado stieg er schließlich zu Hope ins Auto. Sie hatten sofort einen Draht zueinander, lachten viel miteinander, und Hope erzählte ihm von ihren Plänen. Davon, wie unschlüssig sie war, ob sie einen Buchladen in Maple Meadows übernehmen oder als Wanderführerin um die Welt reisen sollte. Vielleicht mochten sie sich deshalb so sehr, beide waren sie noch auf der Suche nach dem Sinn ihres Lebens.

Nachdem sie den Nachmittag an einem Fluss namens Cedar Creek verbracht hatten, war Parker weitergezogen. Wahrscheinlich hatte Hope ihn schnell vergessen.

Ihn hatte seine Reise damals an den Lake Tahoe geführt, wo er einen Job an der Rezeption des Eden Retreats Tahoe Vista ergatterte. Des Umherziehens langsam überdrüssig, rief Parker Hope an, um ihr zu sagen, dass er zum ersten Mal seit Monaten eine feste Adresse hatte. Insgeheim hegte er die Hoffnung, sie könnten Freunde sein, selbst über die Entfernung hinweg. Doch das Telefongespräch verlief anders, als Parker es sich vorstellte. Hope war schroff und abweisend, sagte nur, sie sei auf dem Sprung ... wohin, verriet sie nicht. Wahrscheinlich hatte sie gerade die Entscheidung gegen den Buchladen und für die Arbeit als Wanderführerin gefällt, auch wenn er nicht verstand, wieso sie das nicht einfach sagte. Parker war ein wenig enttäuscht gewesen, hatte die Idee, in Kontakt zu bleiben, dann aber einfach abgehakt.

Dennoch hatte er sie nie ganz vergessen, und Lissys Präsentation an diesem Nachmittag hatte in ihm den Wunsch geweckt, sie wiederzusehen. Egal, ob ein neues Resort von Eden Retreats in Maple Meadows entstehen würde oder nicht, Alexander war fest entschlossen, ein Luxusresort in Colorado zu eröffnen. Was auch bedeutete, dass Parker in ein paar Monaten in diesem Bundesstaat unterwegs sein würde, vielleicht sogar in Hopes Heimat Maple Meadows. Was sprach dagegen, dies zum Anlass zu nehmen, einen Freundschaftsbesuch zu machen?

Wie Hope jetzt wohl aussah? Er selbst hatte vor Kurzem ein paar silberne Strähnen in seinem dunklen Haar entdeckt, ob es ihr ähnlich ging? War sie überhaupt nach Maple Meadows zurückgekehrt oder reiste sie bis heute um die Welt? Würde sie sich an ihn erinnern? Würde sie sich freuen oder käme ein Besuch ungelegen?

Kurz entschlossen holte Parker seinen Laptop und setzte sich damit auf sein weißes Ledersofa. Seine Patentochter lachte ihn regelmäßig aus, weil er immer noch einen Account bei Facebook hatte. »Das ist nur was für Oldies!«, behauptete sie. Na ja, er war ja auch ein Oldie, und Hope war zudem ein paar Jahre älter als er. Gut möglich, dass sie also ebenfalls angemeldet war.

Leider ergab seine Suche nichts. Mehrere Bewohner der Kleinstadt Maple Meadows wurden ihm stattdessen vorgeschlagen, doch die kannte Parker natürlich nicht.

Moment ... da war etwas. River Barnes. Vielleicht war das ihr Mann? Neugierig klickte Parker das Profil an.

Hopes Ehemann war das eher nicht. Das Profilbild zeigte einen sehr jungen Kerl, dessen Gesicht halb von einer Regenbogenflagge verdeckt wurde.

Hm. War das vielleicht ihr Sohn? Oder ein Neffe?

Parker scrollte nach unten.

Zwischenprüfung am Community College bestanden!, lautete eine Bildunterschrift unter einem Foto.

Der Text interessierte Parker allerdings nicht besonders, ebenso wenig der ältere Mann, der seinen Arm um den Studenten gelegt hatte und mit diesem um die Wette grinste. Parker starrte River an. Lange.

Schließlich erhob er sich, ging wie ferngesteuert in sein Büro und nahm ein Bild vom Regal. Es zeigte Parker an einem Tag vor vielen Jahren, als er sein berufsbegleitendes Studium erfolgreich beendet hatte. Alexander stand neben ihm und sein Gesichtsausdruck sagte deutlich: Habe ich es doch gewusst, der Junge hat es drauf.

Wie in Trance ging Parker zurück ins Wohnzimmer, setzte sich wieder. Seine Hand zitterte, während er das alte Foto vor den Bildschirm legte, auf dem immer noch das Bild von River Barnes zu sehen war.

Sie könnten Zwillinge sein.

Es gab bestimmt tausend gute Erklärungen dafür, wieso es da in Colorado einen Mann gab, der aussah wie Parker vor 20 Jahren. Der lachte wie Parker. Der sein Zeugnis mit der gleichen Geste in die Kamera hielt.

Tausend gute Erklärungen ... aber nur eine ergab Sinn.

Parker scrollte nach unten. River Barnes machte kein Geheimnis aus seinem Geburtsdatum.

Und Parker war gut im Kopfrechnen.

Einen Tag nach dem Highschoolabschluss hatte er herausgefunden, dass sein eigener Vater ihn bestohlen hatte. Hals über Kopf verschwand er noch in derselben Nacht aus seiner Heimatstadt Tombstone. Zwei Tage später führte Parkers Reise ihn nach Colorado. Wo er an einer Tankstelle in Hopes hellblaue Rostlaube einstieg.

Auf den Tag genau neun Monate danach wurde im Memorial Hospital in Oakeridge ein Junge namens River Barnes geboren.

Parker hatte einen Sohn. Und er hatte es auf die beschissenste Weise herausgefunden, die er sich nur vorstellen konnte.

Kapitel 1

Maple Meadows, sechs Wochen später

Leon rannte.

Äste schlugen ihm ins Gesicht und ein Busch mit fiesen Dornen zerkratzte ihm die Arme. Egal. Immer noch besser, als sich auf den breiten Wegen des Stadtparks durch die lachenden und schwatzenden Besucher des Eichhörnchenfestes zu drängen. Leon keuchte, stürmte jedoch unverdrossen weiter, verfolgt von Elvis Presleys säuselndem: »Aber ich kann nicht anders, als mich in dich zu verlieben.«

Es war natürlich nicht der King höchstpersönlich, der da reichlich viele falsche Töne ins Mikrofon schluchzte, sondern Rick. Rick, der normalerweise an

15

der Kasse des kleinen Supermarktes von Maple Meadows saß. Der sich extra für das Eichhörnchenfest eine Elvistolle hinfrisiert und seinen Wanst in einen weißen, glänzenden Anzug mit aufgeklebten Pailletten gequetscht hatte.

Somit sah Rick zumindest aus wie Elvis, wie ein Elvis in seinen letzten Jahren, dachte Leon böse. Am liebsten wäre er umgedreht, um Rick das zu sagen. Dabei war Rick eigentlich ganz okay. Aber alle waren so scheißglücklich heute, alle außer Leon, und vielleicht würde er sich ein wenig besser fühlen, wenn er versuchte, irgendjemand das alberne Grinsen aus dem Gesicht zu wischen.

War es wirklich erst zwei Wochen her, als er voller Vorfreude auf Tristans Ankunft gewartet hatte? Leon hatte laut gejubelt, nachdem er die Nachricht gelesen hatte, dass sein bester Freund ganze vier Wochen in Maple Meadows bleiben wollte. Sein *ehemals* bester Freund musste es jetzt wohl heißen. Das hatte Leon damals allerdings nicht geahnt. Er hatte gehofft, die Kluft zwischen Tristan und ihm, die nach der Highschool entstanden war, wäre nur Einbildung, und alles würde wieder wie früher, wenn sein Freund erst hier wäre.

Leon verlangsamte sein Tempo. Armselig wie er war, hatte er sofort eifrig Pläne geschmiedet. Den neuen Club in Oakeridge wollte er Tristan zeigen, wollte zum hundertsten Mal versuchen, ihn beim Billard zu schlagen und stundenlang Street Fighter mit ihm zocken. Am Wochenende hätten sie zum Cedar Creek zum Schwimmen rausfahren oder das Spiel der Highschool-Footballmannschaft anschauen und in alten Zeiten schwelgen können. Alles Dinge, von denen Leon gehofft hatte, sie würden Tristan Spaß machen. Denn Spaß schien sein bester Freund – sein ehemals bester Freund – in Denver, wo er studierte, recht wenig zu haben.

Wie ein kleines Kind auf Weihnachten hatte sich Leon darauf gefreut. Hatte die Stunden gezählt, bis Tristan ankommen würde. Endlich würden sie mal wieder richtig viel Zeit zum Quatschen haben. Tristan wusste bislang nicht mal, dass Leon vom College geflogen war.

Noch so eine Scheiße. Kam es ihm nur so vor, oder klebte das Pech derzeit an ihm wie Kaugummi unter einem Schuh? Leon beschleunigte seine Schritte. Denn eigentlich wollte er an diesen verflixten Vorfall am College gar nicht mehr denken. Und an Tristan auch nicht.

Aber so richtig funktionierte das nicht.

Als Tristan endlich hier gewesen war, hatte Leon ihn natürlich sofort besucht. So wie früher. Doch Tristan war schrecklich blass gewesen, hatte gesagt, er sei furchtbar müde und zu allem Überfluss habe ihn sein Vater zu einer Wanderung verdonnert, zur Erholung.

Leon hatte seine Enttäuschung runtergeschluckt und einmal mehr darauf verzichtet, Tristan damit zu behelligen, was am College passiert war, und wieso er jetzt in der Werkstatt seines Großonkels Will arbeitete, anstatt zu studieren. »Kein Ding, wir machen was zusammen, wenn du wieder da bist«, hatte er behauptet und sich bald verabschiedet.

Als Tristan von der Wanderung zurückgekommen war, hatte er zwar besser ausgesehen, aber für Leon hatte er erneut keine Zeit gehabt, hatte nur an sich und seine Probleme gedacht.

Leon ballte die Hände zu Fäusten. Er hatte *alles* versucht, um seinen besten Freund zurückzubekommen. Vergeblich. Tristan hatte sich für River entschieden.

Es war wie ein Schlag ins Gesicht gewesen, als Tristan River vorhin vor aller Augen zum Tanz aufgefordert hatte. So etwas war ja noch nie dagewesen! Zwei Männer, die zusammen auf dem Eichhörnchenfest tanzten.

Aber das war längst nicht alles. Das war auch der Augenblick gewesen, an dem Leon klar wurde, dass er Tristan endgültig verloren hatte. Wieder einmal stand er allein da. Im Abseits.

Leon schluckte mühsam und blinzelte heftig.

Moment mal, was passierte hier? Er fing doch nicht etwa an, zu flennen? Ging ja gar nicht! *Richtige Männer heulen nicht!,* erinnerte er sich selbst und zwickte sich schmerzhaft in den Arm, um es bestimmt nicht gleich wieder zu vergessen.

Überhaupt, die ganze Sache war es doch nicht wert, so viele Gedanken daran zu verschwenden. Sollte

Tristan doch tun und lassen, was er wollte, ging ihn doch nichts mehr an! Hatte sich Tristan in den vergangenen Monaten vielleicht ein einziges Mal danach erkundigt, wie es Leon ging? Nein! Immer war es Leon gewesen, der ihn angerufen hatte, und immer Tristan, der das Gespräch schnell beenden wollte. Diese sogenannte Freundschaft war ein Witz, und zwar ein verdammt schlechter. Ab sofort war Tristan für ihn gestorben, aber nicht so wie seine Mom, sondern wie ausgelöscht. Genau!

Leon straffte die Schultern und lief weiter. Vor lauter Grübeln hatte er gar nicht auf den Weg geachtet, wollte nur so viel Abstand wie möglich zwischen sich und das Eichhörnchenfest bringen. Jetzt merkte er, dass er schon fast an der Autowerkstatt seines Großonkels angekommen war. Auch recht. Will hatte sicher ein paar Bierchen im Kühlschrank. Solange das Stadtfest noch in vollem Gange war, würde Will die kaum vermissen. Bis Montag konnte er den Vorrat ja wieder auffüllen. Er könnte es sich mit einem Sixpack auf der Bank hinter der Werkstatt gemütlich machen. Das war doch endlich mal ein guter Plan.

Leon schloss die Werkstatt auf, durchquerte die Arbeitshalle und betrat das kleine, staubige Büro. Auf dem Weg zu der windschiefen Küchenzeile in der hinteren Ecke kam er aber nicht umhin, einen Blick in den fleckigen Spiegel über dem Waschbecken zu werfen. Ein rothaariger Kerl mit Sommersprossen starrte ihn an, der Mund ein schmaler Strich, die Augen ein wenig gerötet.

»Versager«, sagte Leon verächtlich und wandte sich ab.

San Francisco, Monterey Heights

»Willst du an der Terrassentür Wurzeln schlagen, oder setzt du dich zu mir?«

Parker seufzte. Natürlich hatte Alexander seine Anwesenheit längst bemerkt, auch wenn sein Chef scheinbar gedankenverloren auf den Lake Merced schaute, während er einen karamellfarbenen Cognac in einem Schwenker kreisen ließ.

»Du hast meinen Reisekostenantrag bewilligt«, sagte Parker anstelle einer Begrüßung und trat hinaus.

»Weil ich davon ausgegangen bin, dass du ihn deshalb gestellt hast.« Alexander hob den Kopf. »Sollte ich in dein Büro stürmen und dich erbost fragen, warum mein Vice President of Project Development plötzlich selbst Standortbesichtigungen durchführt? Dann hättest du das dazuschreiben sollen.«

Parker seufzte erneut. Das hatte er tatsächlich angenommen. Aber Alexander ließ sich natürlich nicht manipulieren, auch von ihm nicht.

»Jetzt steh da nicht herum wie ein Schuljunge, der die Hausaufgaben nicht gemacht hat. Setz dich«, grummelte Alexander.

Parker gehorchte. »Ich habe einen Sohn«, sagte er. Hatte ja keinen Sinn, um den heißen Brei herumzureden, schließlich war er extra nach Monterey Heights rausgefahren, um seinem Freund davon zu erzählen.

Schon öfter hatte sich Parker gefragt, ob es auf dieser Welt wohl etwas gab, was Alexander überraschen konnte. Offenbar hatte er es soeben herausgefunden.

»Wie bitte?!«

»Ich bin mir ziemlich sicher«, schwächte Parker die Aussage ein wenig ab, schließlich wusste er immer noch nicht mehr über den Jungen, als das, was dieser auf seinem Facebook-Account geteilt hatte.

Leise trat Vince zu ihnen und stellte Parker einen Cognac hin. »Soll ich dir nachschenken, Liebling?«, fragte er Alexander. »Du siehst aus, als hättest du einen Geist gesehen.«

»Nein danke, Vince. Ich glaube, für dieses Gespräch sollte ich so nüchtern sein wie möglich.«

Vince nickte leicht und wandte sich ab.

»Bitte, bleib«, hielt Parker ihn zurück. »Ich habe keine Geheimnisse vor dir.«

Alexander bedachte ihn mit einem sichtlich erfreuten Lächeln. Insgeheim beglückwünschte sich Parker, weil er Vince einbezog und nicht etwa auf einem Gespräch unter vier Augen bestand. Alexander würde seinem Partner sowieso alles erzählen.

»Er hat einen Sohn«, erklärte Alexander seinem Mann auch gleich.

»Vielleicht«, murmelte Parker. »Er lebt in Maple Meadows.«

»Du schuldest mir 100 Dollar, Alex«, stellte Vince fest.

»Falsch«, korrigierte der, »du hast gesagt, es steckt bestimmt ein *Verflossener* dahinter. Ganz offenbar ist es aber eine *Verflossene*. Ich schulde dir also gar nichts.«

»Ihr habt darum gewettet, weshalb ich nach Maple Meadows fahren will?«, warf Parker fassungslos ein.

»Sehe ich aus, als ließe ich mich zu solchen Albernheiten hinreißen?«, fragte Alexander. »Das überlasse ich schön Vince. Ich brauchte nicht zu wetten. Ich war mir sicher, du kommst her und sagst mir, was dahintersteckt, bevor du dich auf den Weg machst.«

Parker schluckte. »Tut mir leid …«

Alexander unterbrach ihn mit einer unwirschen Handbewegung. »Manche Dinge muss man erst mal mit sich selbst klären. Erzähl lieber.«

Also erzählte Parker. Alexander wusste natürlich, weshalb er damals von zu Hause abgehauen war, mit nicht mehr als 200 Dollar in der Tasche. Aber nicht alles, was er erlebt hatte, bevor er seinen ersten Job im Eden Retreats Tahoe Vista bekommen hatte, hatte Parker ihm anvertraut. Auch über den Nachmittag mit Hope am Cedar Creek hatte er noch nie gesprochen.

»Ich habe sie angerufen«, verteidigte sich Parker, obwohl ihm gar niemand vorgeworfen hatte, er habe ungeschützten Sex mit einer Frau gehabt und sei dann auf Nimmerwiedersehen verschwunden. »Aber sie wollte offenbar nichts mehr mit mir zu tun haben. Ich habe ihr erzählt, wo ich arbeite, wenn sie also gewollt hätte, sie hätte mich jederzeit gefunden.« Parker fuhr sich mit den Händen durch das Haar. »Verdammt, ich verdiene gut. Ich hätte doch … Keine Ahnung, was so ein Junge alles braucht, aber ich hätte ihr wenigstens finanziell unter die Arme greifen können. Ich verstehe nicht, wieso sie das nie gefordert hat.«

Alexander wiegte nachdenklich den Kopf. »Dann hättest du im Gegenzug ebenfalls Forderung stellen können. Zum Beispiel, dass du am Leben des Jungen teilhaben willst. Möglicherweise wollte sie das nicht.«

»Vielleicht bist du auch gar nicht der Vater«, wandte Vince vorsichtig ein.

Parker holte sein Handy heraus. Bereits vor sechs Wochen hatte er das Bild heruntergeladen, das River auf Facebook geteilt hatte. Hundertmal musste er es seitdem aufgerufen haben.

»Oh«, sagte Vince.

»Bisschen viele Zufälle, oder?«, meinte Parker.

Vince räusperte sich. »Vielleicht gibt es auch einen Mann im Leben der Mutter, der sich für den Vater hält? Mit dem sie zusammen ist, und dem sie nicht gestehen wollte, dass sie mit einem anderen ge-schlafen hat?«

»Ziemlich viele Vielleichts«, stellte Alexander nüchtern fest. »Ich nehme an, deswegen wolltest du hinfahren und dir den Jungen und seine Familien-verhältnisse mal anschauen?«

Parker nickte. Bis vor einer Stunde hatte er es für einen tollen Plan gehalten, aber nun, Angesicht zu Angesicht mit seinem Chef, war er sich nicht mehr so sicher.

»Wir werden uns nicht auf Maple Meadows ein-schießen!«, sagte Alexander prompt, den Blick fest und unnachgiebig auf Parker gerichtet. »Lissy wird den Job erledigen, für den sie bezahlt wird, und sich sowohl Crystal Lake Springs, Whispering Pines Creek und Maple Meadows ansehen.«

»Aber –«

Alexander unterbrach ihn sofort. »Natürlich lasse ich dich nach Colorado reisen, was denkst du denn? Und wenn du nicht einfach Urlaub nehmen, sondern Lissy Arbeit abnehmen und eine Ausrede haben willst, warum du dich da aufhältst und herum-schnüffelst, von mir aus. Aber wir werden da kein ganzes Resort hinstellen, wenn es woanders besser aufgehoben wäre, nur damit du deine neu entdeckten väterlichen Gefühle ausleben kannst.« Er hielt kurz inne. »Sag mal, dieser junge Mann … River … der ist nicht zufällig arbeitslos?«

»Er studiert Tourismus- und Eventmanagement am Community College in Oakeridge«, gab Parker ein wenig kleinlaut zu. Sein Freund runzelte die Stirn, und Parker warf die Arme hoch. »Himmel, Alexander, ich würde doch niemals darauf drängen, jemand einzustellen, der nicht für den Job geeignet ist!«, erklärte er. »Aber ich dachte … wenn ich sonst schon zu nicht viel nütze war … Aber vielleicht braucht der Junge einfach eine Chance. So wie du damals einem jungen Kerl mit nicht viel mehr als einem Highschoolabschluss eine Chance gegeben hast.« Er sah Alexander flehend an.

Dessen Miene wurde sofort weicher. »Ach Parker. Du schuldest mir gar nichts, ich dachte, das wüsstest du. Ist das der Grund, weswegen du nicht zu mir kommst, wenn dich etwas bedrückt?«

Das wäre Parker in der Tat niemals in den Sinn gekommen.

»Für jemand, der so viele Talente hat, kannst du manchmal ein ziemlicher Holzkopf sein«, sagte Alexander kopfschüttelnd. »Fahr nach Colorado. Bleib, so lange du magst. Und ruf mich um Gottes willen an, wenn dir irgendwas Sorgen macht.«

Vince drückte Parkers Arm und nickte.

Alexander hatte recht, er war ein Holzkopf. Was auch immer die Reise bringen würde, er war nicht allein damit. Weil er Freunde hatte.

Parker würde es nicht noch einmal vergessen.

Leon plumpste auf die altersschwache Bank hinter der Werkstatt und öffnete das zweite Bier. Das erste hatte seine Laune leider nicht heben können. Er versuchte, nicht an Tristan und River zu denken. Sein Blick wanderte über die Autos auf Wills Hof, doch die munterten ihn ebenfalls nicht auf. Seine Zukunft bestand aus einer endlosen Reihe langweiliger Familienkutschen, die möglichst kostengünstig repariert werden mussten.

Aber was sollte er sonst tun? Dad hatte ihm keine Vorwürfe wegen der Sache am College gemacht und auch das Geld für Leons Ausbildung nicht erwähnt. Doch er hatte ebenfalls keinen Zweifel daran gelassen, dass er nicht akzeptieren würde, wenn Leon nur auf der faulen Haut läge, und bot ihm direkt zwei Optionen an: in den Holzhandel ihrer Familie einzusteigen, wie schon seine beiden großen Brüder, oder bei Will in der Werkstatt anzufangen.

Leon hatte nicht lange überlegen müssen, obwohl er eigentlich davon träumte, in einem modernen Büro zu sitzen, zusammen mit anderen Ingenieuren, und an neuen Antriebstechnologien oder innovativen Designs zu arbeiten. Er starrte auf seine Hände. Er hatte sie vor dem Fest ewig geschrubbt, doch er konnte weiterhin den Schmutz und das Öl aus der Werkstatt daran erkennen. Leon hasste es! Alles nur wegen dieser dummen Schlägerei, die eigentlich gar nicht seine Schuld gewesen war. Der andere hatte angefangen!

Das Quietschen von rostigen Scharnieren, die dringend geölt werden sollten, riss Leon aus seinen Gedanken. Onkel Wills Nachbar kam aus seinem Haus und stapfte mit grimmigem Gesicht zur Garage. Offenbar war Leon nicht der Einzige, der keine Lust auf das Eichhörnchenfest hatte. Der alte Schäferhund, den Leon schon ein paarmal gesehen hatte, kam aus seiner Hütte und rannte schwanzwedelnd zu seinem Herrchen.

»Verschwinde!«, knurrte der Nachbar, trat sogar nach dem alten Hund. Was diesen nicht im Geringsten zu irritieren schien, erschreckend eifrig lief er neben seinem Herrn her, stupste ihn mit der Schnauze an. »Hau ab!«, kam es bloß zurück, dann knallte der Mann dem Hund die Eingangstür zur Garage vor der Nase zu. Eine halbe Minute später öffnete sich das Tor, ein Ford kam heraus und tuckerte davon.

Der Hund stand immer noch vor der Garagentür, erst senkte sich die Rute langsam, dann ließ er die Ohren hängen.

Leon hatte plötzlich einen dicken Kloß im Hals. Dem Hund ging es wie ihm! War er nicht auch wie ein dummer Welpe hinter dem strahlenden Tristan hergerannt? Tristan, der überall beliebt war. Jeder wollte mit Tristan befreundet sein, aber es war der Rotschopf Leon gewesen, mit dem er am liebsten abhing.

Leon wusste, dass er nicht so charmant und sympathisch rüberkam wie Tristan, egal, wie sehr er es versuchte. Doch seit er Tristans bester Freund geworden war, hatte das keine Rolle mehr gespielt. Denn ein wenig von Tristans Glanz hatte auf Leon abgefärbt. Dafür hatte Leon aber auch in jeder Situation zu seinem Freund gehalten, ihn gedeckt, wenn sie bei einem Streich erwischt wurden, hatte ganz selbstverständlich seine Mathehausaufgaben für ihn miterledigt … Aber nun brauchte Tristan Leon nicht mehr. Weil er jetzt River hatte. Leons Augen brannten erneut. Er griff nach der Bierflasche, um den verdammten Kloß im Hals hinunterzuspülen, verschluckte sich aber prompt.

Hustend rang Leon nach Luft, würgte und japste. Das würde dem ganzen Scheiß in seinem Leben wirklich die Krone aufsetzen, wenn er an einem Schluck Bier erstickte!

Doch irgendwann endete der Hustenanfall, und Leon konnte wieder normal atmen. Erschöpft sank er zurück an die Lehne der Bank und atmete tief durch, da fiel ihm ein leises Winseln auf.

Der Hund stand inzwischen am Zaun, ganz nah bei Leon. Dabei drückte das Tier seine schwarze Nase durch eine der Maschen. Sie zuckte ganz leicht. Das sah ziemlich ulkig aus. Unwillkürlich musste er grinsen.

»Na? Hast du auch einen Scheißtag, hm?«

Der Hund wedelte verhalten mit seiner Rute, was wahrscheinlich »ja« heißen sollte. Leon stand auf und setzte sich auf seiner Seite des Zaunes auf den Boden. Er war nicht so unklug, einen Finger durch die Maschen zu stecken. Trotz seines Alters hatte der Hund ein beeindruckendes Gebiss, Leon hatte es gesehen, als das Tier einmal den Briefträger angeknurrt und dabei die Lefzen hochgezogen hatte. Aber gegen eine Unterhaltung sprach ja nichts.

»Als wir Kinder waren, haben Tristan und ich alles zusammen gemacht«, erzählte Leon. Das Tier würde schließlich niemand verraten, dass er eben doch nicht aufhören konnte, an Tristan zu denken. »Wir hatten so viel Spaß, und wir haben uns geschworen, es würde bis in alle Ewigkeit so bleiben. Sogar Blutsbrüderschaft haben wir geschlossen, wie bei Winnetou!«

Leon drehte die halb leere Bierflasche ein wenig hin und her, trank aber nicht. »Hast du Geschwister, Hund? Ich habe zwei Brüder, die sind schon okay. Aber ich bin der jüngste, und ich habe als Einziger geheult, nachdem unsere Mom gestorben ist … Das ist ganz schön lang her, aber für die bin ich nach wie vor das Baby.«

Mit Tristan war alles anders gewesen. Tristan hatte es nicht mal gestört, dass Leon auch an dem Tag geweint hatte, als er vom Baum gefallen war und sich den Arm gebrochen hatte.

»Aber nach der Highschool ist alles schwierig geworden, Tristan hatte nie Zeit, und jetzt … jetzt hat er River, und der wird ihm einen Haufen Scheiße über mich in die Ohren blasen.«

Ein komisches Gefühl beschlich Leon, das ihm sagte, River habe durchaus einen guten Grund, schlecht über ihn zu reden. »Aber doch nur, weil ich von Anfang an gewusst habe, dass er mir Tristan wegnehmen will«, erklärte Leon dem Hund aufgebracht. »Ganz genau so ist es dann auch gekommen!«

Der Hund erwiderte nichts, setzte sich und sah Leon undurchdringlich an.

»Ist mir aber eh egal!«, behauptete Leon.

Der Hund legte den Kopf schief. Glaubte er ihm etwa nicht? Leon griff nach der Bierflasche und nahm einen tiefen Zug.

»Hast du Durst?«, fragte er, nachdem er die Flasche wieder abgesetzt hatte. Der Schäferhund hatte sein Maul geöffnet, seine rosafarbene Zunge hing ein Stück heraus und er hechelte. »Tut mir leid, Bier ist nix für Hunde. Du musst dich schon an dein Wasser halten.«

Leon blickte zur Hundehütte auf dem Nachbargrundstück. Der Hund ebenfalls. Moment mal. War der Wassernapf etwa leer? Leon stand auf. Tatsächlich! Mensch, das ging ja gar nicht. Leon verstand nicht viel von Hunden, aber an so einem warmen Tag ließ man ein Tier doch nicht ohne Wasser zurück. Er drehte sich zur Straße um, als erwartete er, den Besitzer des Tiers jeden Augenblick reumütig zurückkehren zu sehen. Doch alles blieb still. So ein Arschloch!

Und nun? Klar würde er es schaffen, über den Zaun zu klettern, aber was würde der Hund davon halten? Der wusste ja nicht, was er vorhatte, sondern hielt ihn womöglich für einen Einbrecher, der ihn nur zugetextet hatte, um sich sein Vertrauen zu erschleichen.

Aber hey, er hockte immerhin hinter Wills Laden. Wieso sollten die Schläuche, mit denen er sonst die Autos der Kundschaft wusch, nicht ausnahmsweise für was Sinnvolles herhalten?

Eifrig marschierte Leon in die Werkstatt. Es dauerte eine Weile, bis er alles zusammenhatte, weil der Schlauch, den er für gewöhnlich benutzte, nicht vom Wasserhahn bis hinter das Gebäude reichte. Also musste er einen weiteren hinzunehmen und zusätzlich noch ein Verbindungsstück auftreiben.

Als Leon endlich wieder am Zaun ankam, drehte er nicht direkt das Wasser auf, sondern überlegte, in welchem Winkel er den Schlauch halten musste, damit er auch genau den Napf traf. Schließlich wollte er nicht aus Versehen die Hütte des Tiers unter Wasser setzen.

Der Hund hatte sich derweil in eine Ecke des Gartens zurückgezogen und schien recht misstrauisch zu beäugen, was Leon da tat.

»Wasser marsch!«, rief der und lachte erfreut auf, als seine Berechnungen wirklich aufgingen und das Wasser zielgenau im Napf landete.

»Bitte schön, es ist angerichtet«, meinte Leon, drehte das Wasser ab und setzte sich erneut an den Zaun. Der Hund verharrte einen Moment an Ort und Stelle, dann trottete er zu seiner Hütte, schnüffelte erst ausführlich an dem Napf, dann schlabberte er eifrig das ganze Wasser auf. Er hatte also wirklich Durst gehabt. Wie gut es tat, jemand helfen zu können, selbst wenn es nur der alte Hund des Nachbarn war!

Als er fertig war, kam der Hund zurück, wedelte etwas heftiger mit seiner Rute als zuvor und setzte sich dann wieder.

»Gern geschehen«, sagte Leon großzügig.

Der Hund legte sich hin, und auch Leon streckte sich neben dem Zaun im Gras aus. Vielleicht wirkte das Bier ja doch, denn er fühlte sich ein wenig leichter als vorher.

Die Zeit heilt alle Wunden, kam ihm plötzlich der dumme Spruch in den Sinn, den er nach dem Tod seiner Mutter tausendfach gehört hatte. Ein bisschen was Wahres war da sogar dran. Er vermisste sie immer noch, aber es tat schon lange nicht mehr so weh wie zu Beginn. Würde es mit Tristan ähnlich sein?

Aber wie sollte das gehen? Jetzt, da Tristan mit River zusammen war, würde er sicherlich häufig nach Maple Meadows kommen. Wegen Leon hatte Tristan Denver nicht verlassen, er war zu unwichtig. Aber für River würde Tristan bestimmt öfter herfahren. Überall in Maple Meadows würde Leon über das junge Glück stolpern.

Es sei denn …

Leon richtete sich auf.

Der Hund, der offenbar eingedöst war, hob sofort den Kopf.

»Weißt du was? Wenn sie dieses Hotelresort am Serenity Lake bauen, dann wird River sein Camp woanders eröffnen, und dann bleibt auch Tristan weg«, erklärte Leon dem Tier eifrig. »Momentan sind zwar viele gegen das Projekt, aber Bürgermeister Anderson ist kein Esel. Ich wette, die Interessenten haben Geld ohne Ende und kein Problem damit, es einzusetzen, um die Bewohner von Maple Meadows auf ihre Seite zu ziehen. Du wirst sehen, wie schnell die Leute ihre Meinung ändern, wenn es um ihren eigenen Vorteil geht«, sagte er aufgeregt. »Weißt du was? Ab heute gehöre ich offiziell zu den Unterstützern von Bürgermeister Anderson.«

Zufrieden streckte sich Leon wieder aus. Na also. Dieses Mal würde er es sein, der auf der Gewinnerseite stand!

Kapitel 2

Maple Meadows, zwei Wochen später

»Leon!«, brüllte Will über den Hof. »Auf dem Weg zum Cedar Creek sitzt ein Touri fest. Fahr los und zieh den Hornochsen da raus!«

Leon verdrehte die Augen. Super. Es war Samstagnachmittag kurz vor Feierabend. Er hatte zwar nichts Aufregenderes vor, als sich mit seinem Dad die Übertragung des Spiels der Colorado Rockies anzuschauen, trotzdem nervte es ihn, noch mal loszumüssen.

Eigentlich durfte Leon den Abschleppwagen auch nur leer fahren, für alles andere fehlte ihm noch die Commercial Driver's License. Aber seit sein Onkel

Will Sheriff Maxwell mal aus einem Graben gezogen und hinterher Stillschweigen über den Vorfall bewahrt hatte, drückten die Bullen ein Auge zu, wenn Leon mit dem Abschlepper unterwegs war.

Normalerweise fuhr Leon echt gern raus – wenn er nicht gerade den Anfang eines Baseballspiels verpasste. Im Gegensatz zu seinem Onkel, der pünktlich vor dem Fernseher sitzen würde. Aber mit Will zu diskutieren war, als versuchte man, eine Kuh zum sonntäglichen Kirchgang zu überreden.

»Geht klar!«, rief Leon also nur, schnappte sich den Schlüssel und tuckerte los.

Doch sobald er außer Hörweite war, ließ er seinem Ärger freien Lauf. »Ich wette, das ist so ein Schnösel mit Sportwagen. Der sich einbildet, der tollste Fahrer der Welt zu sein, und der wahrscheinlich gar nicht darauf kommt, dass ich vielleicht was Besseres zu tun habe. Sieht doch jeder, den Weg zum Fluss packt nur ein Jeep. Aber diese Städter sind ja alle oberschlau!«

Leon schimpfte immer noch vor sich hin, als er Maple Meadows hinter sich ließ und auf der Straße nach Summerville das Gaspedal durchtrat, bis er den Wegweiser zum Cedar Creek erreichte. Auf dem Schild war ein Fußgänger zu sehen, kein Tesla Model S. Genau so ein Auto war allerdings auf dem Waldweg gestrandet. Der Wagen leuchtete in makellosem Weiß, als wäre er gerade erst vom Band gerollt und hätte sich dabei in den Wäldern Colorados verirrt.

Ein tolles Auto. Das anscheinend das Pech hatte, bei einem Vollpfosten von Fahrer gelandet zu sein. Na, der würde was zu hören bekommen!

Leon wendete und fuhr rückwärts in den Waldweg hinein, um den Tesla, falls nötig, gleich auf den Schlepper laden zu können. Als er nahe genug ran war, schaltete er den Motor aus und schickte sich an, aus der Fahrerkabine zu klettern. Auch dem Teslafahrer war seine Ankunft natürlich nicht verborgen geblieben, und er stieg ebenfalls aus.

Leons Schritt stockte. Der Wagen wirkte bereits, als käme er von einem anderen Stern. Der Mann erst recht.

Der Fremde trug seinen dunkelgrauen Anzug mit solch einer Selbstverständlichkeit, als wäre er darin geboren worden. Das dunkle Haar sah aus, als hätte es ein Starfriseur erst vor Minuten in Form gebracht, und zu allem Überfluss machte ihn das kleine Lächeln, mit dem er Leon entgegensah, unverschämt attraktiv.

Plötzlich kam sich Leon in seinem Blaumann schmuddelig und fehl am Platz vor, dabei war es doch der andere, der eher auf eine VIP-Party als in einen Wald in Colorado gepasst hätte.

»Es tut mir leid«, begann der Fahrer. »Ich weiß, man sollte einen Fußgängerweg nicht mit einem Auto befahren. Wenn überhaupt, dann nicht mit so einem Wagen. Und schon gar nicht am Wochenende, wenn Sie sicher was Besseres zu tun haben, als mir zu Hilfe zu eilen.«

Was so ziemlich genau das war, was Leon dem Kerl hatte vorhalten wollen. Dass der seinen Fehler so unverblümt einräumte, nahm Leon den Wind aus den Segeln. »Schon okay«, entgegnete er zurückhaltend. »Was ist denn passiert?«

»Ich fürchte, ich bin aufgesessen. Hat sich so angehört, als würde der Wagen jeden Augenblick in zwei Teile brechen. Tja, und nun stehe ich da.«

Leon spähte unter den Tesla. »Haben Sie versucht, allein rauszukommen?«

»Nein. Ich hänge an dem Auto. Und an meinem Leben auch ein wenig.«

»Gute Entscheidung«, sagte Leon. »Ich kann Sie rausziehen. Würde ich aber nicht empfehlen. Besser, ich lade den Wagen auf und wir schauen uns die Sache auf der Hebebühne an, bevor Sie weiterfahren.«

Der Fremde antwortete nicht, sah ihn nur an und zog die Augenbrauen hoch.

»Ich sag das nicht, weil meinem Onkel die Werkstatt gehört«, stellte Leon klar. »Ich wär schneller hier weg, wenn ich Sie rauszieh. Aber mir tät's leid um den Wagen. Und um Ihr Leben auch ein wenig.«

Der andere lachte. »Nun, dann werde ich wohl der Expertise des Fachmanns vertrauen.«

»Gut.« Leon machte sich daran, die Winde vorzubereiten, mit der er den Tesla auf die Ladefläche ziehen wollte. Aus dem Augenwinkel bemerkte er, wie der Fremde sein Jackett auszog und die Ärmel hochkrempelte. »Äh …?«

»Ich kann helfen.«

»Nicht nötig, Sir. Nehmens Sie's mir nicht übel, aber selbst ohne Jackett sind Sie nicht gerade passend angezogen. Außerdem krieg ich das gut allein hin.«

»Das habe ich nicht bezweifelt«, meinte der andere und schaute an sich hinunter. »Wahrscheinlich habe ich für einen Ausflug nach Colorado nicht nur den falschen Wagen, sondern auch die falschen Klamotten eingepackt.«

Fast hätte Leon geantwortet, dass der Mann verdammt gut aussah, hielt sich aber im letzten Moment zurück. Wie kam er nur auf so eine unpassende Bemerkung? Hastig drehte er sich weg und macht sich an der Laderampe zu schaffen. Dank seiner hellen Haut wurde er schnell rot, hoffentlich war das jetzt nicht der Fall. Trotzdem werkelte er lieber mit abgewandtem Kopf weiter.

»So, ich wäre so weit. Wenn Sie bitte die Feststellbremse lösen, dann kann ich Ihr Baby aufladen.«

Der Fahrer des Tesla gehorchte. Leon warf die Winde an, und derweil krempelte der andere seine Ärmel wieder runter und zog sein Jackett an.

Schade, dachte Leon.

Verdammt, was war eigentlich heute mit ihm los? Wie kamen all diese seltsamen Gedanken in seinen Kopf? War er mittags zu lange in der Sonne gehockt? War doch schnurz, wie der Kerl angezogen war! Mann!

»Kann ich mitfahren?«, fragte der Fremde, während Leon gleichzeitig meinte: »Scheint nicht allzu schlimm um Ihren Wagen zu stehen.«

»Natürlich«, meinte Leon, und der Teslafahrer sagte: »Na, zum Glück.«

Sie lachten beide ein wenig verlegen, weil sie schon wieder gemeinsam gesprochen hatten. Dann sagte der Mann: »Ich bin übrigens Parker Adams. Vielen Dank für Ihre Hilfe.«

»Leon Mitchell«, murmelte Leon. »Steigen Sie ein, Mr. Adams.«

Nachdem sie beide Platz genommen hatten, startete Leon den Abschlepper und manövrierte ihn zurück auf die Straße.

»Sind Sie auf der Durchreise, Sir? Ich kann mir Ihren Wagen auf der Hebebühne ansehen. Aber wenn doch ein größerer Schaden entstanden ist, sollte mein Onkel Will einen Blick drauf werfen«, sagte Leon. »Allerdings läuft gerade ein Spiel der Colorado Rockies, wird wahrscheinlich nicht so einfach sein, ihn vom Fernseher loszueisen.«

»Nennen Sie mich doch bitte Parker. Wollten Sie das Spiel sehen? Das tut mir wirklich leid.«

Leon winkte ab. »Baseball interessiert mich gar nicht«, schwindelte er.

»Eilig ist es aber nicht, ich bleibe eine Weile in Maple Meadows«, sagte Parker. »Da sollte ich wohl sowieso lieber einen Mietwagen nehmen. Sie können den Tesla also in aller Ruhe am Montag unter die Lupe nehmen. Ich rufe mir ein Taxi zu meiner Unterkunft.«

Leon musste grinsen. »Erwähnte ich nicht gerade, dass ein Spiel der Colorado Rockies läuft?«

Parker stöhnte. »Kleinstadt.«

»So isses. Im Leben geht Ben jetzt nicht an sein Telefon, und ein anderes Taxi gibt's hier nicht. Ich würde lieber auch nicht drauf wetten, dass Ben nach dem Spiel noch fahrtüchtig ist. Ich kann Sie an Ihrer Unterkunft absetzen. Wo soll's denn hingehen?«

»Ins Wilderness Haven Guesthouse.«

Hm. Was wollte ein Mann wie Parker Adams wohl dort? Leon fand, er sah eher nach dem Riz Carlton in New York und nicht nach Imeldas Frühstückspension aus. Seltsam.

Doch plötzlich fiel der Groschen. »Sie sind wegen des Hotels am Serenity Lake hier«, platzte Leon aufgeregt heraus. Er spürte, wie seine Mundwinkel sich hoben, als er Parker einen Blick zuwarf und der daraufhin nickte. *Halleluja!* Nach dem Eklat auf dem Eichhörnchenfest war es die letzten beiden Wochen ruhig um das Projekt geworden, und Leon hatte schon befürchtet, die Pläne wären klammheimlich bereits verworfen worden.

»Das ist ja großartig! Dürfen Sie mir erzählen, was Sie vorhaben?«, fragte Leon.

Parker lachte leise. »Ich habe gehört, es gäbe Widerstand in der Bevölkerung gegen das Resort. Sie klingen nicht so, als wären Sie dagegen.«

»Ganz gewiss nicht«, stimmte Leon eifrig zu. »Aber Sie müssen nichts verraten, wenn es noch geheim ist.«

»Überhaupt nicht«, sagte Parker und klang ein wenig irritiert. »Ich arbeite für Eden Retreats by Alexander Vale.«

Zu seinem Leidwesen musste Leon zugeben, dass ihm das gar nichts sagte. Es ärgerte ihn maßlos, weil Parker ihn jetzt sicherlich für einen Hinterwäldler hielt.

Doch der redete unbefangen weiter: »Eden Retreats steht für individuellen Luxusurlaub, und das ist nicht nur so ein Spruch. Unsere Gäste sind es gewohnt, das Beste vom Besten zu bekommen. Kaviar frisch aus Russland einfliegen zu lassen oder den Lieblings-masseur aus Thailand, ist für sie Normalität. Natürlich könnte man versuchen, immer noch einen draufzu-setzen. Den weltberühmten Gourmetkoch Sébastien LeClerc engagieren, Taylor Swift auftreten lassen und so weiter«, erklärte Parker.

Leon blieb der Mund offen stehen. Meinte er das ernst?!

»In Dubai sind einige Hotels sehr erfolgreich mit diesem Konzept. Aber irgendwann ist man auch über-sättigt, verstehen Sie? Doch ein Urlaub sollte ein außergewöhnliches Erlebnis sein, und da setzen wir an.«

Nein, Leon verstand nicht, worauf Parker hinaus-wollte. Aber das lag vielleicht daran, weil er sich von dem Gehalt, das Will ihm zahlte, gerade mal eine normale Konzertkarte von Taylor Swift leisten konnte. Und sein Vater würde wahrscheinlich einen Anfall bekommen, wenn Leon ihn um Geld für ein Menü dieses Kochs bitten würde. »Aha«, sagte er also möglichst neutral und schielte erneut zu dem Mann auf dem Beifahrersitz. »Was ist denn so besonders bei Ihnen?«

Parker strahlte. »Wir geben den Menschen das Gefühl, zu Hause zu sein. Ein Gefühl, das auf ganz unterschiedliche Weise hervorgerufen werden kann. Individuell eben. Wenn unsere Gäste ihr Zimmer betreten, landen sie nicht in einer unpersönlichen Suite mit Standardeinrichtung. Sie haben den Eindruck, sie kämen heim.«

»Wie geht das denn?«

»Indem wir sorgfältig ausgewählte Düfte, Geräusche und Gerichte einsetzen, die positive Kindheitserinnerungen wecken. Jedes Detail in unseren Retreats, von der sanften Musik im Hintergrund bis hin zum Duft frisch gebackener Kekse, ist darauf ausgelegt, ein tiefes Gefühl der Geborgenheit und des Glücks zu erzeugen, das unsere Gäste unterbewusst mit schönen Momenten ihrer Kindheit verbinden.«

»Hm. Nicht jeder hatte doch eine tolle Kindheit. Was, wenn ein Gast in einem heruntergekommenen Trailerpark aufgewachsen und erst später zu Geld gekommen ist? Niemand blättert doch einen Haufen Kohle hin, um diese Erfahrung zu wiederholen.«

Parker nickte. »Gutes Argument, Leon. Wir bieten natürlich immer einen äußerst luxuriösen Urlaub mit allen Annehmlichkeiten an. Aber zusätzlich erzeugen wir eine individuelle, heimelige Atmosphäre. Das kann zum Beispiel ein Lied sein, das der Vater unter der Dusche gesungen hat, und das beim Betreten des Zimmers gespielt wird. Die Zimtsterne, die die Nachbarin an Weihnachten vorbeigebracht hat, und die in einer Schale auf der Anrichte bereitstehen. Manchmal können unsere Besucher selbst gar nicht so genau sagen, wieso sie sich so wohl bei uns fühlen. Dann haben wir alles richtig gemacht. Unseren Gästen eine unvergessliche, erholsame Zeit zu schenken, ist unsere oberste Priorität.«

Wow. Leon umklammerte das Lenkrad fester. Parkers Begeisterung für seine Arbeit faszinierte ihn, doch leider hatte dessen Erklärung ihn an den Duft von Schokobrownies erinnert. Die Brownies, die seine Mom für ihn gebacken hatte. Seit ihrem Tod hatte er keinen mehr angerührt.

»Wie, ähm, finden Sie denn heraus, was den Gästen gefällt?«, fragte Leon, um sich abzulenken.

»Das ist und bleibt unser Geheimnis«, sagte Parker. »Es ist nicht immer einfach, unsere Gäste glücklich zu machen. Aber zufriedene Kunden empfehlen uns weiter. Das ist das Erfolgsrezept von Eden Retreats.«

Leon nickte. »Verstehe ich. Tolles Konzept! Und Sie wollen sich jetzt den Serenity Lake ansehen? Ob er als neuer Standort geeignet ist?«

Parkers Miene verdunkelte sich kurz. »Ja. Ich will ehrlich sein, Leon. Sollte sich herausstellen, dass es in Maple Meadows massiven Widerstand gibt, werden wir uns hier zurückziehen. Unsere Gäste sollen sich rundum wohlfühlen, und das ist in einem Umfeld, welches ihnen feindselig gegenübersteht, kaum möglich.«

Verdammt. Dabei hoffte Leon so sehr, dieses Projekt würde Tristan und River aus der Stadt vertreiben!

»Emotionen, auch unterschwellige, sind Teil unseres Konzepts«, fuhr Parker fort. »Ich kann es nicht verantworten, ein Resort an einem Standort zu planen, an dem es nicht willkommen ist.«

In diesem Augenblick passierten sie das Ortsschild. »Maple Meadows«, sagte Parker und hörte sich fast ehrfürchtig an.

»Klingt so, als fänden sie den Ort hier gut«, sagte Leon hoffnungsvoll.

»Ja, allerdings kenne ich ihn bisher nur von Fotos. Gibt es einen Mietwagenverleih? Ich wollte mir ja nicht nur ein Bild von der Stadt, sondern vor allem auch von dem See und dem Umfeld machen. Ich bin mir nicht sicher, ob es eine gute Idee ist, das zu Fuß zu versuchen.«

»Mit Ihren Schuhen eher nicht«, stimmte Leon zu und musste grinsen. »Ich kann Sie fahren, wenn Sie möchten. Dann haben Sie einen Fremdenführer inklusive.«

»Müssen Sie nicht arbeiten?«

»Ich rede mit Will. Der gibt mir schon frei.«

»Nein, ich rede mit Ihrem Will. Das kommt nicht infrage, dass Sie Ihre Urlaubstage opfern, um mich herumzukutschieren. Aber das Angebot ist zu verlockend, um es abzulehnen.«

Leon spürte, wie ihm ganz warm vor Freude wurde. Er würde hautnah dabei sein, wenn Parker alle von diesem Resort überzeugte! Am liebsten hätte er sofort losgelegt, aber da würde wohl nichts draus werden. Er musste den Tesla in die Werkstatt bringen, und Parker wollte sich nach seinem unfreiwilligen Abenteuer sicher frisch machen.

Parker zog eine Visitenkarte heraus und legte sie auf das Armaturenbrett. »Schicken Sie mir eine Nachricht an meine Handynummer, dann nehme ich Sie in meine Kontakte auf.«

Leon nickte eifrig und hielt an. »Wir sind da.«

»Ich entschuldige mich nochmals dafür, Sie von Ihrem Feierabend abgehalten zu haben. Wahrscheinlich verflucht Ihre Freundin mich bereits, oder?«

Verlegen fuhr sich Leon mit den Fingern durchs Haar. »Nee. Läuft nicht so gut mit uns.«

Was die Untertreibung des Jahrhunderts war. Als er nach Maple Meadows zurückgekommen war, hatte er seine Highschoolbeziehung zu Kirstin erneut aufleben lassen. Nach einer Woche war klar gewesen, dass sie eigentlich nur deswegen wieder zusammengekommen waren, weil sie derzeit beide keine anderen Optionen hatten. Dennoch hatte Leon die Augen davor verschlossen. Kirstin war schon früher ziemlich hübsch gewesen, aber seit sie in der Maple Leaf Hair Boutique arbeitete, war sie ein echter Hingucker. Also hatte Leon wider besseres Wissen an der Beziehung festgehalten. Bis sie sich gegenseitig einige hässliche Dinge an den Kopf geworfen und so die Chance vertan hatten, wenigstens befreundet zu bleiben.

»Ich entschuldige mich erneut«, sagte Parker. »Das war eine unpassende Frage.«

»Schon okay«, sagte Leon und fragte sich, warum er nicht einfach zugegeben hatte, dass es da niemand gab in seinem Leben.

Um das Thema zu wechseln, zeigte er durch die Windschutzscheibe auf das Wilderness Haven Guesthouse. »Sie wollen wirklich bei Imelda übernachten? Sie ist eine der Anführerinnen des Widerstandes gegen ein Resort am Serenity Lake«, warnte Leon.

»Ich weiß«, sagte Parker und grinste ihn geradezu schelmisch an. »Was glauben Sie, wird die wackere Pensionswirtin mir Zyankali in den Kaffee schütten?«

»Nein, natürlich nicht«, entgegnete Leon im Brustton der Überzeugung. »Aber wahrscheinlich lässt sie Ihr Toast anbrennen.«

Parker lachte leise. »Damit kann ich umgehen. Kenne deinen Gegner, und du hast ihn schon halb besiegt.« Er streckte Leon die Hand hin. »Danke für Ihre Hilfe. Kann ich Sie morgen bereits behelligen?«

»Äh, ja, klar.« Leon rieb mit seinen Handflächen über seine Hose, in dem sinnlosen Versuch, sie sauber zu bekommen, ehe er Parkers Hand ergriff. »Ich freue mich drauf.«

Da Leon keinesfalls darüber nachdenken wollte, warum es sich so gut anfühlte, Parker die Hand zu schütteln, sprang er schnell aus dem Wagen, kletterte auf die Ladefläche und reichte Parker zwei schicke Schalenkoffer aus dem Kofferraum des Tesla.

Parker verabschiedete sich freundlich, und Leon fuhr mit dem Abschleppwagen zurück zur Werkstatt. Dabei bekam er das Grinsen gar nicht mehr aus dem Gesicht. Auf das Baseballspiel hatte er gar keine Lust mehr. Er beschloss, den Tesla gleich abzuladen und es sich dann hinter der Werkstatt gemütlich zu machen und dem Hund des Nachbarn zu erzählen, dass endlich mal was Erfreuliches in seinem Leben passierte.

Die Pensionswirtin Imelda erwies sich als resolute, patente Person, die Parker überaus freundlich in ihrer Lodge begrüßte. Sie ahnte wohl noch nicht, mit wem sie es zu tun hatte. Nun, das würde sich ändern, sobald sie sich das Anmeldeformular durchlas und sah, dass die Rechnung für seinen Aufenthalt auf Eden Retreats ausgestellt werden sollte. Aber das war Parker erst mal egal. Er hatte nie vorgehabt, zu verheimlichen, weshalb er hier war.

Doch zunächst war er froh um die kurze Verschnaufpause. Was für eine bescheuerte Idee, mit dem Tesla zum Cedar Creek rausfahren zu wollen. Okay, Hope hatte damals ebenfalls keinen Jeep besessen, aber wenigstens war ihr Wagen nicht tiefergelegt gewesen, und sie hatte sich ausgekannt.

Nun ja, was geschehen war, war geschehen. Dafür hatte er einen Verbündeten getroffen, womit Parker überhaupt nicht gerechnet hatte. Obwohl wenn er nicht so recht wusste, was er von Leon halten sollte. Der junge Mann war nett und hilfsbereit gewesen. Dennoch warnte ihn sein Bauchgefühl davor, ihn zu nah an sich heranzulassen.

Was ziemlich schade war, denn der Kerl war eine Augenweide. Der breite Brustkorb und die kräftigen Oberarme verrieten, dass Leon zupacken konnte und das auch tat. Aber die Kombination mit den niedlichen Sommersprossen machte ihn geradezu unwiderstehlich.

Parker rief sich energisch zur Ordnung. Er hatte wirklich andere Sorgen, als einen Flirt mit dem heißen Automechaniker zu beginnen, der zudem eine Freundin hatte. Schlimm genug, den Fauxpas begangen zu haben, sich nicht gerade unauffällig danach zu erkundigen. Es ging ihn nichts an. Und selbst wenn Leon single und interessiert wäre, da war ja immer noch dieses undefinierbare Gefühl, dass mit dem Kerl etwas nicht stimmte. Auf seine Intuition war Verlass.

Leons Angebot, ihn herumzuführen, würde er dennoch annehmen, aber das war es dann auch.

Ganz abgesehen davon, war Leon sowieso viel zu jung für ihn. Er könnte ja sein Sohn sein!

Das brachte Parker allerdings auf eine andere Idee. Höchstwahrscheinlich kannte Leon River. Er wagte nicht zu hoffen, die beiden wären befreundet, aber vielleicht würde seine Bekanntschaft mit Leon dazu führen, River in einer unverfänglichen Situation kennenzulernen. Viele Möglichkeiten würde eine Stadt wie Maple Meadows nicht für junge Leute bieten. Wenn er an Leon dranblieb, würden sie River früher oder später über den Weg laufen.

Zufrieden ließ sich Parker auf das Bett mit der geblümten Tagesdecke fallen. Selbst wenn sein Besuch in Colorado alles andere als optimal begonnen hatte, so war er doch zuversichtlich, dass er ein Erfolg werden würde.

Zu Hause in San Francisco besaß Parker eine Kaffeemaschine, die fast so teuer gewesen war wie der Rest
seiner gesamten Kücheneinrichtung. Im Büro hatte er
seinen Assistenten Matthew, der ihm nicht nur sehr
viel Arbeit abnahm, sondern ihn auch jeden Tag mit
einer perfekten Tasse Kaffee verwöhnte.

Kurz, er war es nicht gewohnt, morgens nicht an
seinen Koffeinschub zu kommen, den er nun schmerz-
lich vermisste. Vor 15 Minuten war die Pensionswirtin
Imelda mit dem Versprechen auf frisch gebrühten
Kaffee verschwunden und seitdem nicht mehr aufge-
taucht. Dazu der Duft von gemahlenen Kaffeebohnen,
der aus der Küche in den Frühstücksraum zog und
das Warten noch unerträglicher machte. Parker starrte
in seine leere Tasse und wünschte, er hätte Matthew
mitgenommen.

»Guten Morgen, Mr. Adams.«

Hoffnungsvoll sah Parker auf, aber statt einer guten Fee mit Kaffeekanne stand ein blonder junger Mann in Jeans und Poloshirt vor ihm. Parker hätte ihn als gutaussehend beschrieben, wenn er nicht so ernst schauen würde. Und wenn er Kaffee dabeihätte. Doch der Mann war offenbar nicht hier, um die in Maple Meadows herrschende Kaffeeknappheit zu beenden. Stattdessen schob er sich auf den Stuhl gegenüber.

»Darf ich mich setzen?«

»Sie sitzen bereits«, stellte Parker fest. In seinem koffeinfreien Zustand war mit ihm nicht zu spaßen.

»Mein Name ist Tristan Anderson. Willkommen in Maple Meadows.«

Zwar trug der junge Mann den gleichen Nachnamen wie der Bürgermeister dieses Ortes, der absolut begeistert von ihrem Vorhaben war, trotzdem klang seine Begrüßung eher nach »Scheren Sie sich zum Teufel«.

Na bravo. Das hatte Parker zu seinem Glück noch gefehlt.

»Gehe ich recht in der Annahme, dass Sie im Auftrag der Firma hier sind, die unseren Serenity Lake mit einem Hotel verschandeln möchte?«

Kein schlechter Einstieg. Tristan Anderson hatte klar Position bezogen und mit der Formulierung »unseren Serenity Lake« gleich betont, wie wenig Parker zu sagen hatte, was den See anging. Parker schätzte intelligente Gegner durchaus – nach dem Frühstück.

»Gehe ich recht in der Annahme, dass dies nicht Ihre Zustimmung trifft?«

»Warum machen Sie es sich so schwer? Die Bürger von Maple Meadows sind gegen das Projekt. Wir wollen die einzigartige Naturschönheit unseres Sees bewahren. Sicher gibt es in Colorado andere Standorte, die besser für Ihr Hotel geeignet sind!«

Parker zog eine Augenbraue hoch. »Was bringt Sie denn zu der Annahme, das Resort würde die einzigartige Naturschönheit zerstören?« *Wenn du glaubst, du kriegst mich so leicht dran, musst du schon früher aufstehen, Junge.* Koffeinmangel hin oder her, Parker führte so eine Unterhaltung schließlich nicht zum ersten Mal.

»Nun, ich muss zugeben, Ihre Pläne sind mir nicht bekannt. Aber unser Bürgermeister hat von einem Luxusresort gesprochen, und die entsprechende Klientel gibt sich wohl kaum mit einer winzigen Blockhütte zufrieden!«, entgegnete Tristan fest.

»Sie konnten sich vor diesem Gespräch nicht ausreichend informieren. Schade.« Parker verpackte diesen Seitenhieb in einem freundlichen Ton. »Aber es besteht kein Anlass, meinen Arbeitgeber zu verheimlichen. Eden Retreats by Alexander Vale ist bekannt dafür, Anlagen zu entwerfen, die sich nahtlos in die Landschaft einfügen. Sie brauchen nicht zu befürchten, fortan einen gesichtslosen Betonklotz ertragen zu müssen.«

Wie Leon schien auch Tristan noch nie etwas von Eden Retreats gehört zu haben. »Immerhin muss Ihrem Projekt ein Haus weichen«, hielt er dagegen.

»Ein einziges Haus, das von einem älteren Herrn bewohnt wird«, stimmte Parker zu. »Dies ist natürlich nicht schön für den Betroffenen. Aber Alexander Vale ist kein Geizhals. Er wird alles tun, damit Mr. Sawyer sein kleines Unternehmen an einem anderen Standort fortführen kann. Mein Chef wird keine Kosten und Mühen scheuen, damit dies gelingt.« Parker hatte seine Hausaufgaben gemacht, Lissy sei Dank.

»Pah! Man kann nicht alles mit Geld kaufen. Mr. Sawyer will seine Hütte am Serenity Lake behalten, keine Abfindung bekommen!«

Damit war Tristan zum ersten Mal während dieses Gesprächs ein Schnitzer passiert, und Parker wollte, dass er es merkte. »Mir scheint, Sie haben vor allem ein persönliches Interesse daran, den Serenity Lake unverändert zu lassen?«, fragte er lauernd, und das Flackern in Tristans Augen verriet ihm, wie richtig er lag. Ungewollt hatte Tristan ihm eine wichtige Information zugespielt: Wenn die Bürger von Maple Meadows nicht per se gegen das Projekt waren, sondern es ihnen vor allem um den alten Mann sein Haus ging, hatte er es möglicherweise leichter als gedacht. Mr. Sawyer wäre nicht der Erste, der einen Umzug zunächst kategorisch ausschloss, es sich aber anders überlegte, wenn er merkte, wie großzügig Alexander sein konnte. Und wenn Mr. Sawyer zufrieden war, waren vielleicht auch die übrigen Gegner bereit, sich die Sache noch mal zu überlegen.

»Ich verspreche Ihnen, mir alle Bedenken, was diesen Standort angeht, sehr genau anzuhören«, erklärte Parker. »Niemand soll den Eindruck haben, seine berechtigten Sorgen würden nicht ernst genommen. Ich hoffe sehr, dass Sie mir den gleichen Respekt entgegenbringen, sich über Eden Retreats informieren und sich unsere Pläne zumindest ansehen, bevor Sie diese verdammen.«

»Das werde ich«, sagte Tristan und stand auf. »Das hier war nicht unsere letzte Unterhaltung.«

»Das hoffe ich sehr. Einen schönen Tag noch, Mr. Anderson.«

»Lassen Sie sich Ihr Frühstück schmecken«, meinte Tristan ein wenig hämisch und siehe da, Imelda erschien wieder. Sie goss eine hellbraune Brühe in Parkers Tasse und stellte ihm einen Teller vor die Nase, auf dem sich etwas türmte, das mit viel Fantasie als Rührei identifizierbar war.

»Willkommen in Maple Meadows«, murmelte Parker ergeben und griff nach seinem Kaffee.

Leon duckte sich, schnappte sich sein Basecap und zog es tief ins Gesicht. Zum Glück war er im Auto sitzen geblieben! Denn statt Parker kam Tristan aus Imeldas

Pension. Was machte der denn hier? Das war doch kein Zufall. Tristan musste versucht haben, Parker gleich am ersten Tag zu verscheuchen. Allerdings hatte Tristan kein Siegerlächeln aufgesetzt. Sah so aus, als hätte er bei Parker auf Granit gebissen.

Zu gern wäre Leon bei der Unterhaltung dabei gewesen. Aber wenn man bedachte, wie es derzeit zwischen ihm und Tristan stand, war es wahrscheinlich besser, wenn sie nicht aufeinandertrafen.

Der Gedanke, Parker könnte von dem Streit mit Tristan und River erfahren, verursachte ein Grummeln in Leons Magen. Er wollte vor Parker nicht als Loser dastehen, der vom College geflogen war und mit seinem ehemals besten Freund kein Wort mehr wechselte.

Was, wenn Tristan Parker erzählt hatte, was Leon zu River gesagt hatte?

Aber warum sollte er? Leon war ja wohl kaum das Top-Gesprächsthema zwischen den beiden.

Diese Hoffnung schien sich zu bewahrheiten, denn in dem Moment erschien Parker und lächelte, als er Leon entdeckte. Nun gut, Leon hatte sich an diesem Morgen auch ziemlich viel Mühe gegeben. Er war mit Dads Jeep da, der zwar nicht strahlend weiß war wie Parkers Tesla, aber frisch gewienert sah der grüne Wagen nicht übel aus. Auch Leon fühlte sich in seiner sauberen Jeans und dem gebügelten Hemd nicht mehr ganz so daneben wie gestern, zumal sich Parker ebenfalls für eine Jeans und ein lässiges Hemd entschieden hatte.

»Ein Königreich für einen Kaffee«, sagte Parker, als er sich ohne Umschweife auf den Beifahrersitz schwang.

»Bietet Imelda kein Frühstück mehr an?«

»Der Kaffee war nicht nur kalt, sondern auch noch entkoffeiniert«, jammerte Parker theatralisch. »Und das Rührei war trockener als die Sahara!«

Da er sich nicht sicher war, ob Parker es besonders witzig finden würde, wenn er über dessen komische Grimassen lachte, bemühte sich Leon um Fassung.

»Doch damit nicht genug! Gratis gab es den ersten Gegner des Resorts als Gesellschaft dazu. Ich hätte Ihre Warnung vielleicht doch ernster nehmen sollen.«

»Tja, wer nicht hören will …« Leon war selbst erschrocken über seinen flapsigen Ton. *Vice President of Project Development*, das stand auf Parkers Visiten-karte. Er sollte sich ein wenig respektvoller benehmen, oder?

Doch Parker lachte, und es klang recht gutmütig in Leons Ohren. »Mea Culpa«, sagte Parker. »Irgendeine Idee?«

»Die Candy Cottage Bakery hat sonntags leider zu, die machen den besten Kaffee und tolle Cupcakes. Aber ich könnte bei unserem schönsten Diner vorbei-fahren, The Maple Nook.«

»Dem schönsten Diner?«, fragte Parker und sah Leon stirnrunzelnd an, während der den Motor anließ.

»Erwischt. Dem *einzigen* Diner in Maple Meadows. Aber der Kaffee ist okay, und ich gehe auch gerne rein und hole Ihnen einen, damit diesmal nichts schiefgeht.«

»Mir ist alles recht, solange ich mein Koffein bekomme. Hat das Diner wirklich am Sonntag offen?«

»Gibt ja sonst nix. Da treffen sich alle, die nicht in die Kirche wollen«, erklärte Leon, und als Parker ihn sichtlich erschrocken ansah, fügte er schnell hinzu: »Ich wollte nicht zum Gottesdienst, keine Sorge.«

»Na, hoffentlich stimmt das diesmal auch«, grummelte Parker.

»Hm?«

»Sie haben ein Cap der Colorado Rockies auf.«

Ach, verflucht. Leon spürte, wie seine Wangen warm wurden. Schnell nahm er das Basecap ab und warf es auf die Rückbank. »Ich wollte nicht ...« Mist. Er hatte nicht gewollt, dass sich Parker schlecht fühlte. Aber wieso sollte sich jemand wie Parker Adams schlecht fühlen, weil Leon seinetwegen das Spiel verpasst hatte?

»Das war sehr nett von Ihnen«, sagte Parker ernst. »Danke.«

Wow.

»Ähm, der Vorteil des Diners ist, von da aus ist es nur ein Katzensprung bis zum Stadtpark«, plapperte

Leon schnell los. »Da können wir direkt die erste Sehenswürdigkeit von Maple Meadows mitnehmen. Und wegen der Kirche ... Ich war echt seit Jahren nicht mehr drin. Normalerweise verbringe ich den Sonntagvormittag damit, das Chaos, das mein Dad und meine beiden Brüder beim Frühstück hinterlassen, irgendwie wieder in den Griff zu kriegen. Dagegen ist alles andere eine Verbesserung.«

Halt den Mund, schimpfte sich Leon insgeheim selbst. Das interessierte einen Mann wie Parker doch einen Scheiß!

Doch zu seiner Überraschung schien sich Parkers Laune immer mehr zu heben, er gluckste sogar leise.

Leon hielt vor dem Diner, und tatsächlich zog Parker es vor, im Wagen zu warten. »Schwarz und groß bitte«, war alles, was er sagte.

Im Diner war einiges los, trotzdem gelang es Leon, Tracy in Rekordzeit einen Coffee-to-go abzuschwatzen.

»Mein Held!«, sagte Parker, als Leon wieder in den Jeep stieg und den Becher an seinen Beifahrer weiterreichte.

Das war natürlich ein Witz, dennoch fühlte sich Leon in diesem Moment ziemlich gut.

Er startete den Jeep und fuhr langsam los, während Parker genüsslich seinen Kaffee trank und dabei zufriedene Laute von sich gab. Der Mann war wirklich faszinierend. Er war erfolgreich, arbeitete für einen internationalen Konzern – das hatte Leons Internet-

Recherche am gestrigen Abend ergeben –, sah gut aus und war das, was man gemeinhin »im besten Alter« nannte. Niemand, den Leon kannte und auf den eines dieser Attribute zutraf, würde solche Laute beim Kaffeetrinken von sich geben. Zumindest nicht, wenn jemand zuhörte.

Wahrscheinlich war es Parker schnurzegal, was irgendjemand von ihm dachte. Ziemlich beeindruckend. So selbstbewusst wäre Leon auch gern.

»Das ist der Stadtpark«, sagte er und hielt wieder an. »Mitsamt Eichhörnchenbaum und dazugehöriger Legende. Ich sags lieber gleich: Was das angeht, ist mit den Bewohnern von Maple Meadows nicht zu spaßen. Also keine Witze über Eichhörnchen bitte.«

»Eine Legende?« Parker blinzelte Leon über seinen Becher hinweg fragend an.

»Na ja, angeblich hockte 1957 ein armer Schlucker unter dem Baum und schenkte einem Eichhörnchen seine letzten Erdnüsse. Daraufhin sagte das Tier, es würde ihm einen Wunsch erfüllen. Der Mann wünschte sich einen Tanz mit einer Frau, er bekam den Tanz, und prompt verknallte sie sich in den Kerl«, erzählte Leon. »Ich glaube allerdings nicht daran. Ich schätze, weil wir in Maple Meadows weder ein tolles Skigebiet noch heiße Quellen oder gar einen Wasserfall haben, hat ein schlauer Marketingexperte die Story einfach erfunden, um Touristen anzulocken.«

»Das schadet doch nicht«, sagte Parker viel zu fröhlich. »Schon vergessen? Emotionen sind unser

Geschäft. Wenn es die Leute glücklich macht, warum nicht?«

»Weil es nicht funktioniert«, entgegnete Leon grantig.

Hatte dieses blöde Eichhörnchen jemals einen unheilbar Kranken gerettet? Seine Mom zum Beispiel? Nein! Dabei hatte Leon damals sein ganzes Taschengeld für Nüsse ausgegeben. Aber das Tierchen beschäftigte sich ja lieber damit, Liebespaare wie Tristan und River zusammenzubringen. Ganz egal, wie weh das vielleicht jemand anderem tat. Jemand wie … Rebecca zum Beispiel. Tristans Ex hatte auf dem Stadtfest ziemlich verletzt ausgesehen.

Leons Gedankengang stoppte abrupt, als Parker ihm eine Hand auf den Arm legte und leise sagte: »Schlechte Erfahrungen, hm? Das tut mir leid. Aber stellen Sie sich vor, was das für eine Welt wäre, wenn es keine Hoffnung gäbe. Wenn niemand mehr daran glauben würde, dass sich alles zum Guten wenden kann. Und das kann es. Wenn auch leider nicht immer.«

Leon wurde ganz schwindlig. Was, wenn Parker recht hatte? Bis gestern hatte Leons Leben mehr als trist ausgesehen, und nun war er zum Chauffeur eines Mannes wie Parker Adams aufgestiegen. Hätte ihm das jemand vorhergesagt, er hätte die Vorstellung als absurd abgetan. Und doch saß er hier. War das nicht Beweis genug, dass manchmal doch Wunder passierten?

»Kommen Sie!«, sagte Parker. »Ich würde gerne näher an den Baum herangehen.«

Leon folgte dem davoneilenden Mann ein wenig langsamer. Parker umrundete den Eichhörnchenbaum begeistert. »Der ist ja riesig! Wie dick der Stamm ist! Schauen Sie mal, wie die Sonnenstrahlen durch die Blätter fallen und ein Muster auf den Boden malen! Da! Ich habe ein Eichhörnchen herumflitzen sehen. Das ist ja bezaubernd! Ich verstehe, warum die Menschen diesen Ort für magisch halten.«

»Es ist ein Baum«, sagte Leon und kratzte sich hinterm Ohr. »In Colorado stehen verdammt viele von der Sorte herum. Ich muss es wissen, meine Familie betreibt ein Sägewerk und einen Holzhandel.«

Parker grinste. »Ich bitte meine unangemessene Begeisterung zu entschuldigen«, sagte er mit einem ironischen Unterton in der Stimme. »Aber ich bin in Tombstone aufgewachsen. Da gibt es Kakteen. Noch mehr Kakteen. Ah, und wenn man Glück hat, kullert einem ein Steppenläufer vor die Füße. San Francisco hat da mehr Grün zu bieten – aber so etwas wie das hier gibt es da definitiv auch nicht.«

Erneut lief Parker um den Baum herum, während Leon in seinem Gedächtnis kramte. Tombstone, das sagte ihm irgendwas …

»Ah! Sie kommen aus Arizona. Ist Tombstone nicht die Stadt, in der Wyatt Earp –«

»Sagen Sie es nicht! Ich musste 17 Jahre lang Cowboystiefel, Saloons und nachgespielte Schießereien ertragen. Ich habe ein Western-Trauma erlitten.«

»Sieh an.« Leon schmunzelte und verschränkte die Arme vor der Brust. »Mir scheint, Sie messen Kleinstadtlegenden mit zweierlei Maß. Das Eichhörnchen finden Sie bezaubernd, aber von einer Ikone der amerikanischen Geschichte wollen Sie nichts hören?«

Parker starrte ihn mit großen Augen an, dann warf er den Kopf zurück und lachte schallend.

Leon war ziemlich erleichtert. Schon wieder war ihm eine reichlich freche Bemerkung herausgerutscht, doch Parker schien es ihm nicht übel zu nehmen. Seltsam. Normalerweise fiel es Leon schwer, eine entspannte Unterhaltung mit Menschen zu führen, die er nicht besonders gut kannte. Außerordentlich schlagfertig war er sonst ebenfalls nicht.

Vielleicht lag es daran, weil sich Parker gar nicht benahm, wie sich so ein Vice President in Leons Vorstellung zu benehmen hatte. Eher so, als würden sie einander schon ewig kennen. Als hätte Parker ihn nicht als Fahrer angestellt, sondern …

»Haben Sie Erdnüsse dabei, Leon? Dann können wir uns auch etwas wünschen«, riss Parker ihn aus seinen Gedanken.

»Äh, nein.« *Mist*. Hätte er welche einstecken sollen? Nachdem sich Leon so vollmundig als Fremdenführer angeboten hatte, hätte er daran denken sollen. Aber wer konnte denn ahnen, dass jemand wie Parker Adams bei so etwas mitmachen wollte?

»Kein Problem. Ich bin ja noch eine Weile hier. Ich werde einfach an einem anderen Tag wiederkommen.«

»Um sich ein Resort am Serenity Lake zu wünschen?«

»Nein. Wenn Maple Meadows und Eden Retreats zusammenpassen, dann wird es auch gebaut. Wenn nicht, wäre es schade um den Wunsch. Nein … ich habe ein persönliches Anliegen.«

Leon scharrte mit den Füßen. Plötzlich sah Parker unsicher aus, was überhaupt nicht zu ihm passte.

»Der Stadtpark ist nicht groß. Wenn Sie wollen, können wir ein Stück spazieren gehen«, schlug er verlegen vor.

Parker stimmte zu, und einträchtig marschierten sie los.

Parker beglückwünschte sich insgeheim zu dem Entschluss, mit Leon gemeinsam die Stadt zu erkunden. Gestern war ihm der junge Mann ein wenig übereifrig vorgekommen, aber nun zeigte sich, dass Leon definitiv keiner dieser Speichellecker war, von denen ihm zu viele begegnet waren, seit der in Alexanders Unternehmen immer weiter aufgestiegen war. Leon war lustig, nahm kein Blatt vor den Mund – und er hatte ihm Kaffee besorgt! Was wollte man mehr?

Viel zu sehen gab es in Maple Meadows eigentlich nicht, es handelte sich um eine typisch amerikanische Kleinstadt, wie sie überall im Land zu finden war. Insofern musste er Leon insgeheim recht geben, eine Legende zu erfinden, war eine gute Idee gewesen. Obwohl er es schade fand, einen so jungen Mann bereits so zynisch zu sehen. Was wohl dahintersteckte?

Leon machte allerdings keine Anstalten, Vertraulichkeiten auszuplaudern, und nur zu gern ließ Parker es darauf beruhen. Nachdem sie wieder in den Jeep gestiegen waren und nun durch Maple Meadows kurvten, erzählte Leon zu jedem der kleinen Läden, die dicht an einer Einkaufsstraße – der einzigen Einkaufsstraße – standen, eine kurze Geschichte. Parker hörte nur mit halbem Ohr zu. Erst als sie an einem Laden mit dem Schild Rocky Realm Book Cave vorbeikamen, merkte er auf. »Hope Barnes führt den Buchladen seit Jahren, er ist sehr beliebt, trotz Onlineshopping und so«, erklärte Leon. »Ich glaube, alle, die keinen Platz mehr in der Candy Cottage Bakery bekommen, gehen einfach in den Buchladen zum Tratschen. Nebenan ist ein kleines Blumengeschäft, das Mimi …«

Parker schaltete wieder ab. Er war recht enttäuscht, weil die Informationen über Hope so dürftig ausfielen. Sicher wusste Leon viel mehr über sie zu berichten. Nur hatte Parker keine Ahnung, wie er ihn darauf ansprechen könnte, ohne verdächtig zu wirken. Natürlich sollte Leon nicht der Erste sein, der erfuhr, dass er sich für Rivers Vater hielt!

Dennoch ging Hope ihm nicht aus dem Kopf, und als Leon vorschlug: »Das war's eigentlich. Sollen wir als Nächstes den Serenity Lake besichtigen?«, meinte Parker: »Nein, den nehmen wir uns morgen vor. Ich würde gerne zum Cedar Creek rausfahren. Mit dem Jeep ist das kein Problem, oder?«

»Klar«, sagte Leon, »kein Ding.«

»Das kommt Ihnen sicher seltsam vor …«

Leon zuckte mit den Achseln. »Nein, gar nicht. Ich fahre Sie einfach dahin, wo Sie gerne hinwollen. Wie versprochen.«

Na gut. Parker hatte eigentlich kein Geheimnis daraus machen wollen, zumindest aus dem unverfänglichen Teil der Geschichte nicht. Aber irgendwie provozierte Leons Bemerkung ihn dazu, auszutesten, ob der junge Mann wirklich nicht nachfragen würde.

Parker schwieg.

Hartnäckig.

Die wenigsten Menschen hielten das aus, und die Gesprächslücke mit der Frage zu füllen, was einen Ortsfremden dazu bewegte, nun schon zum zweiten Mal diesen Fluss sehen zu wollen, wäre logisch. Aber Leon schien die Stille zwischen ihnen nicht zu stören. Er schaltete nicht mal das Radio an oder trommelte mit den Fingern auf dem Lenkrad herum.

Sobald sie von der Straße auf den Waldweg ein-
bogen, hätte sich Parker allerdings sowieso kaum
noch auf eine Unterhaltung konzentrieren können.
Die Furchen im Weg schienen immer schlimmer zu
werden, je weiter sie kamen. Fiese Wurzeln sorgten
zusätzlich dafür, dass Parker ordentlich durch-
geschüttelt wurde. Die Fahrt erinnerte ihn an einen
Ritt auf einem Rodeopferd. Nie im Leben wäre er da
mit dem Tesla durchgekommen!

Leon hingegen sah völlig entspannt aus. Der Mistkerl genoss das doch! Hatte er womöglich eine andere
Route genommen als Hope damals? So lang und vor
allem so uneben war ihm die Strecke vor über
20 Jahren nicht vorgekommen. Oder war er im Alter
empfindlicher geworden?

»Wir sind da.« Leon hielt an.

Der Weg hatte keine Erinnerungen bei Parker
geweckt. Der Cedar Creek tat es sehr wohl. Nur
wenige Meter vor ihm plätscherte ein breiter, klarer
Fluss träge dahin. Immer noch reichte der Wald bis
ans Ufer, sodass es aussah, als flösse das Wasser durch
einen grünen Tunnel.

Parkers Hand fühlte sich klamm an, als er sie nach
dem Türgriff ausstreckte. Er hielt den Atem an, öffnete
den Wagenschlag und stieg aus. Etwas zittrig holte er
Luft. Es war genau wie früher, es roch nach Moos und
nassem Laub, das Murmeln des Wassers wurde vom
leisen Vogelzwitschern und einem gelegentlichen
Knacken aus dem Unterholz untermalt. Ein Stück vor

Parker ragte der Felsen über das Wasser, auf dem sie damals nach dem Schwimmen gesessen und darauf gewartet hatten, wieder warm und trocken zu werden. Bis Hope auf eine ganz andere Idee verfallen war, wie sie ihnen einheizen könnte ...

Hinter ihm erklang das Geräusch einer zufallenden Autotür. Leon musste ebenfalls ausgestiegen sein. Schon stand er neben ihm, räusperte sich, sagte dann jedoch nichts, sondern ging einfach an Parker vorbei, setzte sich ans Ufer und schien seinen eigenen Gedanken nachzuhängen.

Parker war froh, vorerst nicht erklären zu müssen, warum er ein wenig Zeit für sich brauchte. Er kletterte auf den Felsen und ließ sich wie vor 20 Jahren auf dem warmen Stein nieder. Fast bildhaft konnte er vor sich sehen, wie sie damals hier gesessen hatten, zwei Fremde, die dennoch vom ersten Augenblick an eine Verbindung zueinander gespürt hatten. Wie jung sie beide gewesen waren! Doch Hope hatte neun Monate später erwachsen werden müssen, während Parker die Freiheit besessen hatte, sich auszuprobieren, ohne Verpflichtungen zu entdecken, wer er war und was er mit seinem Leben anfangen wollte.

Nachdenklich starrte er auf den Fluss. Hope hatte ihren Sohn River genannt. Wie passend. Parker schloss die Augen, hoffte, dieser Ort hier würde ihm eine Antwort auf die Frage geben, ob es richtig gewesen war, herzukommen.

Leider blieb die erhoffte Erleuchtung aus. Parker wusste nicht, wie viel Zeit er in Gedanken versunken auf dem Felsen verbracht hatte, aber Leon zeigte keine Spur von Ungeduld. Er lag entspannt am Ufer, blickte in den Himmel und kaute auf einem Grashalm herum. Parker kletterte vom Felsen und setzte sich zu ihm. Eben hatte er noch allein sein müssen, doch jetzt spürte er das dringende Bedürfnis, mit jemand zu reden. »Als ich 17 war und gerade den Highschool-abschluss in der Tasche hatte, kannte ich nur ein Ziel: raus aus Tombstone, und die USA bereisen, vielleicht sogar die ganze Welt«, begann er, zu erzählen.

Leon richtete sich auf und sah Parker aufmerksam an.

»Meine Eltern hatten mich glauben lassen, sie wären einverstanden, wenn ich die Schule schaffen und genug Geld für die Reise sparen würde. Also habe ich im Silver Spoon Diner Teller gespült, bis ich dachte, mir würden Schwimmhäute zwischen den Fingern wachsen.«

Leon kicherte, und Parker fuhr fort: »Wie sich her-ausstellte, gingen meine Eltern wohl davon aus, ich würde mindestens eines der beiden Ziele nicht er-reichen. Ich war intelligent genug, um die Schule trotz des Nebenjobs zu packen, aber ich war verdammt selten bereit, zu tun, was die Lehrer von mir erwar-teten, oder zu sagen, was sie von mir hören wollten, ihre Annahme war also nicht ganz unberechtigt.«

Leon stützte sein Kinn auf eine Hand und runzelte die Stirn. »Sie reden bestimmt niemand nach dem Mund. Aber wie konnten Ihre Eltern übersehen, dass Sie nicht aufgeben, wenn Sie sich etwas vorgenommen haben?«

Parker deutete eine Verbeugung an. »Vielen Dank für die schmeichelhafte Einschätzung meines Charakters. Aber ich war 17 und ein dummer Junge. Meine damalige Freundin hat mir gleich gesagt, es sei sinnlos, abzuhauen, weil ich mich selbst überall mit hinnehmen würde. Doch ich wollte ja nicht hören. Dann hat mein eigener Vater mein sauer verdientes Geld gestohlen, da bin ich mitten in der Nacht verschwunden. Mit nicht mehr als meinem letzten Lohn in der Tasche. 200 Dollar.«

»Wow!« Leons Augen wurden groß. »Das hätte ich mich nie getraut.«

»Ich hätte mich mal lieber trauen sollen, zu mir selbst zu stehen«, wiegelte Parker ab. »Aus heutiger Sicht finde ich es eher erbärmlich, abzuhauen, anstatt mich meinen Problemen und meiner Unsicherheit zu stellen. In den ersten Tagen habe ich mich wie ein Verbrecher gefühlt, der aus dem Knast ausgebrochen ist. Bis ich durch Zufall hier am Cedar Creek gelandet bin. Da habe ich mich zum ersten Mal wirklich entspannt – und ich habe erkannt, wer ich wirklich bin.«

»Wow«, wiederholte Leon und strahlte ihn an. »Deswegen wollten Sie herkommen! Verstehe ich voll.« Doch dann senkte Leon den Blick und drehte den Kopf zur Seite. »Ich finde es trotzdem gut, was Sie gemacht haben«, murmelte er. »Sie haben gemerkt, dass in Ihrem Leben etwas nicht stimmt, und haben gehandelt. Sie könnten schließlich immer noch im Silver Spoon Diner arbeiten.«

»Um Himmels willen, was für eine schaurige Vorstellung!«, sagte Parker erschrocken.

Eigentlich sollte er sich wohl erkundigen, ob es auch in Leons Leben etwas gab, das er ändern wollte, oder warum sonst wirkte der junge Mann plötzlich so bedrückt? Doch Parker zögerte. Welche Büchse der Pandora würde er mit dieser Frage öffnen?

»Und dann? Wo sind Sie als Nächstes hingefahren?«, wollte Leon wissen und blickte ihn wieder offen an.

Der Moment war vorbei.

»Sollen wir uns nicht duzen?«, schlug Parker vor, dem etwas beklommen bei dem Gedanken war, dass Leon vielleicht ebenfalls jemand zum Reden bräuchte und er nicht darauf eingegangen war.

Als Reaktion auf die Frage kroch eine entzückende Röte Leons Hals hinauf und färbte seine Wangen rosa. »Sehr gerne … Parker.« Das letzte, geflüsterte Wort schickte einen Schauer über Parkers Rücken. Nun war es aber gut! Er hatte schon einmal am Cedar Creek eine Dummheit begangen, das würde ihm nicht erneut passieren!

»Ich denke, für heute habe ich genug gesehen. Ich habe später sowieso noch eine Telefonkonferenz. Wo kann man denn hier essen gehen?«, fragte er und erhob sich schnell.

»Na ja. Es gibt ganz gute Burger im The Maple Nook Diner. Wenn das nichts ist, kann ich die Currywurst im The Maple Nook empfehlen. Aber du kannst auch einfach im The Maple Nook vorbeischauen, die machen ganz leckere Toasts«, schlug Leon schelmisch vor.

»Ich sehe schon, ein kulinarisches Highlight jagt das nächste. Ich kann mich kaum entscheiden«, antwortete Parker ebenso flapsig.

Leon lachte, die seltsame Stimmung verflog, und während Parker über den weiteren Verlauf seiner Reise plauderte, fuhren sie in bester Laune zurück nach Maple Meadows.

Kapitel 4

Als Parker am nächsten Morgen vor dem Wilderness Haven Guesthouse zu Leon in den Jeep stieg, sah er kein bisschen besser aus als am Tag zuvor. Schweigend reichte Leon ihm den Coffee-to-go-Becher, den er in weiser Voraussicht aus der Candy Cottage Bakery mitgebracht hatte. Erst nachdem Parker zwei große Schlucke genommen hatte, wagte Leon, etwas zu sagen: »Hier. Ich habe dir einen Mokka Cupcake mitgebracht. Dachte mir, der passt am besten zu einem Koffeinjunkie.«

Parker riss ihm den winzigen Kuchen geradezu aus der Hand, biss herzhaft hinein und stöhnte.

Plötzlich wurde Leons Mund ganz trocken und er wünschte sich, er hätte seinen eigenen Kaffee nicht bereits ausgetrunken. Warum musste der Mann auch solche Geräusche von sich geben, wenn ihm etwas gefiel? Aber Leon würde einen Teufel tun und ihn bitten, es zu lassen. Und das nicht nur, weil es unhöflich wäre, sondern weil ... weil es unhöflich wäre.

»Der ist ja der Wahnsinn«, sagte Parker. »Scheint so, als wären die Pächter des Diners ebenfalls auf der Seite der Gegner des Resorts. Ohne dich würde ich hier verhungern.«

»Im Allgemeinen kann ein Mensch drei bis sechs Wochen ohne Nahrung auskommen, vorausgesetzt, er nimmt genug Flüssigkeit zu sich«, erklärte Leon und zwinkerte Parker zu.

»Koffeinfreier Kaffee ist keine Flüssigkeit, sondern eine Zumutung«, jammerte Parker. »Was bin ich froh, dich engagiert zu haben!«

Leon nickte. »Onkel Will hat mich angerufen. Möchte ich wissen, was du ihm zahlst? So viele Ermahnungen, dass ich auch ja alles tun soll, um den Kunden zufriedenzustellen, habe ich in all der Zeit, die ich dort arbeite, noch nie gehört.«

Parker wich einer Antwort aus. Offenbar hatte er unverschämt viel Geld geboten, um sich Leon als Fahrer zu sichern. Das fühlte sich eigentlich ziemlich gut an, obwohl Leon jederzeit Urlaub genommen hätte, um hier dabei zu sein.

»Ich würde heute gerne den Serenity Lake sehen«, sagte sein Gast. »Am Nachmittag treffe ich mich dann mit Bürgermeister Anderson.«

Leon hielt eine weitere Tüte hoch. »Ich habe an die Nüsse gedacht. Wenn du willst, können wir vor oder nach dem See am Eichhörnchenbaum vorbeifahren.«

»Vorher«, entschied Parker sofort.

Leon salutierte spöttisch, fuhr los und hielt kurz darauf am Rande des Stadtparks. Wie schon am Tag zuvor war Parker begeistert von dem alten Baum, und als sich ein Eichhörnchen in den Ästen zeigte, legte er geradezu ehrfürchtig eine Nuss für das Tier hin.

Leon fragte nicht erneut, was sich Parker wünschte. Dessen feierlicher Gesichtsausdruck ließ aber den Schluss zu, dass es etwas sehr Privates war. Leon ertappte sich bei der Hoffnung, Parkers Wunsch möge in Erfüllung gehen. Um nicht aufdringlich zu wirken, schlenderte er ziellos um den Baum herum.

»Willst du es auch versuchen? Tut gar nicht weh.«

Erschrocken zuckte Leon zusammen, als Parker plötzlich hinter ihm auftauchte.

Nein. Nein, wollte er nicht. Warum nahm er Parker dann die Tüte mit den Nüssen aus der Hand? Was sollte er sich überhaupt wünschen? Doch als Leon Parker ansah, wie er da in einem schicken Hemd und einer Designerjeans vor ihm stand, unverschämt gutaussehend, kam ihm eine Idee. Ein Sonnenstrahl traf Parkers dunkles Haar und verpasste ihm einen schimmernden Glanz. Plötzlich wusste Leon genau, um was er das Eichhörnchen bitten wollte. Kurz entschlossen legte er dem Tierchen ebenfalls eine Nuss hin, kniff die Augen zusammen und formulierte sein Anliegen.

Schweigend kehrten sie zum Jeep zurück. Erst als Leon das Auto anließ, fragte Parker: »Hast du dir gewünscht, dass das Resort gebaut wird?«

Eine naheliegende Frage, und Leon überlegte verwundert, weswegen er nicht diesen Wunsch geäußert hatte. War es nicht das, was er sich am meisten erhoffte?

»Nein. Auch was … Privates.« Sollte Parker ruhig denken, es ginge um seine angebliche Freundin. Hauptsache, er erriet nicht, was sich Leon wirklich gewünscht hatte.

»Ich dachte, hm, vielleicht interessierst du dich für einen Job im Resort?«, fragte Parker vorsichtig. »Bist du gerne bei deinem Onkel in der Autowerkstatt?«

Leon winkte ab. »Es gab nur zwei Optionen. Der Holzhandel meiner Familie oder die Werkstatt«, erklärte er.

Parker war so nett, nicht nachzufragen, wieso nicht ein anderer Beruf oder ein Studium infrage gekommen war, und ermutigt fuhr Leon fort: »Versteh mich nicht falsch, der Holzhandel ist okay. Seit Generationen ist er in der Hand unserer Familie. Aber mein Dad ist der Chef, meine Brüder arbeiten da und … na ja, ich bin der Jüngste.«

»Verstehe.«

»Aber das ist okay. Ich mag Autos, mochte ich schon immer. Und wenn der Job auch nicht besonders anspruchsvoll ist, es gibt häufig was zu lachen.«

»Ach ja? Kann ich mir nicht vorstellen.«

Vorsichtig schielte Leon zu Parker hinüber. Das hörte sich ja so an, als wollte er mehr darüber hören. Tatsächlich nickte sein Beifahrer ihm auffordernd zu. Nun gut. Das ließ sich Leon nicht zweimal sagen.

Parker lehnte sich in seinem Sitz zurück und lauschte Leons fröhlichem Geplauder. Er erzählte von Mrs. Brinley, die jede Woche einen angeblichen Schaden an ihrem Auto beklagte, in Wahrheit aber offensichtlich nur seinem Onkel Will Avancen machen wollte. Dann beschrieb er, wie Mr. Whittaker eine sprechende Puppe im Kofferraum vergessen hatte, die den Mechanikern einen gehörigen Schrecken eingejagt hatte, als sie unverhofft zu reden begann. Sie hatten geglaubt, im Wagen sei jemand seit Stunden eingeschlossen. Leon ließ auch eigene Missgeschicke nicht aus und berichtete lachend davon, wie Will ihn im letzten Augenblick davon abgehalten hatte, das Rad eines Traktors an einen Ford zu montieren.

Parker musste zugeben, dass er den ganzen Tag so weiterfahren und Leon zuhören könnte. Aber er kam nicht umhin, sich zu fragen, wieso Leon dann am Tag zuvor am Fluss wie jemand gewirkt hatte, der sich etwas anderes vom Leben wünschte …

Da! Er tat es schon wieder. Parker dachte eindeutig zu viel über Leon nach. Der junge Mann ging ihn nichts an, warum vergaß er das dauernd?

»Von hier hat man zum ersten Mal einen grandiosen Blick auf den See«, sagte Leon in diesem Moment und lenkte den Jeep an den Straßenrand.

Sofort war alles andere vergessen. Parker sprang fast aus dem Wagen und betrachtete den Serenity Lake, der sich ein wenig unterhalb der Straße erstreckte. Das Wasser war kristallklar und spiegelte das Blau des Himmels und den umliegenden Wald wider. Ein Stück weiter links führte ein Holzsteg ins Wasser, ein Ruderboot war daran festgebunden. Rund um den See luden vereinzelte grüne Wiesen zum Verweilen ein. Und das ganze vor der Kulisse eines mächtigen Bergmassivs im Hintergrund. Wahnsinn. Parker stellte sich bereits die einzelnen Häuser des Resorts inmitten der Bäume vor. Ihre Gäste würden sich fühlen, als wären sie allein auf der Welt. Großartig.

Er zog sein Handy heraus und begann Aufnahmen zu machen und schickte einige davon direkt an Alexander. Dieser Ort hier war perfekt, und sein Freund und Chef sollte das sehen.

Sie wollten gerade wieder in den Jeep steigen, als Parkers Telefon klingelte. »Mein Boss«, sagte er entschuldigend und ging ein paar Schritte zur Seite, ehe er sich meldete. »Alexander! Hast du die Bilder bekommen?«

Alexander lachte leise. »Was denkst du, warum ich anrufe?«

»Der See ist wunderschön, oder? Und der Wald erst! Genau die richtige Mischung aus geheimnisvoll und heimelig. Und er riecht so gut!«

»Es sind Bäume«, sagte Alexander pragmatisch. »Ich war schon mal in Colorado, der ganze Bundesstaat ist voll davon. Solltest du dein Wüstentrauma nicht langsam mal überwunden haben?«

Parker schnaubte abfällig, doch Alexander war noch nicht fertig. »Oder hat deine Begeisterung etwas mit dem Rotschopf zu tun, der auf jedem zweiten Bild drauf ist? Dein Sohn ist das aber nicht.«

Parker schluckte. Er hatte Alexander Fotos mit Leon darauf geschickt? Wie hatte ihm das denn passieren können? Parker senkte die Stimme. »Ich habe River bisher gar nicht getroffen. Es hat sich einfach keine Gelegenheit ergeben, aber ich hoffe noch darauf, ihm zufällig zu begegnen.«

»Und der junge Mann?« Alexander ließ nicht locker.

»Ich bin mit dem Tesla auf einem Waldweg liegen geblieben. Der Wagen ist jetzt in der Werkstatt, und Leon fährt mich herum«, wiegelte Parker ab.

»Ach so«, entgegnete Alexander, »der Wagen. Du redest von dem Wagen, der dir so schrecklich wichtig ist! Du konntest mir nicht mal das Modell nennen, als du ihn bestellt hast. Jetzt ist dein heiliges Gefährt kaputt, was dir so einen schlimmen Schreck eingejagt hat, dass du dich außerstande siehst, selbst zu fahren. Alles klar.«

Parker hörte das unterdrückte Lachen in der Stimme seines Freundes. »So ist das nicht. Leon ist … und außerdem viel zu jung.«

»Und ziemlich lecker.«

»Du bist verheiratet«, beschwerte sich Parker.

»Deswegen erblindet man nicht gleich«, sagte Alexander recht spöttisch, doch dann wurde er wieder ernst. »Was ist wirklich los bei dir?«

Parker seufzte. »Die Begeisterung über unser Vorhaben ist nicht gerade riesig. Aber Leon gehört zu den Befürwortern des Resorts. Was eine sehr angenehme Abwechslung ist. Sonst ist da nichts, ehrlich. Okay, okay, er würde mir gefallen. Aber Leon hat eine Freundin. Es wird also definitiv nicht zu amourösen Verwicklungen kommen.«

»Pass auf dich auf«, mahnte Alexander. »Wenn du einen Freund brauchst, ruf mich jederzeit an.«

Parker versprach es. Nach dem Telefonat schwor er sich selbst, Leon nicht etwa durch eine alberne Schwärmerei in Verlegenheit zu bringen. Parker war alt genug, um sich zusammenzureißen. Es würde keine weiteren Bilder mit Leon geben, auch keine, die er nicht an Alexander schickte.

Kapitel 5

In den folgenden Tagen erkannte Leon, wie dumm es gewesen war, wegen dieser Prügelei vom College zu fliegen. Die Zeit, die er mit Parker verbringen durfte, zeigte ihm, was ihm in seinem Leben fehlte. Stundenlang konnte Leons Fahrgast über Eden Retreats und die vielfältigen Aspekte bei der Planung eines neuen Resorts sprechen.

Nach wie vor wollte Leon lieber Autos als Hotelanlagen konstruieren, aber die Komplexität eines solchen Bauprojekts beeindruckte ihn. Außerdem behandelte Parker Leon wie einen ebenbürtigen Gesprächspartner, und das fühlte sich richtig gut an.

Leider würde es nicht ewig so weitergehen. Parker musste irgendwann nach San Francisco heimkehren, und dann würde Leon seine Tage wieder in Wills Werkstatt verbringen müssen.

Zum Glück machte der Mann bisher gar keine Anstalten, von seiner Abreise zu sprechen. Obwohl es zunehmend schwerer wurde, Parker etwas Ordentliches zum Essen zu beschaffen. Denn natürlich wusste inzwischen jeder in Maple Meadows, weshalb er hier war, und sie ließen den Vertreter von Eden Retreats spüren, wie wenig sie von seinen Plänen hielten.

»Warum fahren wir heute Abend nicht nach Oakeridge?«, schlug Parker eines Nachmittags vor, bevor Leon ihn am Rathaus absetzte, wo sich Parker mit einem Gutachter und jemand von der Umweltschutzbehörde treffen wollte. »Ich meine ... Entschuldige, ich hätte zuerst fragen sollen, ob du etwas vorhast.«

Leon lachte nur. »Kein Ding. Sieht ja so aus, als hätte ich jetzt frei. Ich fahre dich gern.«

»Natürlich lade ich dich ein«, stellte Parker klar. »Und such bitte ein Lokal aus, das dir gefällt. Ich bin nicht wählerisch, was Essen angeht – nicht angekokelt würde mir schon reichen.«

»Ich kenne ein italienisches Restaurant, das ist echt gut. Und der Wirt Adriano interessiert sich bestimmt nicht für den Serenity Lake, der serviert uns nichts Angebranntes«, versprach Leon.

»Dann ist es abgemacht. Holst du mich an der Pension ab? So um sechs?«

»Sehr gerne«, sagte Leon sofort.

Erst später bekam er Bedenken, wie der Abend wohl ablaufen würde. Er konnte kaum von Parker erwarten, das ganze Gespräch mit Erzählungen über Eden Retreats zu bestreiten, schließlich hatte auch ein Vice President mal Feierabend. Aber über was sollten sie sonst reden? Leon hatte ihm ein paar Anekdoten aus der Werkstatt und einige lustige Vorkommnisse aus dem Holzhandel seines Dads erzählt, fürchtete aber immer, Parker damit zu langweilen.

Außerdem gab es etliche Themen, über die Leon nicht sprechen wollte. Warum er nicht aufs College ging, weshalb er seine Mutter nie erwähnte oder seine Freundin, die in Wahrheit schon längst Geschichte war. Er fragte sich, ob Parker solche Dinge ansprechen würde. Lügen wollte Leon nicht, doch die Kunst, unangenehme Gesprächsthemen geschickt zu umschiffen, beherrschte er ebenso wenig.

Andererseits redete Parker ebenfalls nie von sich. Über sein Leben in San Francisco wusste Leon nicht mehr, als dass es da diesen Alexander Vale gab, der sowohl Parkers Chef als auch sein Freund war, und dem Parker wohl viel zu verdanken hatte.

Aber wenn sie ihr Privatleben außen vor ließen, was blieb dann? Sollten sie etwa über das Wetter reden?

Doch als sie in dem italienischen Restaurant ankamen und Adriano ihnen die Speisekarten reichte, zeigte sich schnell, wie unbegründet Leons Sorgen gewesen waren.

»Was kannst du empfehlen?«, fragte Parker und blätterte hin und her.

»Pizza«, entgegnete Leon, wie aus der Pistole geschossen.

»Kein zartes Kalbsschnitzel oder vielleicht einen Fisch mit mediterranem Gemüse?« Parkers Mundwinkel zuckten.

»Das ist bestimmt auch lecker«, gab Leon zu. »Aber Fleisch oder Fisch kann ich mir selbst machen. Pizza nicht, weil sich Dad hartnäckig weigert, einen Pizzaofen in den Garten zu stellen. Dabei haben wir Platz genug, und an Holz zum Anfeuern fehlt es uns nun wirklich nicht.«

»Du kannst kochen?«

»Äh ... ja?«

War das so ungewöhnlich? Vielleicht schon. Nachdem Mom gestorben war, hatten weder sein Dad noch seine Brüder Ambitionen gezeigt, den »Frauenjob« des Kochens zu übernehmen. Irgendwann hatte Leon genug von den Fertiggerichten und seltenen Grillabenden gehabt und sich selbst das Kochen beigebracht. Würde Parker jetzt fragen, was hinter seinen Kochkünsten steckte?

»Toll«, sagte der jedoch nur. »Ich kann auch kochen – Kaffee!«

Leon lachte, und dann bestellte Parker zu seiner Überraschung ebenfalls eine Pizza.

Danach war es plötzlich ganz leicht, sich zu unterhalten. Sie sprachen über die Pläne der NASA und überlegten, ob es eines Tages möglich sein würde, andere Planeten zu besiedeln. Sie unterhielten sich über die Bedeutung des Bitcoins für die amerikanische Wirtschaft und stellten fest, dass sie beide den neuen Thriller mit Tom Hanks anschauen wollten. Sie konnten sich nicht auf eine bevorzugte Musikrichtung einigen, aber zu Leons Verblüffung gab Parker zu, die Artic Monkeys, Leons Lieblingsband, gar nicht so schlecht zu finden.

Überhaupt waren sie nicht immer einer Meinung, aber Parker erweckte nie den Eindruck, Leons Ansichten nicht ernst zu nehmen, weil der jünger als er und nur ein Automechaniker in einer Kleinstadt war, im Gegenteil. Es schien, als könnte Parker einen Leon sehen, der viel mehr war als das.

So kam zu den fantastischen Tagen, die Leon bereits mit Parker verbracht hatte, noch die Erfahrung eines grandiosen Abends hinzu.

War es da verwunderlich, dass das Letzte, an das Leon dachte, bevor er nachts einschlief, und das Erste, wenn er morgens aufwachte, Parker war?

Nach wie vor wartete Leon täglich mit einem großen Kaffee und einem Mokka Cupcake vor Imeldas Lodge auf Parker. Doch unverkennbar neigte sich ihre gemeinsame Zeit dem Ende zu. Leon wurde seltener als Fahrer benötigt, stattdessen traf sich Parker mit vielen Menschen, vom Tourismusverband, vom

Stadtrat und natürlich immer wieder mit Bürgermeister Anderson, dem größten Befürworter des Projekts.

So hatte Leon am Samstagvormittag überraschend frei. Also mähte er den Rasen hinter dem Haus, da sich sonst keiner seiner Familie dafür interessierte, dass ihr Heim in Kürze überwuchert werden würde. Kaum war er fertig, klingelte sein Handy. Parker.

»Hey. Soll ich dich irgendwohin fahren?«, fragte Leon und presste das Telefon an sein Ohr, als könnte er es so dazu zwingen, ein »ja« zu übermitteln.

»Nein«, sagte Parker enttäuschenderweise und fügte dann in einem gespielt verzweifelten Ton hinzu: »Ich treffe mich später mit einem dieser vehementen Gegner des Resorts im Diner. Ich mag mir gar nicht ausmalen, was sie mir dabei wieder für Scheußlichkeiten vorsetzen werden.«

Das war nicht direkt eine Aufforderung, mit ihm Essen zu gehen, aber Leon erkannte eine Chance, wenn er eine sah.

»Warum kommst du nicht in Wills Werkstatt vorbei, wenn das Treffen rum ist? Dein Tesla ist fertig, und wir können rasch eine Kleinigkeit zusammen essen. Ruf an, und ich hole dich ab.«

»Gute Idee. Aber ich will auch noch in diese Buchhandlung … Danach nehme ich einfach das Taxi. Oder glaubst du, euer Ben wird mich irgendwo in der Wildnis aussetzen, wenn er merkt, mit wem er es zu tun hat?«

Leon lachte. »Nein, ich glaube, Ben ist das Resort völlig egal. Alles, was ihn interessiert, ist, ob die Colorado Rockies irgendwann mal einen World Series Titel holen. Aber da heute kein Spiel ist, kannst du gefahrlos bei ihm einsteigen.«

»Da bin ich ja beruhigt. Dann sehen wir uns später.«

»Ich freue mich darauf«, sagte Leon, aber erst als er sich sicher war, dass Parker bereits aufgelegt hatte.

Normalerweise hätte er Parker niemals Ben überlassen, aber heute war ihm das sehr recht. In der Nähe der Buchhandlung von Hope Barnes ließ er sich seit dem Zusammenstoß mit River sowieso nicht mehr blicken, Leon bestellte seinen Lesestoff jetzt lieber bei Amazon. Außerdem hatte er viel vorzubereiten!

Als Erstes ging er in den Keller und spähte in die Gefriertruhe. Wie erhofft, fand er zwei T-Bone-Steaks, bei deren Anblick ihm direkt das Wasser im Mund zusammenlief. Perfekt.

Er packte sie ein, kletterte in den Jeep und fuhr zum Supermarkt.

Dort wanderte ein schöner Salat, frische Kräuter, ein gutes Olivenöl, ein knuspriges Brot und ein Sixpack Bier in seinen Einkaufswagen. Dann blieb Leon unschlüssig vor dem Weinregal stehen. Beim Italiener hatte Parker ein Glas bestellt. Sollte er welchen kaufen? Oder lieber noch schnell bei Jills Feinkostladen vorbeischauen, der hatte auch eine große Auswahl an Getränken. Allerdings hatte Leon keine Ahnung von Wein. Jill würde ihm wahrscheinlich irgendeinen Ladenhüter aufschwatzen, und damit würde er Parker gewiss nicht beeindrucken. Nein, sie hatten Bier, Cola, Wasser und Eistee. Das musste reichen.

Zufrieden mit seinen Einkäufen fuhr Leon zurück zur Werkstatt. Will hatte ihm schon vor einiger Zeit angeboten, dass er seinen Grill benutzen durfte, wenn er sich mit ein paar Freunden einen netten Abend machen wollte. Wahrscheinlich hatte sein Onkel gehofft, er würde dann auch ein Steak bekommen.

Bisher war Leon allerdings niemand eingefallen, den er zum Grillen einladen könnte. Zu Hause hatten sie einen riesigen Smoker, mit seinen Brüdern und Dad grillte er demnach im heimischen Garten, und sonst? Er schob den Gedanken beiseite. Heute hatte er ja jemand, den er bekochen konnte. Und das Beste: Will war zum Angeln rausgefahren, Leon musste also nicht befürchten, seinen Onkel mit durchfüttern zu müssen.

Fröhlich begann er damit, den Grill zu schrubben und hinter der Werkstatt aufzustellen. Er bereitete die Kohle vor, neugierig beobachtet vom Nachbarshund. »Heute ist mal was los, hm?«, fragte Leon und checkte schnell, ob das Tier was zu trinken hatte. Hatte es. Wenigstens was. »Nächstes Mal bringe ich dir auch ein Stück Fleisch mit«, versprach er. Aber jetzt musste er sich auf Parker konzentrieren.

Leon legte die Steaks in eine Mischung aus Öl und frischen Kräutern ein, wusch den Salat, schob alles in den Kühlschrank und vergewisserte sich dabei, ob genug Getränke kaltgestellt waren. Im Büro stand eine alte Vitrine, in der sich einiges an Geschirr befand. Für die Mittagspause von zwei ölverschmierten Mechanikern das Richtige, aber heute fanden die wild zusammengewürfelten Teller, die meisten davon angeschlagen, keine Gnade vor Leons Augen. Er stellte sie zurück und sah an sich herab. Er selbst wirkte nach dem Rasenmähen und der Aktion mit dem Grill ebenfalls nicht mehr ganz taufrisch. Aber wenn er sich beeilte, konnte er noch schnell zu Hause vorbeifahren, sich umziehen und Geschirr von dort mitnehmen. Das sollte zu schaffen sein, bevor Parker hier auftauchte.

Parker erreichte das Diner vor seinem Gesprächspartner und wählte einen Tisch am Fenster. Vorsichtshalber bestellte er nur ein Mineralwasser, in der Annahme, dabei könnte nicht viel schiefgehen. Falsch gedacht. Lauwarm schmeckte selbst Mineralwasser nicht, besonders weil Tracy es mit einem übertriebenen Lächeln serviert hatte.

Zum Glück hatte er Leon. Wahrscheinlich würde Leon ihn nachher mit einer Kleinigkeit aus der Bäckerei überraschen, das machte er manchmal. Aber Parker wäre auch zufrieden, wenn sie sich rasch ein paar Brote schmieren würden.

Ein wenig verträumt sah er aus dem Fenster des Diners und bemerkte Tristan Anderson, der ebenfalls das Lokal ansteuerte. Der junge Mann hatte um das Treffen gebeten, und Parker war froh darüber. Denn Mr. Sawyer, der Bewohner der Hütte am Serenity Lake, öffnete ihm weder die Tür, noch ging der alte Mann ans Telefon.

Bisher war Parkers Ausflug nach Maple Meadows ein Fehlschlag. Die Resort-Gegner dachten gar nicht daran, ihre Meinung zu ändern, und River war er ebenfalls nicht zufällig über den Weg gelaufen. Möglicherweise lag das auch daran, dass Parker die gemeinsame Zeit mit Leon viel zu sehr genoss und daher immer wieder vergaß, diese Themen energischer anzugehen.

Nun gut, vielleicht kam er mit Tristan gleich einen Schritt weiter, und später plante Parker noch einen Besuch in Hopes Buchhandlung. Es wäre ihm lieber gewesen, er hätte River ganz zwanglos kennengelernt, bevor er mit Hope sprach. Immerhin bestand nach wie vor die Möglichkeit, dass er sich komplett zum Narren machte. Aber es half wohl nichts, keinesfalls würde er abreisen, ohne wenigstens in Erfahrung zu bringen, ob River wirklich sein Sohn war.

Parker blickte erneut aus dem Fenster. Offenbar hatte sich Tristan Verstärkung mitgebracht. Jedenfalls eilte gerade ein junger Mann auf Tristan zu, dieser strahlte und zog den Neuankömmling ohne

Umschweife in seine Arme. Wie von selbst fanden sich ihre Münder zu einem innigen Kuss.

Gegner oder nicht, Parker freute sich für die beiden. Als er so jung gewesen war, wäre es ein Unding gewesen, seine Gefühle für einen gleichgeschlechtlichen Partner auf offener Straße so zu zeigen.

Draußen lösten sich die zwei Männer zögernd voneinander, sahen sich noch einen Moment in die Augen. Auf den ersten Blick wirkten sie recht unterschiedlich. Tristan, mit seinem hellblonden Haar, strahlte eine natürliche Eleganz aus. Sein Partner hingegen, mit dunklem, zerzaustem Haar und einem karierten Outdoorhemd, war eher der Typ lässiger Naturbursche. Trotzdem gaben sie ein harmonisches Bild ab.

Die beiden verschränkten ihre Hände ineinander und wandten sich dem Eingang des Diners zu. Nun konnte Parker auch das Gesicht von Tristans Freund erkennen.

Es fühlte sich an, als würde er von einer Abrissbirne getroffen.

River.

Das war River.

River Barnes war mit Tristan zusammen.

Und auf dem Weg zu ihm, um gemeinsam mit seinem Partner gegen ein Resort von Eden Retreats am Serenity Lake zu kämpfen.

Parker hatte nicht viel Zeit, um sich auf die neue Sachlage einzustellen. Nachdem er ständig nach River Ausschau gehalten hatte, war es kein allzu großer Schock, ihn zu sehen. Nur die Situation war eine völlig andere, als er erwartet hatte. Parker hatte gehofft, er könnte seinem Sohn vielleicht beim Start ins Berufsleben helfen, indem er ihm eine Stelle im neuen Resort anbot, aber damit war er anscheinend auf dem Holzweg gewesen.

Parker atmete tief durch. Riss sich zusammen. Alexander hätte ihn niemals die Karriereleiter so weit hinaufsteigen lassen, wenn er nicht in der Lage wäre, blitzschnell auf neue Gegebenheiten zu reagieren. Tatsächlich hatte er sich bereits wieder im Griff, als Tristan und River seinen Tisch erreichten, ihre Hände unverwandt ineinander verschränkt.

Parker erhob sich. »Mr. Anderson. Es freut mich sehr, Sie noch mal zu treffen«, sagte er nonchalant und reichte Tristan seine Hand.

»Ich habe mir erlaubt, jemand mitzubringen, den Sie kennenlernen sollten. River, das ist Mr. Adams von Eden Retreats, Mr. Adams, River Barnes.«

O ja, und wie er diesen jungen Mann kennenlernen sollte! »Sehr erfreut«, sagte Parker und kam sich dabei selten dämlich vor. Schließlich war es, als schaute er in einen Spiegel und sähe ein 20 Jahre jüngeres Ich darin, wenn er River betrachtete.

River grinste und gab ihm ebenfalls die Hand. »Mein Grandpa lässt ausrichten, Sie sollen nicht mehr an seine Tür hämmern, sonst ruft er das nächste Mal Sheriff Maxwell.« River zuckte entschuldigend mit den Achseln. »Sorry, ich bin nur der Bote.«

Parker runzelte die Stirn. Wenn Mr. Sawyer Rivers Großvater war, müsste er doch Barnes heißen, wie Hope. Oder? Der Großvater väterlicherseits konnte es auch nicht sein, denn das war aller Wahrscheinlichkeit nach … sein eigener Vater. Der keine Ahnung von diesem möglichen Enkelkind hatte. Was er wohl davon halten würde? Nichts vermutlich, wie von allem, was mit Parker zu tun hatte.

Nun, im Augenblick war das wohl egal. Parker nickte vage, als interessierte ihn das gar nicht wirklich. Dann bat er die beiden jungen Männer, Platz zu nehmen.

»Hatten Sie inzwischen Gelegenheit, sich mit dem Konzept von Eden Retreats auseinanderzusetzen?«, wandte er sich an Tristan. Am liebsten hätte Parker sofort verkündet, er würde alles daransetzen, damit das Resort nicht gebaut wurde, wenn River es nicht hier haben wollte. Aber wahrscheinlich hielten ihn die zwei dann für nicht ganz zurechnungsfähig, schließlich proklamierte Parker seit einer Woche genau das Gegenteil. Die beiden jungen Männer würden womöglich ebenso schnell wieder verschwinden, wie sie gekommen waren. Und das war wirklich das Letzte, das Parker wollte.

»Ihnen zu unterstellen, Ihr Konzern wolle die Natur zerstören, war ein wenig voreilig«, gab Tristan zu.

»Auch wenn wir nicht ganz verstanden haben, was so besonders an dem Resort sein soll«, ergänzte River.

Diese Chance, seinem Sohn das Konzept von Eden Retreats nahezubringen, ließ sich Parker natürlich nicht entgehen. Wie schon die Tage zuvor schwärmte er von ihrer Mission, einen Ort zu schaffen, an dem sich jeder wie zu Hause fühlte. River hörte aufmerksam zu, das wusste Parker. Er sah genauso aus, wenn ihn etwas interessierte.

»Das ist wirklich eine coole Idee«, gab River zu, als Parker seine Ausführungen beendet hatte.

»Wir werden dennoch weiter gegen das Resort kämpfen. Nicht nur wegen Rivers Großvater. Wir haben eigene Pläne«, fügte Tristan hinzu.

»Ach ja? Dann lassen Sie mal hören«, sagte Parker. »Ich habe immer darauf hingewiesen, dass der Standort am Serenity Lake nicht infrage kommt, wenn es massiven Widerstand in der Bevölkerung gibt. Also, überzeugen Sie mich, dass wir keine Chance gegen Ihre Ideen haben.«

Tristan und River wirkten einigermaßen verblüfft, damit hatten sie wohl nicht gerechnet. Doch dann legten sie los, und ihr Vorhaben klang durchaus vielversprechend. Die beiden planten, Maple Woods Adventures auszubauen, das Unternehmen von Rivers Großvater. Bisher konnte man dort nur Wandertouren und Angelausflüge buchen, aber in Zukunft sollten weitere Angebote hinzukommen.

Dazu gehörte ein Feriencamp für Kinder und Jugendliche, das zuerst entstehen sollte – am Serenity Lake.

Parker legte seine Fingerspitzen aneinander. »Nicht schlecht«, gab er zu. »Damit haben Sie wahrscheinlich schon alle Eltern und Großeltern auf Ihrer Seite. Die Baumaßnahmen versprechen Einnahmen für die lokalen Handwerksbetriebe, auch nicht übel.« Tristan und River strahlten, doch Parker war noch nicht fertig. Die beiden hatten versucht, die Schwachstellen ihres Vorhabens zu verschleiern. Insbesondere Tristan war dabei nicht ungeschickt, aber Parker hatte es natürlich trotzdem gemerkt.

»Allerdings gibt es mehrere Haken. Sie sind nicht mal mit dem College fertig«, wandte er sich an Tristan. Er hatte Matthew auf Tristan Anderson angesetzt. Sein Assistent hatte herausgefunden, dass Tristan sein Studium der Politikwissenschaft abgebrochen hatte und nun Sozialpädagogik in Oakeridge studierte. »Und Sie haben keinerlei Erfahrung mit so einem Projekt«, sagte er zu River. »Und alle beide verfügen Sie nicht über die nötigen finanziellen Mittel, oder?«

Tristan und River antworteten nicht, aber ihre verkniffenen Münder sagten genug. Parker wartete.

»Wir überlegen, eine Stiftung zu gründen«, meinte Tristan schließlich.

»Mhm. Keine schlechte Idee. Aber auch mit vielen bürokratischen Hürden verbunden. Geldgeber, die an Sie glauben, wären besser.«

Zu den verkniffenen Mündern gesellte sich nun ein Stirnrunzeln. Parker musste an sich halten, um nicht laut herauszulachen.

»Aber die nehmen Sie nicht ernst, richtig? Allerdings haben Sie nicht ewig Zeit. Denn wenn die Bewohner von Maple Meadows merken, dass das so schnell nichts werden wird mit dem Camp, verlieren Sie an Unterstützung.«

»Er wird nicht leicht«, sagte Tristan.

»Aber das ist kein Grund, gleich aufzugeben«, ergänzte River.

»Ihre Lage wäre besser, wenn Sie einen Investor gewinnen könnten, der nicht nur die entsprechende Erfahrung mitbringt, sondern auch über die passenden Kontakte verfügt ...«, sagte Parker gedehnt, so als wäre ihm dieser Gedanke gerade erst gekommen.

»Die wachsen nicht auf Bäumen«, murmelte Tristan.

»Vielleicht hätten wir uns so jemand vom Eichhörnchen wünschen sollen, und nicht ...« River brach abrupt ab, und beide wurden rot.

Nicht nötig, dachte Parker. *Was immer ihr euch Unanständiges von dem Tierchen gewünscht habt, ich hoffe, es geht in Erfüllung.*

»Was haben Sie bisher? Einen Businessplan?«

»Eher ein grobes Konzept«, sagte River und kratzte sich hinter dem Ohr.

»Für ein grobes Konzept ist es zu detailliert ausgearbeitet«, korrigierte Tristan und versuchte, seinen Freund unter dem Tisch unauffällig anzustupsen.

Parker fiel es trotzdem auf.

»Kann ich es sehen?«

River und Tristan sahen erst einander, dann Parker sichtlich verwundert an.

»Ich sagte doch, überzeugen Sie mich. Wenn der Plan Hand und Fuß hat und nicht nur eine Luftnummer ist, dann werde ich mich für einen anderen Standort einsetzen. Wir legen viel Wert darauf, bei unseren potenziellen neuen Nachbarn willkommen zu sein.«

»Wirklich?«, sagte die beiden jungen Männer wie aus einem Mund.

Parker nickte. Nur mit Mühe schaffte er es, sich davon abzuhalten, seine Hilfe gleich hier und jetzt anzubieten. Das wäre verfrüht. Aber er hoffte wirklich, dass die beiden es ernst meinten mit ihren Plänen. Er könnte ihnen helfen – und dabei mit seinem Sohn zusammen sein!

»Mein Laptop liegt noch in deinem Zimmer bei deinem Grandpa«, jammerte Tristan, »wir müssten ihn erst holen.«

»In unserem Zimmer«, korrigierte River ungeniert.

»Warum treffen wir uns nicht dort?«, meinte Parker.

Tristan starrte ihn einen Augenblick mit zusammengekniffenen Augen an, als wollte er ergründen, ob Parker ihn veräppelte. Doch dann meinte er betont lässig: »Wenn Sie sich wirklich direkt in die Höhle des Löwen wagen möchten, nur zu. Wir wollten sowieso

Spaghetti Carbonara kochen. Wenn Sie es ernst meinen, sind Sie herzlich eingeladen!«

Jetzt war es River, der versuchte, Tristan unauffällig zu treten. Wollte sein Sohn ihn nicht im Haus seines Großvaters haben? Oder nur schnell aufräumen, bevor er Gäste empfing?

»Ich muss sowieso noch etwas besorgen und meinen Wagen von der Werkstatt abholen, dann könnte ich am See vorbeischauen.« Parker schluckte. Er wollte nicht drängen, fügte aber hinzu: »Und zu den Spaghetti sage ich definitiv nicht nein.«

River schien sich zu entspannen. »Abgemacht!«

Verständlicherweise hatten die beiden es nun eilig und verabschiedeten sich rasch. Nachdem er nun einen guten Grund hatte, das Treffen mit Hope ein weiteres Mal aufzuschieben, beschloss Parker, stattdessen kurz in seiner Pension vorbeizuschauen, bevor er den Tesla holte. Lissy hatte gestern eine Mail geschickt, in der sie ihm wahrscheinlich ihre Einschätzung zu den übrigen Standorten mitteilte. Parker hatte die Mail bisher ignoriert, aber nun wollte er unbedingt wissen, was drinstand. Hoffentlich hatte sie einen passenden Ort gefunden, denn inzwischen war er fest entschlossen, Alexander Maple Meadows wieder auszureden. Selbst wenn Tristan und River noch Jahre bräuchten, bis sie mit ihren Plänen starten konnten. Parker wollte nicht dafür verantwortlich sein, dass es am Serenity Lake keinen Platz mehr für sie gab, wenn sie so weit waren.

Kapitel
6

Frisch geduscht und den Korb diesmal gefüllt mit
Geschirr, Besteck und Servietten kam Leon wieder in
der Werkstatt an. Einem Impuls folgend hatte er eine
kleine Vase mitgebracht, die er zu Hause ganz hinten
in ihrem Küchenschrank entdeckt hatte. Seit dem Tod
seiner Mutter hatte bestimmt kein einziges Mal eine
Vase auf ihrem Tisch gestanden, höchstens eine Kerze
in der Adventszeit. Aber Leons Dad dachte ja gar nicht
daran, etwas wegzuwerfen, das nicht kaputt war,
mochte es auch noch so ungenützt im Schrank stehen.

Leon trug einen Tisch und zwei Stühle auf die Wiese
hinter der Werkstatt, verteilte das Geschirr darauf und
schlich dann zum Zaun. Der Schäferhund betrachtete
ihn träge, machte jedoch keine Anstalten, zu bellen, als
Leon eine der Sonnenblumen des Nachbarn packte
und die Blüte abschnitt. Anscheinend war der Hund
ebenfalls der Ansicht, Leon hätte sich die Blume

verdient. Schließlich versorgte Leon das Tier in letzter Zeit regelmäßig mit Wasser.

Stolz platzierte er die Vase mitten auf dem Tisch, da hörte er schon den spuckenden Motor von Bens Taxi. Wann vereinbarte der Hornochse eigentlich endlich einen Termin bei ihnen? Sicher erst, nachdem Leon ihn irgendwo hatte auflesen müssen!

Leon schaute noch einmal auf den Tisch. Plötzlich war ihm die Sache mit der Sonnenblume peinlich. Das sah ja aus, als hätten sie ein Date! Hastig stellte er die Vase neben die wacklige Bank, auf der Will und er sonst mittags immer saßen, und beschloss, so zu tun, als hätte er das Ding nie zuvor gesehen, falls Parker ihn darauf ansprach.

Dann umrundete er die Werkstatt und schlenderte auf Parker zu, der gerade aus dem Taxi kletterte. In einer Hand trug sein Gast eine Tüte von Jills Feinkostladen, aus der oben ein Flaschenhals herausschaute. Parker hatte Wein mitgebracht! Leons Herz hüpfte. Vielleicht hätte er die Vase doch stehen lassen sollen? Schließlich hatte er ja keine Rose reingesteckt.

»Hey, wie ist es gelaufen?«, fragte Leon. »Du strahlst ja wie ein Honigkuchenpferd. Hast ihn in Grund und Boden gequatscht, oder?«

Parker sagte etwas, das jedoch nicht zu verstehen war, weil Ben das Taxi startete und röhrend vom Hof fuhr. Leon schüttelte den Kopf. Ben hätte das Auto besser gleich dalassen sollen. Aber kaum war das Taxi außer Sicht, da hatte er es auch schon wieder vergessen.

»Versuch's noch mal ... falls du nicht an den Abgasen erstickt bist«, schlug Leon vor und grinste. »Dann können wir feiern!«

Parkers Strahlen fiel in sich zusammen. »Leon ... ich habe ... also ... Der Serenity Lake wird nicht der neue Standort für eine Eden Retreats Anlage in Colorado werden.«

»Oh.« Die Enttäuschung legte sich wie ein schwerer Stein auf Leons Brust. Seltsamerweise war er aber nicht deswegen frustriert, weil er Tristan und River weiterhin aus dem Weg gehen musste. Sondern weil Parker jetzt bald abreisen und nicht mehr nach Maple Meadows kommen würde. Wirklich schade.

»Nun ja, wenn ihr einen besseren Platz gefunden habt ... hm ... Magst du vielleicht erst mal ein Bier und dann ...«

»Ich habe es leider sehr eilig«, unterbrach Parker ihn.

»Aha? Ja aber, warum ...?«

»Ich wollte nur schnell den Tesla holen. River hat mich von seinem geplanten Projekt überzeugt, und ich treffe mich noch mal mit ihm.«

»Verstehe. Ihr Tesla. Selbstverständlich.« Leon hatte mal einen Film gesehen, da hatte sich ein Alien in Sekundenschnelle des Körpers eines Menschen bemächtigt. So fühlte er sich auch gerade. Sein Gesicht schien zu einer Maske zu erstarren, und er spürte selbst, wie eckig seine Bewegungen waren, als er sich nun abwandte und in die Werkstatt hinein und in das kleine Büro stakste.

Sobald der Alien wieder herauskam, würde er sich bedanken. Sah so aus, als verhinderte er, dass sich Leon komplett zum Narren machte.

»Leon ...« Parker folgte ihm ärgerlicherweise. Aber der Roboter, zu dem Leon mutiert war, agierte ungerührt weiter.

»Hier sind Ihr Autoschlüssel und die Rechnung. Wenn Sie den Betrag bitte einfach überweisen, die Kontoverbindung steht unten. Ich habe keinen Schlüssel für die Kasse, deswegen ist Barzahlung heute nicht möglich.«

»Leon, was ist denn los?«

»Wenn Sie jetzt bitte gehen, Mr. Adams, ich würde gerne abschließen.« Leon nahm den Schlüssel zur Werkstatt von einem Haken und klimperte auffordernd damit herum.

Zu seiner Überraschung wandte sich Parker tatsächlich ab, verließ kopfschüttelnd das Gebäude. Mit einem lauten *Wumms* warf Leon die Tür zur Werkstatt hinter ihm zu und schloss von innen ab.

»Leon?«

Er ignorierte den Ruf. Parker hatte es ja sooo eilig. Keine Zeit, um Leon zu erklären, was los war, keine Zeit, um wenigstens ein Bier mit ihm zu trinken. Leon schleppte sich zurück ins Büro. Starrte den Kühlschrank an, in dem die marinierten Steaks lagen.

Verdammt. Er wollte nicht raus, nicht so lange Parker womöglich noch herumstand. Aber das leise Brummen des Kühlschranks schien ihn zu verhöhnen. Als wollte das Gerät sagen: *Warum sollte er dir was erklären? Du warst gut genug, ihn umherzufahren, sonst bedeutest du ihm nichts!*

Nein. Nein, Leon hielt das alles keine Sekunde länger aus. Wütend riss er den Kühlschrank auf, griff nach den Steaks und stürmte hintenrum raus. »Wuff«, machte der Nachbarshund erschrocken, als Leon wie ein Berserker auf ihn zurannte.

»Hier! Fleisch! Wie versprochen!«, schrie Leon und schleuderte das erste Steak über den Zaun. Sofort schnappte der Hund danach.

»Leon? Was ist denn mit dir los? Aber …«

Parker! Verdammte Scheiße, warum war der um die Werkstatt herumgegangen, anstatt sich in sein blödes Auto zu setzen und zu verschwinden?

Leon warf dem Hund das zweite Steak zu. »Gehen Sie, Mr. Adams!« Seine Stimme überschlug sich. Der Alien oder der Schock oder was auch immer vorher dafür gesorgt hatte, dass er nicht zusammenbrach, schien sich davongemacht zu haben.

»Bitte, lass uns doch in Ruhe reden.«

»Wie viele Sekunden habe ich denn, bis Sie zu Ihrer Verabredung müssen?«, schimpfte Leon.

»Das ist doch albern. Lass uns doch dieses Bier …«

Nein! Gewiss nicht. Aber Parker war stetig näher gekommen, womöglich würde er ihn festhalten, wenn er an ihm vorbeiwollte. *Scheiße.* Leon bebte. Er wollte Parker nicht wehtun, aber wenn der ihn anfasste, würde er komplett ausrasten, er spürte es. Sollte er es trotzdem auf diesem Weg versuchen? Oder lieber über den Zaun zum Nachbargrundstück klettern?

Leon entschied sich fürs Klettern. Der Hund hob kurz den Kopf, war aber noch mit dem ersten Steak beschäftigt und ignorierte ihn. Leon zog sich hoch, schwang erst ein Bein, dann das andere über den Zaun, sprang hinunter und rannte los.

Zu den Rufen »Leon! Leon!« gesellte sich plötzlich ein wütendes Bellen. Leon blickte über die Schulter, doch der Hund hatte es nicht auf ihn, sondern auf Parker abgesehen, der soeben davon Abstand nahm, Leon zu folgen. Anscheinend lag es doch nicht nur am Steak, dass der Hund ihn in Ruhe gelassen hatte. Leon beglückwünschte sich insgeheim für die gewählte Fluchtroute, verließ das Grundstück durch das Gartentor des Nachbarn und stürmte die Straße hinunter.

Wenn Parker ihm hinterherjagen wollte, hatte er einen ziemlich großen Umweg vor sich. Wobei ihm sicher sowieso gleich seine Verabredung einfallen würde – mit *River*. Dann würde er sich in den Tesla setzen und davonfahren. Es war also vielleicht gar nicht nötig, weiter vor ihm wegzulaufen.

Aber Rennen war gut. Solange Leon rannte, konnte er niemand die Faust ins Gesicht rammen. Also würde er rennen, bis er zusammenbrach.

Leon hatte keine Ahnung, wie er zum Stadtpark gekommen war, und doch stand er am Rand der Wiese, in deren Mitte sich der Eichhörnchenbaum befand. Keuchend blieb er stehen, stützte die Hände auf die Oberschenkel und rang nach Luft. Ohne sich um Leons Verfassung zu scheren, zeigte sich ein Eichhörnchen in den Ästen des riesigen Baums, verlangte lautstark nach einer Nuss.

Das war zu viel! Leon stürmte zum Baum, packte den Stamm mit beiden Händen und rüttelte wild daran.

»Kommt runter, ihr dämlichen Biester!«

Der alte Baum schwankte nicht mal, und das Eichhörnchen verschwand blitzartig.

Leon legte den Kopf in den Nacken und brüllte: »Das war ein einfach zu erfüllender Wunsch, oder, du gefräßiges Miststück? Habe ich mir gewünscht, dass Parker hierbleibt? Nein! Oder dass er mich mitnimmt nach San Francisco? Nein! Warum sollte er irgendwas davon tun, war mir auch klar! Nur gelegentlich texten und sich mal auf einen Kaffee treffen, wenn er in der Gegend ist, habe ich gesagt. War selbst das schon zu viel? Was habe ich dir eigentlich getan? Warum erfüllst du nie einen *meiner* Wünsche, hm?!«

Offenbar hatte das Eichhörnchen keine Antwort darauf, jedenfalls rührte sich nichts mehr in dem Baum. Leon blinzelte. Aber er würde diesem unfairen Vieh nicht die Genugtuung geben, ihn zum Heulen gebracht zu haben! Er ließ den Stamm los, um sich selbst in den Arm zu zwicken, als ihm ausgerechnet Hope Barnes auffiel, die auf den Eichhörnchenbaum zuschlenderte, eine Tüte Nüsse in der Hand. *Shit!*

Hatte sie was gehört? Sie wirkte zum Glück nicht so, sondern blickte verträumt umher und schien Leon noch gar nicht bemerkt zu haben. Hastig drehte er sich um und rannte erneut los. Mal wieder sprintete er querfeldein davon, ignorierte die Äste, die ihm ins Gesicht schlugen, und zwängte sich unbeeindruckt durch die dornigen Büsche. Bloß weg hier! Am besten gleich ganz weg aus Maple Meadows!

Als Leon schließlich zur Werkstatt zurückkam, war der Tesla fort. Logisch, Parker war längst zu seiner Verabredung aufgebrochen. Warum hatte ein kleiner, dummer Teil von Leon trotzdem gehofft, Parker wäre immer noch hier?

Aber Leon durfte wahrscheinlich froh sein, weil wenigstens Hope Barnes sein peinliches Geständnis nicht gehört hatte und Onkel Will bisher nicht vom Angeln zurück war und ihn ausfragte, was der Aufriss hier sollte.

Zuerst sah Leon nach dem Nachbarshund. Der lag träge im Schatten, hob aber den Kopf, als er Leon hörte, und klopfte ein paarmal mit seiner Rute auf den Boden. Puh, wenigstens hatte er den Hund mit seiner undurchdachten Aktion mit den Steaks nicht vergiftet. War er nicht ein richtiges Glückskind?

Leon räumte alles, was er zuvor vorbereitet hatte, wieder weg, verschloss die Werkstatt erneut und stieg in den Jeep. Und jetzt?

Er umfasste das Lenkrad. Auf seinem Arm zeigten sich bereits einige Flecke, so oft hatte er sich inzwischen gezwickt. Sicher würde er morgen grün und blau sein. Es schien so, als brauchte er einen besseren Weg, um zu vergessen, dass River ihn schon wieder ausgestochen hatte.

River, River, River! Reichte es ihm denn nicht, Leon seinen besten Freund weggenommen zu haben? Warum auch noch Parker? So glücklich wie in den letzten Tagen mit Parker war Leon zuletzt gewesen, als Tristan und er noch Kinder waren. Als es nur darum ging, auf Bäume zu klettern, in der Einfahrt zum Haus von Tristans Eltern Körbe zu werfen, im Winter Schneeballschlachten zu veranstalten. Damals war er gar nicht darauf gekommen, es könnte sich jemals etwas ändern. Erst später war dieses Glück getrübt worden, als Tristan ab einem gewissen Alter auch Zeit allein mit Mädchen verbringen wollte.

Leon zwickte sich ein weiteres Mal in den Arm. Verfluchte Scheiße! Parker würde wieder verschwinden, das hatte er immer gewusst. Parker hatte ihn als *Fahrer* engagiert. Er war nicht mit ihm unterwegs gewesen, weil er mit ihm befreundet sein wollte. Jemand wie Parker hatte sicher hundert Freunde in San Francisco. Tolle Menschen, wie diesen Alexander Vale, von dem er häufig sprach. Keine Automechaniker mit abgebrochener Collegeausbildung.

Wütend hämmerte Leon auf das Lenkrad ein. Er war nicht darauf gefasst gewesen, dass Parker nicht einfach nur abreisen, sondern sich wegen *River* von ihm abwenden würde. River, der doch eh schon alles hatte. Tristan, eine Mom, die nicht tot war, einen Großvater, der ihn unterstützte, und das Camp am Serenity Lake würde er jetzt auch noch bekommen – warum hatte er dann Leon nicht wenigstens diesen letzten Abend mit Parker lassen können?

Leon wurde ziemlich mulmig zumute, wenn er daran dachte, dass River auch nicht *alles* hatte. Ins Trainingslager hatte er als Jugendlicher zum Beispiel nicht mitfahren dürfen. Wegen Leon. Sicher war River in diesem Moment schon dabei, Parker die Augen zu öffnen, mit was für einem Scheusal der in den vergangenen Tagen unterwegs gewesen war. Wobei River natürlich kein Wort darüber verlieren würde, dass er Leons besten Freund von Anfang an für sich allein hatte haben wollen!

Jetzt half selbst das Zwicken nicht mehr, eine Träne kullerte über Leons Wange. Parker würde ihn nicht einfach nur vergessen. Er würde froh sein, wenn er Leon nie wieder begegnen würde.

Sollten sie vor Parkers Abreise zufällig aufeinandertreffen, würde Parker ihn gewiss nicht freundlich lächelnd, sondern voller Verachtung ansehen. Nein. Nein, das würde er nicht ertragen. Er würde verschwinden, wenigstens übers Wochenende, und hoffen, dass Parker bis Montag fort war.

Am liebsten käme er gar nicht zurück nach Maple Meadows, aber wo sollte er denn sonst hin? Leon war nicht so mutig wie Parker, der mit 200 Dollar in der Tasche von zu Hause abgehauen war. Obwohl Leon viel mehr Geld auf dem Konto hatte.

Hm. Er hatte Geld, und seinen Job als Fahrer war er offenbar los. Was noch keiner wusste, es sprach also nichts dagegen, weiter mit dem Jeep umherzufahren. Er brauchte seinem Dad nur eine kurze Nachricht zu schicken, dass er bei seiner Freundin pennte, und dann würde ihn das ganze Wochenende lang niemand vermissen. Warum sollte er sich nicht ein bisschen vergnügen? Er könnte nach Denver fahren, und es mal so richtig krachen lassen. Als er volljährig geworden war, hatten ihn seine Brüder in einen Stripclub eingeladen, das war doch nicht schlecht gewesen. O ja, er würde Spaß haben, ganz sicher. Er brauchte doch niemand wie Parker dafür, wozu auch?

Schick gemacht für das Essen mit Parker hatte er sich ja sowieso schon, obwohl er sich jetzt darüber ärgerte. Allerdings konnte er nun direkt losfahren! Leon versicherte sich rasch, dass er seine Kreditkarte eingesteckt hatte, dann ließ er den Motor an und lenkte den Jeep in Richtung Interstate.

Eben hatte dieser riesige Köter noch so getan, als interessierte ihn nichts auf dieser Welt mehr als das Fleisch. Doch kaum legte Parker seine Hände an den Zaun, da rannte das Tier auf ihn zu, baute sich vor ihm auf und fing an, zu bellen.

»Leon!«, rief Parker. »Leon, bitte, bleib stehen!«

Aber Leon war offenbar nicht in das Territorium dieser wütenden Bestie eingedrungen, die nun knurrend am Zaun stand, um einfach so umzukehren. Parker machte einen Schritt zurück und brachte etwas mehr Abstand zwischen sich und den Hund, dessen Nackenfell sich sträubte und der nun eine Reihe einschüchternder Zähne entblößte.

Seufzend wandte sich Parker ab. Er wusste, wann er verloren hatte. Natürlich war diese übersichtliche Kleinstadt nicht mit den verwinkelten Gassen der Altstadt von San Francisco zu vergleichen. Aber Leon war hier aufgewachsen. Selbst wenn Parker ihm mit dem Auto hinterherjagte, wenn Leon nicht gefunden werden wollte, würde er ihn nicht finden.

Vielleicht sollte er am nächsten Tag mit Leon sprechen, wenn der sich ein wenig beruhigt hatte. Sie würden eine zivilisierte Unterhaltung führen, und Parker würde keine Ruhe geben, bis Leon ihm verriet, weswegen er so ausgerastet war.

Parkers Blick fiel erneut auf den Grill, den hübsch gedeckten Tisch. Leons lässiges Angebot, hier etwas zu essen, hatte nicht bedeutet, dass er ihnen rasch ein paar Sandwiches schmieren würde. Leon hatte sich sehr viel Mühe gegeben. Wohingegen Parker nur an seinen Sohn gedacht hatte. Leon war verständlicherweise enttäuscht. Aber so durchzudrehen? Hatte sich Leon so sehr in die Sache mit dem Resort am Serenity Lake hineingesteigert, sah er alle, die dagegen waren, als Feinde an? Wieso? Maple Meadows war nur eine von mehreren Optionen, das hatte Parker ihm doch erklärt.

Er verstand nicht, warum das Resort für Leon eine so große Bedeutung haben sollte. Der junge Mann hatte keinerlei Interesse an einer Anstellung bei Eden Retreats gezeigt, und Parker fiel auch sonst nichts ein, wodurch Leon profitieren würde. Trotzdem verhielt sich Leon so, als wäre Parker zum Feind übergelaufen und hätte ihn im Stich gelassen.

Ein Knoten bildete sich in Parkers Magen. Seiner Meinung nach reagierte Leon völlig übertrieben, dennoch hatte Parker ihn niemals verletzen wollen. Aber im Augenblick war das leider nicht zu ändern. Er beschloss, am ursprünglichen Plan festzuhalten, zu River und Tristan rauszufahren und morgen zu versuchen, die Sache zu klären.

Doch als er gerade gehen wollte, entdeckte er eine Vase mit einer Sonnenblume darin, die neben einer alten Holzbank stand. Der Knoten in Parkers Magen wurde größer. *Leon,* dachte er. *Scheiße, Leon, es tut mir leid.*

Eigentlich hatte sich Parker nun direkt auf den Weg zum Serenity Lake machen wollen. Stattdessen kurvte er langsam durch Maple Meadows, das er inzwischen recht gut kannte. Die Einkaufsstraße, die ruhigen Wohngegenden, den Stadtpark, das Rathaus, die Feuerwehr, die winzige Polizeistation. Das Diner. Die Candy Cottage Bakery. Nirgends eine Spur von Leon. Schließlich fuhr er sogar zur Holzhandlung der Mitchells, klingelte an der Tür des massiven Wohnhauses neben dem Gelände der Firma. Doch wenn Leon zu Hause war, öffnete er nicht.

Also machte er sich letztlich doch auf den Weg zum See hinaus. Er kam zu spät, aber ganz versetzen wollte er River und Tristan auch nicht. Zwei weitere junge Männer zu enttäuschen, wären definitiv zwei zu viel.

Doch als Parker neben der schnuckeligen Hütte von Rivers Großvater aus dem Wagen stieg, erwartete ihn eine Überraschung. Auf der Veranda saßen nicht River und Tristan – sondern Hope.

Hope Barnes.

Die Mutter seines Sohnes.

Sie kam ihm noch schöner vor als früher. Wie damals trug sie ihr Haar offen, sodass die wilden kastanienbraunen Locken – wie sein eigenes Haar von einigen silbernen Strähnen durchzogen – ihr bis auf die Schultern fielen. In Jeans und kariertem Hemd saß sie auf einem Holzstuhl, stützte die schlanken Beine auf dem Geländer der Veranda ab und hob den Kopf, als er näher kam.

»Hast du uns also nach all den Jahren doch noch gefunden«, sagte sie.

»Was machst du hier?«, stellte Parker die naheliegendste der tausend Fragen, die ihm durch den Kopf schossen.

»Ich habe River gebeten, mit Tristan und meinem Dad eine Pizza essen zu gehen, damit ich allein mit dir reden kann.«

»Gut«, sagte Parker, obwohl er sich zugegebenermaßen in den letzten Tagen vor dieser Unterhaltung gedrückt hatte. »Hoffentlich beinhaltet das Gespräch auch eine Erklärung«, fügte er hinzu und verschränkte die Arme vor der Brust. »Ich nehme an, ich bin Rivers Vater.«

Hope nickte zögerlich. »Willst du dich setzen?«

»Nein«, entgegnete Parker. Vermutlich würde er ein wenig Bewegungsfreiheit brauchen.

»Bist du so sauer auf mich?«

»Fassungslos trifft es eher. Warum, Hope?«

Sie seufzte leise. »Ich musste eine Entscheidung treffen. Wir waren beide sehr jung, dennoch … Ich war die Ältere, die Erfahrenere. Ich hätte niemals einen Jungen verführen dürfen, der nicht mal volljährig war.«

»Und schwul«, fügte Parker hinzu, auch wenn er ihr das kaum vorwerfen konnte. Schließlich war es erst der Sex mit Hope gewesen, der ihm die Augen darüber geöffnet hatte.

»Du hattest keine Ahnung, was du aus deinem Leben machen wolltest. Ich wusste immer, dass du deinen Weg gehen würdest… Aber was wäre aus dir geworden, wenn du plötzlich die Verantwortung für ein Kind hättest mitübernehmen sollen? Wie hättest du dich frei entwickeln können? Ich hatte mir zwei Wochen zuvor den Magen verdorben und zwei Tage lang gekotzt. Ich war es, die daran hätte denken sollen, dass die Pille daraufhin möglicherweise nicht wirkt. Ich war es, die ganz grundsätzlich so vernünftig hätte sein sollen, uns beide daran zu erinnern, dass Sex ohne Gummi mit einem Fremden niemals eine gute Idee ist.«

»Aber … ich habe Geld, Hope. Warum hast du mir nicht wenigstens erlaubt, euch finanziell zu unterstützen?«

»*Jetzt* hast du Geld. Damals hattest du keinen Job, und als du dann einen hattest, hast du angefangen, ein Abendstudium zu machen. Hast in einer billigen Bude in einer Gegend gewohnt, in der ich meinen Sohn lieber nicht gesehen hätte«, wandte sie ein.

»Woher weißt du das alles?«

Sie lachte. »Heute kommt uns das Internet um die Jahrtausendwende wie aus der Steinzeit vor. Aber es ist erstaunlich, was man herausfinden konnte, wenn man wollte.«

»Und du hast herausgefunden, dass ich als Daddy nicht tauge«, stellte Parker fest. Er versuchte, sich nicht anmerken zu lassen, wie weh das tat.

»Es war nicht möglich, dich zu fragen, was dir lieber wäre. Vielleicht war es falsch, aber wenn ich so auf die Kindheit meines Sohnes zurückblicke, bin ich immer noch der Meinung, es war besser so.«

Parker hatte schon einige unschöne Trennungen in seinem Leben durchgemacht, aber nie zuvor war er sich so abgelehnt vorgekommen wie jetzt gerade. Er hatte einen wunderbaren Sohn – aber er war nicht gut genug für ihn.

»Aber später … Ich hätte gezahlt.«

»Natürlich.« Sie lächelte sanft. »Aber das ging doch nicht. Hätte ich wirklich zu dir kommen sollen und sagen: Oh, du hast Karriere gemacht, wie schön. Übrigens, das ist dein Sohn. Er bräuchte ein Auto.«

»Dann hätte ich ihn kennenlernen können.«

»Für mich hat es sich so richtig angefühlt. Es tut mir leid, Parker, wenn es das nicht war. Ich habe einfach das Beste für meinen Sohn gewollt.«

»Unseren Sohn«, sagte er resigniert. »Und nun? Soll ich wieder abreisen? Tun, als wäre nichts? Oder darf ich River sagen, wer ich bin? Wie hast du dir das vorgestellt, hm?« Er merkte, wie bitter er klang. Na und? Er fühlte sich auch so. Ausgeschlossen. Unnötig. Eine neue Erfahrung für Parker und alles andere als angenehm.

»Ich glaube, River würde sich freuen, seinen Vater kennenzulernen. Aber ich bin mir nicht sicher, ob das eine gute Idee ist. Ob du ein gutes Vorbild wärst.«

Wie bitte?! Auch jetzt, nachdem River erwachsen war, und selbst in der Lage war, das zu entscheiden, wollte sie ihn wegschicken? Wie den dummen Jungen, der er damals gewesen sein mochte?

»Wieso? Weil ich bei Eden Retreats arbeite? Das Resort wird nicht gebaut! Ich habe schon mit River und Tristan gesprochen, wenn sie Hilfe bei ihren Plänen brauchen …«

»Darum geht es nicht. Ich rede nicht von River«, unterbrach sie ihn. »Ich rede von Leon.«

»Leon«, echote Parker.

Das schlechte Gewissen, das vorübergehend in den Hintergrund gerückt war, als er plötzlich Hope gegenüberstand, meldete sich wieder.

»Ja, Leon. Du hast dem Jungen Hoffnungen gemacht, und du hältst sie nicht ein.«

»Woher weißt du das?«, fragte er schwach.

Parker wollte sich ja selbst nicht eingestehen, wie sehr er sich zu Leon hingezogen fühlte. Leon kam ihm immer noch vor wie ein Buch mit sieben Siegeln. Er hatte eine Freundin, von der er nie sprach und die er nie zu treffen schien, und warum er bei seinem Onkel arbeitete, nachdem das offensichtlich nicht sein Traumberuf war, verstand Parker bis heute nicht. Manchmal hatte Leon ihn auf eine Weise angesehen, die ein wohliges Kribbeln in ihm ausgelöst hatte, aber wahrscheinlich bildete sich Parker das nur ein. Die Art, wie er an diesen unverschämt attraktiven jungen Mann gedacht hatte, wenn er abends allein in seinem

Bett gelegen hatte, war jedenfalls mehr als unangemessen gewesen. Aber wie zum Teufel hatte Hope das erraten?

»Ich lebe in einer Kleinstadt, Parker. Seit Tagen bist du fast rund um die Uhr mit dem Mitchell-Jungen unterwegs, das weiß hier jeder. Ihr fahrt durch die Gegend, geht abends essen. Viele sind derzeit nicht gut auf Leon zu sprechen. Er ist kein einfacher Mensch, aber er ist definitiv einsam. Was er braucht, ist ein Freund. Du hast so getan, als könntest du es sein.«

Ein Freund. Ach so. Parker atmete erleichtert auf, weil offenbar niemand ahnte, dass er sich mehr als Freundschaft mit Leon hätte vorstellen können, wenn sie sich unter anderen Umständen begegnet wären und Leon etwas eindeutiger signalisieren würde, dass er durchaus bi-neugierig war.

Aber Hope hatte recht. Als Freund hatte er an diesem Tag überhaupt keine gute Figur gemacht. Warum hatte er sich nicht die Zeit genommen, in Ruhe mit Leon zu reden? Als die Situation eskaliert war, hatte er es doch plötzlich gar nicht mehr so eilig gehabt, zu River zu kommen.

»Leon hat in der Vergangenheit viele falsche Entscheidungen getroffen, und ich will nicht verheimlichen, dass ich wegen einer Sache immer noch stinksauer auf ihn bin«, fuhr Hope fort. »Aber wenn man das ganze Bild betrachtet, bleibt ein junger Mann, der allein vor einem Scherbenhaufen steht und niemand hat, der ihm hilft, die Dinge wieder in Ordnung zu bringen.«

»Aber sein Vater, seine Brüder …« Leon hatte nicht viel von seiner Familie erzählt, doch Parker hatte nicht den Eindruck gehabt, sie kämen nicht miteinander aus.

Hope seufzte. »Ich bin mir sicher, Leons Dad liebt seinen Sohn, auf seine Art tut er das bestimmt. Heute nennt man das wohl ›toxische Männlichkeit‹. Als Mitchell senior seinem zehnjährigen Sohn auf dem Weg zur Beerdigung seiner Mutter fest in den Arm gezwickt und ihm gesagt hat, dass ein richtiger Mann nicht weine und er sich zusammenreißen solle, um seiner Familie keine Schande zu bereiten, war der Begriff noch nicht in aller Munde.«

Schlagartig wurde Parker klar, was sich Leon einst von dem Eichhörnchen gewünscht hatte. Das schlechte Gewissen, das ihn plagte, verstärkte sich.

»Ich habe mir trotzdem keine großen Sorgen gemacht, denn bald darauf freundete sich Leon mit Tristan an, und jahrelang waren die zwei Jungs unzertrennlich. Sie kommen beide aus einer Familie, in der genug Geld, aber wenig Empathie vorhanden ist. Es schien, als gäben die Jungen einander Halt.«

Tristan. Der nun mit seinem Sohn River zusammen war. Parker begann, zu ahnen, was es mit diesen falschen Entscheidungen auf sich hatte, von denen Hope gesprochen hatte.

»Wie gesagt, Leon hat einige schlimme Fehler begangen, auch wenn Tristan nicht ganz unschuldig daran war, dass die Freundschaft nach der Highschool eingeschlafen und vor Kurzem ganz zerbrochen ist. Aber es wäre mir wirklich lieb, wenn Leon dir eines Tages selbst gestehen würde, was genau vorgefallen ist. Ich habe River ebenfalls gebeten, dir nichts zu erzählen.« Hopes Gesicht wurde ganz weich. »River ist ein guter Junge. Er hat allen Grund, Leon zu hassen, aber dennoch hat er versprochen, sich zurückzuhalten.« Sie lächelte. »Wobei geholfen haben dürfte, dass er gerade unverschämt glücklich mit Tristan ist und am liebsten die ganze Welt umarmen würde.«

Sie schwiegen eine Weile. Parker dachte an den ersten Eindruck, den er von Leon gehabt hatte. Jetzt bekam er die Bestätigung. Irgendetwas war in Leons Leben wirklich ganz und gar nicht in Ordnung. Damals hatte Parker sein Bauchgefühl ignoriert. Schließlich hatte er eine Mission gehabt, er wollte seinen Sohn kennenlernen und gleichzeitig einen guten Job erledigen. Die Probleme eines Fremden hatte er sich da nicht zusätzlich aufhalsen wollen. Aber warum hatte er sich dann nicht von Leon ferngehalten?

»River würde sich bestimmt über deine Unterstützung freuen«, sagte Hope. »Als Dad, nicht nur als Vertreter von Eden Retreats. Aber River schafft es auch allein. Selbst wenn dieses Resort am Serenity Lake gebaut werden würde – River und Tristan sind noch so jung, sie können ihren Traum überall verwirklichen. Natürlich wäre ich persönlich ebenfalls froh, wenn ihr euch für einen anderen Standort entscheidet. Aber dein Sohn ist nicht auf dich angewiesen. Er hat mich, seinen Großvater, Tristan, seine Freunde und seit Neuestem sogar seinen Collegeabschluss. Leon hat nichts von all dem.«

Hilflos hob Parker die Arme. »Lass mich das mal zusammenfassen. Wenn ich Leon hängen lasse, bin ich also ein schlechtes Vorbild für meinen Sohn. Auf der anderen Seite erzählst du mir, dass Tristan und River Streit mit Leon haben, ihn sogar hassen. Jetzt war ich schon all die Jahre nicht für meinen Sohn da, und dann kreuze ich als Freund des Typen hier auf, den er von allen Bewohnern von Maple Meadows offenbar am wenigsten leiden kann? River wird nichts mit mir zu tun haben wollen, das kann ich doch nicht riskieren!«

Hope legte nur den Kopf schief, betrachtete ihn lange schweigend. »Deine Entscheidung«, sagte sie schließlich ruhig.

River. Parker hatte jetzt ein einziges Mal mit seinem Sohn gesprochen. Ihre erste Unterhaltung sollte doch nicht die letzte gewesen sein! Er wollte ihn besser kennenlernen, und ihm dann irgendwann sagen, dass er sein Vater war. River war erwachsen, Parker brauchte Hopes Erlaubnis dazu nicht. Auf keinen Fall würde er riskieren, seinen Sohn gleich wieder zu verlieren, weil er … Leons Freundschaft suchte. Nein.

River war wirklich ein großartiger junger Mann. Mutig und selbstbewusst. Wie er da Hand in Hand mit Tristan zu ihrem Treffen erschienen war und ganz locker von seinen Zukunftsplänen erzählt hatte.

Aber dann sah er wieder vor sich, wie Leon das Steak über den Zaun warf, dem alten Hund vor die Füße. Hörte die Verzweiflung in seiner Stimme, als er sagte: »Gehen Sie, Mr. Adams.« Wie konnte er eine glückliche Beziehung zu seinem Sohn auf Leons Unglück aufbauen? Er mochte sich einreden, Leon ginge ihn nichts an, doch tief im Inneren wusste er, das stimmte nicht. Vielleicht war es Schicksal, dass er mit dem Tesla auf den Waldweg eingebogen war. Damit er liegen blieb und deswegen Leon kennenlernte.

Parker hatte versucht, es zu ignorieren, aber irgendetwas war da zwischen Leon und ihm. Er hatte keine Ahnung, was es war. Aber unabhängig davon würde er Leon jetzt nicht einfach im Stich lassen. River lief ihm nicht weg. Leon vielleicht schon.

»Wenn River wirklich so ein guter Junge ist, wie du sagst, wird er es vielleicht verstehen, dass ich Leons Freund bin«, sagte Parker rau.

Jetzt schenkte Hope ihm dieses breite, strahlende Lächeln, an das er sich nur allzu gut erinnerte. Sie stand auf, kam die Treppe zur Veranda herunter, ging zu ihm und zog ihn in eine feste Umarmung. »Ich wusste, du würdest die richtige Entscheidung treffen. Eines Tages wirst du mir hoffentlich auch die Entscheidungen verzeihen, die ich getroffen habe.«

Parker nickte. »Das habe ich doch längst«, bekannte er und löste sich nur widerstrebend von ihr. Aber Leon hatte bereits einen riesigen Vorsprung. Wie sollte er den jungen Mann jetzt bloß wiederfinden?

Leon steuerte einen Parkplatz am Coors Field an, dem Stadion der Colorado Rockies. Dort war er schon ein paarmal gewesen. Zu Weihnachten legten er und seine Brüder meist zusammen und schenkten Dad und Onkel Will Karten für ein Spiel. Zu dem sie dann alle gemeinsam nach Denver fuhren.

Das Stadion lag am Rand von LoDo, einem beliebten Ausgehviertel in Denver. Dort war irgendwo der Club, in dem Leon mit seinen Brüdern gewesen war … Aber selbst wenn er den nicht mehr fand, dort gab es bestimmt genug Bars und Nachtclubs, um Spaß zu haben.

Ziellos lief Leon los, als eine Tafel seine Aufmerksamkeit weckte. »Happy Hour at The Iron Grizzly!«, stand in krakligen Buchstaben darauf. »Three beers for the price of two!«

Drei Bier zum Preis von zwei. Das hörte sich nach dem perfekten Angebot an, um sich ein wenig Mut anzutrinken. Ohne zu zögern, trat Leon durch eine Tür mit der Aufschrift »Iron Grizzly – this way«, folgte einer abgenutzten Treppe ins Untergeschoss des

Gebäudes und betrat die Kneipe. Sie bestand aus einem einzigen, schummrigen Raum, nur schwach erhellt durch altertümliche Neonlichter, die an der Decke flackerten. Die Bar selbst, aus dunklem Holz und mit einer Patina, die von zahlreichen über den Tresen geschobenen Bieren zeugte, dominierte den Raum. Stühle und Tische waren eher spärlich verteilt, einige sahen ziemlich wacklig aus. In einer Ecke befand sich ein abgewetzter Billardtisch, doch Leon stand nicht der Sinn nach einem Spiel.

Er setzte sich an die Bar. Die drei Männer, die dort bereits schweigend über ihren Biergläsern brüteten, nickten ihm kaum merklich zu. Sehr gut. Hier war er richtig.

Zwei Stunden später war Leons Plan, einen Stripclub aufzusuchen, in einer ziemlich großen Menge Alkohol ertrunken. Irgendwann hatte der Kerl neben ihm gefragt, ob er Stress mit seiner Freundin hätte. Leon hatte brüsk erwidert, er habe keinen Bock, darüber zu reden. Ob er dann lieber einen ausgeben wolle?, hatte der Mann – Frank hieß er, wie Leon inzwischen wusste – gefragt.

Klar gab Leon einen aus, wieso nicht? Er bestellte zwei Tequila, und nachdem der Barkeeper vorsichtshalber Leons Kreditkarte durch das Lesegerät gezogen hatte, um sicherzugehen, dass er auch bezahlen konnte, hatte Leon gleich eine weitere Runde Tequila für sich, Frank und die anderen Männer am Tresen geordert.

Seitdem ging es im Iron Grizzly um einiges lustiger zu. Alle schimpften auf »die verdammten Weiber«. Zwar ersetzte Leon das »Weiber« in seinem Kopf wahlweise durch Parker, River oder Tristan, dennoch verstand man sich prächtig. Niemand hier kannte Leon, niemand hatte je etwas von dem Serenity Lake oder Eden Retreats gehört, manche wussten nicht mal, wo Maple Meadows überhaupt lag. Trotzdem – die Kerle hier mochten ihn! Einfach so hatte er neue Freunde gefunden. Hätte er geahnt, wie leicht das war, er wäre schon früher nach Denver gefahren.

Besser wärs gewesen. Dann hätte er Parker vielleicht nie getroffen, und er wäre auch nicht auf die absurde Idee verfallen, nach all den Jahren, in denen er sich von dem verfluchten Eichhörnchenbaum ferngehalten hatte, doch noch mal sein Glück zu probieren.

»Bei uns, also, da wo ich herkomm, da gibt es ein Eichhörnchen, das hasst mich! Einfach so!«, erzählte Leon.

»Is nich wahr«, sagte Frank. »Zum Glück sind die nicht gefährlich, diese Eichhörnchen.«

»Hast du 'ne Ahnung! Die … Die brechen dir dein Herz! Echt jetzt!«

»Ich glaub, du hast genug!«, mischte sich der Barkeeper ein. Doch Leons neue Freunde protestierten vehement. Recht hatten sie!

»Ich habe noch gaaanssss lange nicht genug!«, erklärte Leon ernsthaft. »Eine Runde Tequila für alle!« Er wedelte dem Schankkellner mit der Kreditkarte vor der Nase herum. Vor den zwei Nasen. Komisch sah das aus. »Bissu der Alien?«, fragte er, doch der Barkeeper verdrehte nur die Augen.

»Cheers«, sagte Frank. »Auf die Eichhörnchen!«

»Nee, auf die trinke ich nich … weil die nämlich ein Camp für Kids bauen … am Seri… Sera… also, am See halt!«, sagte Leon. Irgendwas stimmt mit der Aussage nicht, aber seine neuen Freunde schien das nicht zu stören. Sie klopften ihm auf die Schulter, stießen mit ihm an und sagten: »Das wird schon wieder!«

Nein, wurde es nicht. Leon kippte den Tequila in einem Zug hinunter. Wahrscheinlich fingen sie bereits an, mit dem Camp. Tristan und River und Parker! »Das ist mir egaaaal!«, posaunte er unzusammenhängend heraus.

»Klar doch!«, meinten seine Freunde, aber das reichte Leon nicht. Parker sollte es auch wissen. Jetzt! Sofort! Mit einiger Mühe zog Leon sein Handy raus.

»Hier unten ist kein Empfang«, sagte der Barkeeper. »Ich hoffe, du rufst wen an, der dich abholt.«

»Neeee, bin gleich wieder da«, sagte Leon. Er stand auf, wobei er sich an Frank festhalten musste. Komisch. »Bin gleich wieder da«, nuschelte er erneut. Trotzdem bestand der Barkeeper auf sofortiger Bezahlung der noch offenen Getränke. So ein Erbsenzähler!

Leon schwankte die Treppe hoch. Als er auf die Straße trat, wurde er unvermittelt von einem Schwall frischer Luft angegriffen, sodass er sich an einem Laternenpfahl festhalten musste. Saugefährlich war das hier in Denver!

Vorsichtshalber ließ er den Laternenmast nicht los, während er durch seine Kontakte scrollte. Warum fing Parker bloß mit P an? Stand ja dann ganz unten. Total unpraktisch. Außerdem brauchte er offenbar eine Brille. Alles voll verschwommen auf seinem Smartphonebildschirm. Auf gut Glück tippte er etwas an.

Es tutete. Sehr gut. »Leon, dem Himmel sei Dank, wo bist du?«, kam Parkers Stimme aus dem Gerät.

Aber Leon hatte keine Lust, Fragen zu beantworten. Er hatte was zu sagen.

»Der Baum«, begann er mühsam. »Der mit den Ein… hörnchen. Drauf. Drin.«

»Du bist am Eichhörnchenbaum?!«

Wieso konnte der Mann nicht einfach zuhören? »Ich hab dem Ein… dem Eichhorn schhhpäter noch die ganze Tüte Nudeln … Nüsse gegeben. Aber … ich hab mir nich gewünscht, dass dein blödes Riso… Resso gebaut wird. Nämlich. Damit du das weißt.«

»Leon, hast du getrunken? Wo bist du? Ich hole dich ab!«

»Kannssu nich. Hassu teuren Wein mit Riiiiver gesüffelt!«, erklärte Leon und kicherte. Obwohl das eigentlich gar nicht lustig war. »Weil, Rivvver is so ein Netter, der säuft nich allein. Ich bin nich nett!«

»Doch, Leon, ich finde dich sehr nett. Und deswegen sag mit bitte, wo du bist! Ich lasse mich auch mit dem Taxi hinfahren, versprochen.«

»Ich … muss kotzen«, sagte Leon und legte auf.

Nachdem Leon den Großteil des konsumierten Alkohols dem nächsten Gully übergeben hatte, fühlte er sich unglücklicherweise um einiges nüchterner. Außerdem war ihm die Lust vergangen, noch einmal ins Iron Grizzly zurückzukehren. Der Nebel in seinem Kopf lichtete sich und ihm wurde bewusst, dass seine neuen »Freunde« ihn vor allem wegen der kostenlosen Getränke sofort ins Herz geschlossen hatten.

War er wirklich so besoffen? Anscheinend ja. Immerhin hatte er sich auch eingebildet, Parker hätte ganz besorgt geklungen. Besorgt um *Leon*. Wahnsinn, was einem so ein bisschen Tequila alles vorgaukeln konnte.

Weiterhin ein wenig wacklig auf den Beinen lief er die Straße runter, bis er zwei Blocks weiter eine Voodoo Doughnut Filiale entdeckte. Zwar drehte sich ihm beim Gedanken an ein zuckersüßes Gebäckstück direkt der Magen um, aber am sonstigen Angebot der Kaffeehauskette war er durchaus interessiert. Vor allem an den Waschräumen, wo sich Leon erst mal frisch machte. Zum Glück schien er es irgendwie geschafft zu haben, nicht auf seine Klamotten zu kotzen. Nachdem er sich das Gesicht gewaschen und den Mund mehrmals ausgespült hatte, sah er sogar wieder einigermaßen repräsentabel aus.

Er holte sich einen XL-Coffee-to-go und setzte seinen Weg fort. Lust auf eine Stripshow hatte er auch nicht mehr so recht, aber was sollte er sonst tun? Vielleicht würde es ihm ja gefallen, sobald er dort war. Und falls nicht, würde er sich einfach ein Hotelzimmer nehmen. Hoffentlich fand er eines. Denn zurückfahren sollte er definitiv nicht mehr.

Wenig motiviert schlenderte Leon weiter. Erst kam er an etlichen Restaurants, Cafés und Bars vorbei, die ihn jedoch nicht locken konnten. Je weiter er sich vom Coors Field entfernte, umso mehr wandelte sich das Bild. Blinkende Neonschilder wiesen auf Nachtclubs hin, und dumpfer Beat schallte auf die Straße, wenn die grimmigen Türsteher den Besuchern die Türen öffneten. Hier musste irgendwo der Laden sein, in dem er mit seinen Brüdern gewesen war, nur wo?

Leon versuchte, sich an irgendwas zu erinnern, aber dann erregte ein anderes Schild seine Aufmerksamkeit. »Boys Heaven – Gay Strip Club« stand drauf.

Weshalb ihn der Schaukasten darunter magisch anzog, hinterfragte er lieber nicht. Er überquerte die Straße und betrachtete das Foto, das darin hing. Er war sich nicht sicher, was er erwartet hatte, aber so ein Bild gewiss nicht. Wenn überhaupt, dann hatte Leon mit halb nackten Männern in fragwürdigen Outfits gerechnet. Stattdessen zeigte das Foto einen Mann in einem schicken Anzug. Er saß lässig, einen Arm auf seinem Oberschenkel abgestützt, vor einem roten Vorhang auf einem Barhocker und starrte scheinbar gedankenverloren in die Ferne. Leon rückte näher an den Schaukasten heran, bis seine Nase fast die Scheibe berührte, und studierte die klassischen Gesichtszüge. Der Mann war glattrasiert, anders als Parker, der einen gepflegten Dreitagebart trug, und dennoch – eine gewisse Ähnlichkeit war unverkennbar. »Sinclair – die Stripshow mit Stil« stand unter dem Bild.

Leon wurde ganz seltsam zumute. Man durfte zuschauen, wie dieser Mann sich auszog? Er legte eine Hand auf das Glas des Schaukastens und atmete flach durch den Mund. Er sollte weitergehen, doch er konnte nicht. Stattdessen plagte ihn der unnatürliche Wunsch, sich einfach in den Club hineinzutrauen und sich das anzusehen. Es war falsch, das wusste er, und er schämte sich allein für den Gedanken daran, und dennoch war Leon minutenlang unfähig, sich zu rühren.

»Sieh mal an – eine Schwuchtel.«

Leon kam zunächst gar nicht darauf, dass er gemeint war. Eigentlich drehte er sich nur deswegen um, weil er wissen wollte, ob ihm seine Ohren einen Streich spielten, schließlich hatte er genau diesen Satz wortwörtlich auch schon einmal zu jemand gesagt.

Er zuckte zusammen. Hinter ihm hatte sich eine Gruppe junger Männer aufgebaut. »Siehst gar nicht aus wie ein Schwanzlutscher«, sagte einer.

Der Akzent, dazu die Cowboyhüte und die glänzenden Cowboystiefel, das legte den Schluss nahe, dass Leon es mit Touristen aus Texas zu tun hatte. Fünf Kerle, die offenbar auf Ärger aus waren.

»Sag mal, geht's noch?«, fauchte Leon den Sprecher an. »Ich bin nicht schwul, du Arschgeige!«

»Und warum starrst du das Foto dann wie ein verliebter Trottel an, hm? Hat dich dein Arschficker abserviert?«

Leon war an diesem Tag schon einmal kurz davor gewesen, zu explodieren. Das hatte er noch irgendwie unterdrücken können, indem er stattdessen durch Maple Meadows gerannt war, als stünde er auf dem Footballfeld kurz vor dem Touchdown. Dann hatte er versucht, die im Verborgenen schwelende Wut in jeder Menge Tequila zu ersäufen. Aber nun reichte es ihm.

»Nimm das zurück, Flachwichser!«, schleuderte er dem Anführer der Gruppe entgegen. Dabei wollte er nicht wirklich, dass der andere irgendwas zurücknahm, o nein! Ein guter Kampf würde die Wut auslöschen, das kannte Leon schon, und gewiss würden dann auch die seltsamen Gefühle verschwinden, die ihn beim Betrachten des Schaukastens gequält hatten.

»Pah …«, fing der Texaner an, da landete Leons Faust bereits in seinem Gesicht.

Es war nicht Leons erste Prügelei. Im Gegenteil. Er war sich durchaus bewusst, es in seinem Zustand nicht mit fünf fitten Kerlen aufnehmen zu können, die auf Krawall gebürstet waren.

Aber das war ihm in diesem Augenblick egal. Die Wut musste raus, und sicher gelangen ihm ein paar gute Treffer, bevor unweigerlich die Passanten auf sie aufmerksam wurden, die Bullen riefen und sie alle besser die Beine in die Hand nehmen und abhauen würden.

Das Stöhnen der Getroffenen klang wie Musik in Leons Ohren. Er selbst steckte ebenfalls den ersten heftigen Schlag in die Magengrube ein, doch noch spürte er nichts davon, dem Adrenalin sei Dank. War ihm sowieso egal. Sie sollten ruhig sehen, dass er ein richtiger Mann und kein … was auch immer war.

Leon rammte seinen Ellenbogen einem der Kerle in die Seite, trat nur Sekunden später dem nächsten in die Eier. All die aufgestaute Energie in ihm entlud sich in seinem Angriff.

»Scheiße, der hat sie doch nicht mehr alle!«, jaulte sein Opfer.

Das gab Leon noch einen zusätzlichen Kick. Ja, er hatte sie nicht mehr alle! *Flieht, ihr Vollpfosten, flieht vor Leon, dem Berserker!*

Die Texaner flohen jedoch nicht, sondern änderten ihre Taktik, was Leon viel zu spät merkte. Unauffällig drängten sie ihn in einen schmalen Durchgang, eigentlich ein Vorteil für Leon, konnte ihn doch nun jeweils nur einer der Kerle angreifen. Doch da legte sich plötzlich ein Unterarm über seinen Hals. Ehe Leon so ganz verstand, dass einer der Typen von hinten angriff, wurde ihm bereits die Luft abgedrückt. Hilflos ruderte Leon mit den Armen, versuchte mit beiden Händen, den unbarmherzigen Griff zu lockern. Vergeblich. Ehe er wusste, wie ihm geschah, wurde er in einen Hinterhof gezerrt.

Schon rückten die anderen nach. »Pass auf, damit uns niemand stört«, wies der Anführer einen seiner Kumpels an, dann hob er die Fäuste und zischte Leon an: »Nun wirst du bezahlen!«

Der erste Treffer ließ Leon bereits Sterne sehen. Auch gut. Es wäre besser, wenn er bald ohnmächtig wurde. Denn hier, ein ganzes Stück von der belebten Straße entfernt, würde so bald niemand auf sie aufmerksam werden, der Lust hatte, sich einzumischen. Also blieb nur zu hoffen, dass es seinen Gegnern schnell langweilig wurde, auf einen Bewusstlosen einzudreschen.

Leon wehrte sich nicht mehr. Möglicherweise würde der Kerl, der ihm immer noch die Luft abdrückte, damit aufhören, wenn er glaubte, Leon wäre bereits weggetreten. Doch er musste drei weitere Schläge einstecken, ehe er tatsächlich losgelassen wurde. Allerdings fehlte ihm nun der Halt von hinten. Röchelnd ging Leon zu Boden.

Nicht gut. Zumal Gegner mit Cowboystiefeln eine echte Plage waren. Leon versuchte, seinen Kopf mit den Armen zu schützen, während sie nach ihm traten. Dann umhüllte ihn endlich eine gnädige Schwärze.

Kapitel 7

Leon hatte keine Ahnung, wie lange er weggetreten gewesen war, bevor er langsam zu sich kam. Und als es so weit war, wünschte er, er könnte sofort wieder in dieser angenehmen Ohnmacht versinken. Denn die Realität war mehr als beschissen.

Ihm taten so viele Stellen seines Körpers weh, es hätte locker für zehn Menschen gereicht. Er hatte schon Schwierigkeiten, sich aufzurichten, ans Aufstehen wollte er lieber gar nicht erst denken.

Ein Auge schien zugeschwollen zu sein, jedenfalls war sein Blickfeld ziemlich eingeschränkt. Das, was er mit dem intakten Auge erkannte, trug ebenfalls nicht zu seiner Aufmunterung bei. Sein Geldbeutel lag einen Meter vor ihm im Dreck. Das Smartphone daneben.

Mühsam robbte er die kurze Strecke bis zu seinen Sachen über den Boden. Das Display seines Handys war zersplittert. Leons hilflose Versuche, das Handy trotz allem zum Leben zu erwecken, scheiterten. Als Nächstes schaute er in seinen Geldbeutel. Das Geld war weg, aber wenigstens war der Führerschein da. Die Kreditkarte ebenfalls, doch so verknickt würde sie kaum irgendwo akzeptiert werden. Das Einzige, was die Schlägerei unbeschadet überstanden hatte, war der Schlüssel des Jeeps. Hatten seine Gegner ihn übersehen oder waren sie dann doch so gnädig gewesen, ihm den zu lassen?

Viel Unterschied machte es nicht. Leon hatte keine Ahnung, wo er war, und ans Autofahren war gar nicht zu denken. Er wusste ja nicht mal, wie er es jemals schaffen sollte, sich aufzurappeln.

»Leon! Dem Himmel sei Dank!« Die Gestalt vor ihm kam Leon seltsam bekannt vor.

Er blinzelte. Blinzelte ein weiteres Mal. Ein Lachen baute sich in seinem geschundenen Körper auf, drängend und unkontrollierbar. Leon gab dem Drang nach und lachte, amüsiert über die Absurdität, gerade von der Person zu halluzinieren, von der er am wenigsten in diesem Zustand gefunden werden wollte.

»Parker«, gluckste er, gefolgt von einem schmerzerfüllten Wimmern. *Rippe angeknackst,* diagnostizierte er seltsam unbeteiligt. Kannte er vom Football.

»Verdammter Mist«, fluchte die Halluzination, und dann kniete sie sich wie in einem schnulzigen Hollywoodstreifen auf den Boden neben Leon und legte die

Arme um ihn. Ganz leicht nur. Als wollte sie ihm nicht wehtun. »Ich bin da. Ich kümmere mich um dich«, flüsterte die Illusion.

Schlagartig verging Leon das Lachen. Er begann, zu zittern. Scheiß doch drauf, ob Parker ihn so sah oder nicht! Warum war das hier nicht echt? Er wand sich, da er sich nun, in der Umarmung des Trugbilds gefangen, nicht in den Arm zwicken konnte. Aber es war zu spät.

Leon schluchzte auf. Die erste Träne kullerte über seine Wange, und dann noch eine. »Schhhh, alles wird gut. Ich bin da«, sagte die Halluzination, und als hätte sich in Leons Innerem eine Schleuse geöffnet, strömten immer mehr Tränen über sein Gesicht.

Das Zittern wurde schlimmer, während Leon auf den Moment wartete, da die Erscheinung ihm sagen würde, er solle sich gefälligst wie ein Mann benehmen und aufhören zu flennen. Doch das geschah nicht. Anscheinend völlig unbeeindruckt zog die Halluzination ein Stofftaschentuch aus der Jackentasche und wischte Leon sanft die Tränen vom Gesicht.

Das Taschentuch roch nach Parkers Aftershave, das merkte Leon, da das Trugbild ihm damit die Nase putzte. Wie es seine Mama gemacht hatte, als er noch ein Baby gewesen war.

Zwar löste dieser Gedanke eine neue Tränenflut aus. Aber langsam, ganz langsam gestattete sich Leon, zu glauben, dass Parker wirklich da war. Und sich um ihn kümmern würde.

Wie sich herausstellte, bedeutete »kümmern« für Parker, mit Leon in einem Taxi zur Notaufnahme eines Krankenhauses zu fahren.

Es war bereits weit nach Mitternacht, und da Leons Verletzungen glücklicherweise nicht lebensgefährlich waren, dauerte es eine Weile, bis sich jemand ihrer annahm.

In der Zwischenzeit harrten sie schweigend in einem kargen Wartebereich aus, in dem es nach Desinfektionsmittel und Verzweiflung roch. Obwohl Leon die Plastikstühle schon in der ersten Sekunde gehasst hatte, da es ihm fast unmöglich war, schmerzfrei darauf zu sitzen, beschwerte er sich mit keinem Wort. Denn Parker hatte einen Arm um ihn gelegt.

Natürlich nur aus Mitleid, und Leon wollte nicht von Parker bemitleidet werden. Doch wenn das Mitleid entfiel, blieben wohl nur Ärger und Verachtung. Also tat Leon einfach so, als wäre es eine freundschaftliche und keine barmherzige Umarmung. Denn das hier würde nie wieder passieren, und deswegen würde er keine Sekunde davon durch irgendeine dumme Bemerkung gefährden.

Ein hagerer Krankenpfleger tauchte vor ihnen auf und musterte sie über den Rand seines Klemmbrettes hinweg mit zusammengekniffenen Augen. »Sind Sie der Vater? Oder stehen Sie in einer anderen verwandtschaftlichen Beziehung zu dem Patienten?«, fragte er Parker.

»Nein, aber ich werde für die Kosten …«

Das war dem Krankenpfleger offenbar egal. »Dann warten Sie hier«, bestimmte er brüsk und führte Leon weg.

Kaum waren sie außer Hörweite, begann die Fragerei. Was genau war passiert? Konnten Sie die Angreifer identifizieren? Haben Sie Drogen genommen? Ist Ihr Freund verantwortlich für Ihre Verletzungen? Wollen Sie Anzeige erstatten?

Das Einzige, was Leon inbrünstig mit »ja« beantwortete, war die Frage, ob er ein Schmerzmittel wünschte. Gern. Hunderte.

Die angeknackste Rippe wurde bestätigt, ebenso der Verdacht auf eine leichte Gehirnerschütterung. Leon verschwieg, dass er bewusstlos gewesen war. Er kannte das Prozedere, und sie würden ihn nicht entlassen, wenn er das zugab. Aber dann würde er seinen Vater anrufen müssen, denn er war sich nicht sicher, ob Parker ihm auch das Geld für einen längeren Aufenthalt auslegen würde. Aber die Konfrontation mit seinem Dad wollte er gern noch ein wenig hinausschieben.

Als er endlich in den Wartebereich zurückkam, war Parker sichtlich aufgebracht. Er tigerte auf und ab, fuhr sich mit den Fingern durch die Haare. »Sie haben mich allen Ernstes gefragt, ob *ich* dich verprügelt habe«, sagte er fassungslos, als er Leon entdeckte.

Damit war zu rechnen gewesen. Leon wusste, wie die hier tickten. Was ja auch okay war, wenn wirklich jemand kam, der das Opfer häuslicher Gewalt geworden war. Aber Parker hatte anscheinend keine Ahnung davon, wie es lief. »Ich habe dir ja gesagt, es sei eine schlechte Idee, ins Krankenhaus zu fahren«, erinnerte Leon seinen Retter.

Der schnaubte sichtlich entnervt. »Das kann doch alles nicht wahr sein!«, schimpfte er.

Leon schluckte. Parker hatte ihm nur helfen wollen, und gewiss nicht mit unangenehmen Folgen für sich selbst gerechnet. Neunmalkluge Bemerkungen waren da wirklich nicht angebracht. »Tut mir leid«, sagte Leon zerknirscht. »Alles.«

Parker winkte ab. »Geschenkt. Aber warum willst du denn keine Anzeige erstatten? Die kommen einfach so davon!«

Leon biss sich auf die Unterlippe. Er könnte sagen, dass es zu dunkel gewesen war und er seine Angreifer nicht genau beschreiben könnte. Aber statt den Abend gemütlich mit River zu verbringen, war Parker aus unerfindlichen Gründen in Bens Taxi gestiegen und nach Denver gefahren, hatte ihn aufgesammelt, war die ganze Zeit bei ihm geblieben und hatte dann auch noch die Rechnung für ihn bezahlt. Da sollte Leon wenigstens ehrlich zu ihm sein.

»Ich habe zuerst zugeschlagen«, gab er zu.

»Hm«, machte Parker und fügte etwas freundlicher hinzu: »Warst du in dem Club? Hinter dem ich dich gefunden habe?«

»Warum sollte ich?«, fragte Leon.

»Ja, warum solltest du.« Das klang resigniert. »Ich glaube, wir sollten versuchen, ein wenig Schlaf nachzuholen. Dann reden wir.«

Schlafen klang gut. Reden nicht. Aber Leon spürte, wie die Schmerzmittel, die er inzwischen intus hatte, anfingen, zu wirken. Er hatte keine Energie mehr, zu protestieren. Also folgte er Parker widerspruchslos, als dieser sagte: »Gehen wir.«

Sie verließen das Krankenhaus. Die Morgendämmerung hatte bereits eingesetzt, und Leon taumelte ein wenig, so erschöpft war er. Wieder winkte Parker ein Taxi heran und half ihm umsichtig beim Einsteigen. Wo sie wohl hinfuhren? Aber das würde Leon ja feststellen, wenn sie ankämen. Aber eine Sache wollte er doch gleich wissen. »Wie hast du mich überhaupt gefunden?«, fragte er, als sie schließlich auf der Rückbank des Wagens saßen.

»Dein Handy. Alexander hat mir geholfen, er kennt da jemand, der … Aber das ist etwas, das wir beide gar nicht wissen sollten.«

»Alexander«, murmelte Leon. Er hatte Mühe, wach zu bleiben. »Dein Freund.«

»Mein Freund. Mein Chef. Mein Mentor. Und vor langer Zeit war ich auch einmal unsterblich verliebt in ihn«, entgegnete Parker.

»Aha«, sagte Leon mit schwerer Zunge, dann fielen ihm die Augen zu.

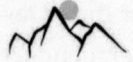

Das Erste, was Leon am nächsten Morgen wahrnahm, waren die Kopfschmerzen. Die kleinste Bewegung fühlte sich an, als würde sein Schädel jeden Augenblick in ein tausendteiliges Puzzle zerspringen. Wo war er? Und vor allem, wie war er dorthin gekommen?

Er schien in einem Bett zu liegen. Sein eigenes? Eher nicht. Hier roch es ganz anders, nach einer Mischung aus Weichspüler, Desinfektionsmittel und Schweiß. Leon blinzelte vorsichtig.

Keine gute Idee. Obwohl nur wenig Tageslicht durch dichte Vorhänge sickerte, kam es ihm vor, als wären grelle Scheinwerfer auf ihn gerichtet. Er lag in einem riesigen Kingsizebett mit blütenweißer Bettwäsche mitten in einem in gedeckten Farben eingerichteten Raum.

Leons Blick irrte weiter, und er entdeckte eine Packung mit Schmerzmitteln und ein Glas Wasser auf dem Nachttisch. Langsam kam die Erinnerung zurück. Der Hinterhof. Parker. Das Krankenhaus.

Dankbar schob er sich eine Tablette in den Mund, nahm mehrere Schlucke von dem Wasser und hoffte, so den üblen Nachgeschmack von Alkohol und das metallische Aroma von Blut direkt mit wegzuspülen.

Bei dieser Aktion stellte Leon auch gleich fest, dass er außer seinen Schuhen und den Socken nach wie vor die Kleidungsstücke trug, mit denen er gestern nach Denver gekommen war. Igitt!

Wo er war, wusste er immer noch nicht. In einem Hotel? Bei Parker zu Hause? Unmöglich konnten sie bis San Francisco gefahren sein. Oder? Nun, er würde es wohl nur herausfinden, wenn er aufstand.

Mühsam quälte sich Leon aus dem Bett und öffnete die einzige Tür in seinem Zimmer. Seine wackligen Schritte führten ihn in einen Wohnbereich, der von einer eleganten Couchgarnitur dominiert wurde. Auf dem Glastisch vor dem Sofa stand eine Vase mit frischen Blumen, daneben lagen mehrere Flyer, die auf die Sehenswürdigkeiten von Denver hinwiesen. Also ein Hotel. Ein ziemlich luxuriöses, wie es schien.

»Guten Morgen.«

Leon zuckte zusammen. Erst jetzt bemerkte er zwei breite Schiebetüren, die weit offen standen und den Blick auf eine Dachterrasse freigaben. Dort saß Parker an einem kunstvoll gearbeiteten Jugendstiltisch aus Schmiedeeisen, vor sich einen dampfenden Kaffeebecher und einen Laptop, über dessen Bildschirm Zahlenkolonnen flimmerten.

»Äh … hallo«, sagte Leon, unfähig zu entscheiden, ob er sich entschuldigen, bedanken oder lieber einfach gehen sollte.

»Erst duschen oder erst einen Kaffee?«, fragte Parker.

»Dusche!«, meinte Leon sofort. Er wusste nicht, ob er es überhaupt allein schaffen würde, aber alles war besser, als Parker in diesem Zustand näher zu kommen. Er musste stinken wie eine wochenlang nicht geleerte Mülltonne.

»Ich habe die Rezeptionistin dazu überredet, mir einen Jogginganzug und frische Wäsche aus dem Hotelshop zu verkaufen. Was anderes war leider nicht zu bekommen. Wenn du dich umziehen willst, findest du die Sachen im Bad«, erklärte Parker und wies auf eine Tür. »Nicht gerade schick, aber ich fürchte, meine Klamotten passen dir nicht.«

Da hatte Parker vermutlich recht. Sie waren zwar ungefähr gleich groß, aber Leons Schultern waren um einiges breiter. Und Parker war definitiv nicht der Typ für Schlabberlook.

»Danke«, krächzte Leon. Er wollte sich schon abwenden, stellte dann aber doch die Frage, die ihm auf der Zunge lag. »Hast du mich ins Bett gebracht?«

Parker nickte.

»Warum hast du mir das dreckige Zeug nicht ausgezogen?«

»Keine Ahnung, was sie dir im Krankenhaus gegeben haben, aber du warst völlig weggetreten. Ich wollte nicht … Du solltest nicht aufwachen und zu allem Übel noch befürchten müssen, ich hätte dich unsittlich berührt.«

»Wie bitte? Du hattest Angst, *ich* könnte schlecht von *dir* denken?« Schon wieder wollte ein unpassendes Lachen heraus, und Leon gab einfach nach. »Das ist doch absurd.«

»Geh duschen«, sagte Parker ruhig. »Ich bestelle ein Frühstück, und dann reden wir.«

Leon brauchte nicht nur deshalb so lange, weil er immer noch nicht reden wollte. Aber ihm taten so viele Stellen seines Körpers weh, jede Bewegung wurde zur Qual. Glücklicherweise verfügte das Badezimmer über eine äußerst elegante Walk-in-Dusche mit Regenbrause. Ohne die wäre er wirklich aufgeschmissen gewesen.

Überhaupt war alles hier vom Feinsten. Verschiedene Duschgels und Shampoos standen bereit, eine eingeschweißte Zahnbürste und Zahnpasta und sogar ein Einmalrasierer lagen auf dem Waschtisch. Nach dem Duschen konnte Leon seine an mehreren Stellen aufgeschürfte Haut mit kuschlig weichen Handtüchern trocken tupfen. Dann schlüpfte er vorsichtig in einen grauen Jogginganzug, auf dessen Brust der Schriftzug »The Silver Peak Hotel« prangte. Tatsächlich fühlte er sich ein wenig besser, als er das Bad wieder verließ.

Parker saß noch am selben Tisch auf der Terrasse, aber nun stand ein Servierwagen daneben. »Ich wusste nicht, was du magst. Deswegen habe ich von allem etwas bestellt.«

Leons Augen wurden groß. Auf dem Wagen befand sich ein Korb mit verschiedenen Gebäckstücken, auf einer Platte waren Wurst- und Käsesorten angerichtet, er entdeckte Melonenschnitze, Ananas- und Orangenscheiben. Es gab Joghurt, Müsli und ein Schüsselchen mit Nüssen und Samen. Der Duft nach frischen Waffeln, der über die ganze Terrasse zog, verriet, was unter der Wärmehaube zu finden war.

Einen Augenblick war Leon völlig überfordert, da meldete sich sein Magen knurrend zu Wort. Parker lachte leise und forderte ihn mit einer Geste auf, sich zu setzen. Leon beschloss, dass es nun auch schon egal war. Er würde wahrscheinlich sowieso sein komplettes Konto plündern müssen, um Parker das Geld für den Krankenhaus- und den Hotelaufenthalt zurückzugeben, da konnte er sich nun wenigstens den Bauch vollschlagen.

Er langte ordentlich zu. Es war Leon unangenehm, Parker in die Augen zu schauen, er schämte sich zu sehr wegen allem, was in der letzten Nacht vorgefallen war. Dennoch ließ es sich nicht vermeiden, ab und an einen Blick auf seinen Gastgeber zu erhaschen. Dabei bildete er sich ein, dass Parker belustigt aussah, was Leon nicht so ganz verstand. Sollte er nicht sauer sein? Oder amüsierte er sich insgeheim über Leons desolaten Zustand?

Als Leon so viel von den zahlreichen Köstlichkeiten probiert hatte, wie er seinem Magen im Moment zumuten wollte, ließ sich das Gespräch nicht länger aufschieben. Wenigstens hatten inzwischen die Schmerzmittel angefangen, zu wirken, Leons Kopf war ein wenig klarer und er hatte sich überlegen können, was er sagen wollte. Er legte das Besteck beiseite.

»Es tut mir leid. Alles«, sagte er, ohne den Blick von seinem leeren Teller zu nehmen. »Natürlich zahle ich dir alles zurück.«

»Das ist nicht nötig.«

»Doch!«

»Hm. Mir tut es auch leid, weil ich uns gestern den Grillabend verdorben habe. Du hast dir solche Mühe gegeben, und ich habe nur an mich gedacht.« Parker machte eine kurze Pause, vielleicht wartete er auf eine Antwort oder darauf, dass Leon ihn ansah, doch der schaute stur nach unten und schwieg. »Magst du mir verraten, warum du so ausgerastet bist?«

Vehement schüttelte Leon den Kopf. Nach allem, was Parker letzte Nacht für ihn getan hatte, sollte er eine Erklärung bekommen. Dennoch brachte er es nicht über sich, sie ihm zu liefern. Auch weil er, wie nach jedem Wutanfall, selbst nicht mehr ganz nachvollziehen konnte, was ihn geritten hatte.

Leon wartete auf die Vorwürfe. Verdient hätte er sie allemal. Doch überraschenderweise schwieg Parker ebenfalls. Vermutlich war er so enttäuscht von Leon, dass es ihm sogar zu mühsam erschien, ihm Vorhaltungen zu machen.

»Wie spät ist es?«, fragte Leon, als er die Stille nicht mehr aushielt.

»Vier Uhr. Nachmittags.«

»Ich muss gehen. Ich muss zurück nach Maple Meadows.«

»Leon? Willst du mich mal anschauen?«

Nein, wollte er eigentlich nicht, er schämte sich zu sehr. Dennoch tat er es, blickte in Parkers ruhige braune Augen. »Entschuldige. Ich habe dich verletzt. Das tut mir unendlich leid«, sagte Parker.

»Ich habe mich wie ein Vollpfosten aufgeführt«, krächzte Leon.

»Ich ebenfalls«, behauptete Parker, und ehe Leon widersprechen konnte, fuhr er fort: »Gehe ich recht in der Annahme, dass in deinem Leben gerade so einiges nicht stimmt? Eventuell wäre ein wenig Abstand von allem gut, das wirkt manchmal Wunder. So, wie du gestern zusammengeschlagen wurdest, wird jeder Arzt dich krankschreiben, und vielleicht hast du noch ein paar Urlaubstage übrig?« Parker hielt inne, räusperte sich mehrmals, ehe er fragte: »Möchtest du mit mir nach San Francisco kommen?«

Leon konnte Parker nur anstarren. Das meinte der doch niemals ernst! »Ist das ein Witz, um mich für mein unerträgliches Benehmen zu bestrafen?«

»Nein.«

Nichts sonst. Einfach nur Nein.

»Du musst mich doch verachten«, beharrte Leon.

»Nein. Ich würde gerne dein Freund sein.«

»Das … geht nicht.«

Parker seufzte. »Okay, ich bin schwul. Stört dich das so sehr? Du würdest natürlich in meinem Gäste-zimmer wohnen.«

Leon schüttelte nur den Kopf, weil er nicht wusste, ob »ist doch egal« eine zulässige Reaktion auf so eine Ansage war. Komischerweise war es ihm wirklich egal, ob Parker schwul oder heterosexuell oder sonst was war. Leon hatte auch noch keinen einzigen Gedanken daran verschwendet, ob es da jemand gab, der in San Francisco auf Parker wartete.

Was wahrscheinlich bedeutete, dass er ein unsen-sibles Arschloch war.

»Ist es, weil ich River und Tristan bei ihrem Projekt unterstützen werde?«, riet Parker weiter.

Leon biss die Zähne zusammen. *Verdammt*, hatte River ihm denn nicht erzählt, was Leon getan hatte? *Er* hätte auf keinen Fall den Mund gehalten, wenn er die Chance gesehen hätte, Parker so auf seine Seite zu ziehen!

Aber er war ja auch ein Arschloch. River offenbar nicht.

»Es liegt an mir!«, platzte Leon heraus. »Ich kann nicht dein Freund sein. Du weißt doch gar nichts von mir! Du weißt nicht … nichts eben.«

»Ich muss nichts wissen, wenn du nicht darüber reden willst.«

»Doch, musst du! Weil du nämlich froh sein wirst, wenn du mich schnellstmöglich loswirst, wenn du erfährst, wie ich wirklich bin!« Jetzt schrie Leon fast, und obwohl sie hier weit über den Dächern von Denver saßen und kaum jemand stören würden, senkte er seine Stimme ein wenig und fuhr leiser fort: »Du magst River, oder? Dann pass mal auf! In der Highschool habe ich ihn mal mit Tristan erwischt, da hätten sie sich fast geküsst. Tristan hat so getan, als wäre nichts, aber ich war mir sicher, dass River ihn mir wegnehmen wollte. Also habe ich River bei Coach Hensley verpetzt, habe behauptet, keiner wolle mit dem schwulen Kerl ein Zimmer teilen. Deshalb durfte River nicht mit ins Trainingslager und hat seine Chance auf einen Stammplatz im Footballteam verpasst.«

Leon konnte unmöglich sagen, was Parker davon hielt. Sein Gesicht verriet jedenfalls nichts. Allerdings reichte es wohl noch nicht, um Leon rauszuwerfen. Aber da war ja noch mehr. Viel mehr.

»Letztendlich habe ich Tristan dann doch verloren. Ich fing an, Ingenieurwissenschaften in Fort Collins zu studieren, und er ist nach Denver aufs College. Ich dachte … Mann, wir waren jahrelang unzertrennlich, ich glaubte, das würde unsere Freundschaft schon aushalten. Aber Tristan hatte kaum Zeit für mich, und ich … Ich hab irgendwie keine neuen Freunde gefunden. Bin immer wieder in Schlägereien verwickelt worden. Mein Dad hat nur gelacht, und der Dekan hat ein Auge zugedrückt, weil meine Noten super waren. Bis ich einen Kerl verdroschen habe, der null Chancen gegen mich hatte. So ein kleiner, zarter Typ, der sich nicht mal gewehrt hat.« Warum hörte Parker immer noch ganz ruhig zu? Nun, das würde sich gewiss gleich ändern.

»Der Kleine hatte sich geschminkt, aber es war eindeutig ein Kerl. Silas hieß er. Hat mich nach einem Date gefragt. Da bin ich komplett ausgerastet. Der Dekan hat mir danach angeboten, ich könne weiterstudieren, wenn ich Sozialstunden und eine Therapie mache, aber ich hab mein Studium lieber hingeschmissen.«

Warum schickte Parker ihn nicht weg? Inzwischen war das aber irgendwie egal, nun musste der Rest auch noch raus. »Als ich zurück in Maple Meadows war, hat sich Tristan plötzlich gemeldet, er komme für vier Wochen nach Hause. Was habe ich mich gefreut! Aber diesmal hat River endgültig gewonnen. Er ist jetzt mit Tristan zusammen. Ich habe versucht, sie auseinanderzubringen. Habe behauptet, ich würde die Hütte von Rivers Opa anzünden, wenn er sich nicht von Tristan fernhält.« Leon räusperte sich. »Hätte ich natürlich nicht. Aber River hat es geschluckt. Geholfen hats aber nix, wie du weißt. Die beiden hassen mich jetzt.«

Leon starrte Parker an. Seine Augen brannten, und er hatte Angst, das Frühstück könnte jeden Moment wieder hochkommen. Aber er würde jetzt nicht kneifen, sondern ausharren, bis Parker sein Urteil gesprochen hatte. Bis er ihm sagte, mit so einem

Widerling wolle er nichts zu tun haben, und schon gar würde er ihn in seinem Gästezimmer dulden.

»Ich danke dir für dein Vertrauen«, sagte Parker, »obwohl ich vermute, dass du mir all das nur erzählt hast, um mich wegzustoßen. Aber ich bin trotzdem froh über deine Offenheit.«

Es dauerte eine Weile, bis Leon den Sinn dieser Worte erfasst hatte. Das war definitiv nicht das, was er erwartet hatte.

»Aber … bestimmt willst du mich doch nicht mehr …« Leons Stimme versagte.

»Doch«, entgegnete Parker fest. »Weil Freundschaft so funktioniert. Wenn man nur Menschen wählen würde, die niemals Fehler machen, wer hätte denn dann überhaupt Freunde? Man dreht sich auch nicht um und geht, nur weil es gerade schwierig ist.« Parker streckte seine Hand in Leons Richtung aus und legte sie geöffnet auf den Tisch zwischen ihnen. »Ich respektiere es, falls du nicht mit mir befreundet sein willst. Aber wenn doch, würde ich mich freuen, wenn du meine Einladung annimmst. Du musst nur ein-schlagen.«

Leon schluckte. Blinzelte. Sollte er? War das wirk-lich wahr oder doch ein grausamer Scherz? Schon wieder stand er kurz davor, loszuflennen. Ohne weiter darüber nachzudenken, zwickte er sich in den Arm.

»Leon!« So hatte er Parker nie zuvor erlebt. Seine Stimme klang plötzlich scharf, schneidend. Die Hand lag nach wie vor offen auf dem Tisch, doch Parkers sonst so gelassener und freundlicher Gesichtsausdruck hatte sich in eine angespannte Miene verwandelt. Selbst seine Körperhaltung wirkte nun unnatürlich steif, als müsste er sich bemühen, seine Emotionen in Schach zu halten. »Was zum Teufel tust du da?«

Leon schaute auf seinen Arm. Auf der hellen Haut bildete sich dort, wo er sie zusammengekniffen hatte, bereits eine rote Stelle. Neben den grün und blau schillernden von gestern. *Verflucht noch mal!* Andererseits hatte er heute schon so viele peinliche Geständnisse gemacht, da kam es auf eines mehr oder weniger auch nicht an. »Ich … kann es anders nicht kontrollieren«, krächzte Leon.

»Was denn um Gottes willen?!«

»Ich … Ich fange an, zu heulen.«

»Na und?«

Na und?! »Echte Männer weinen nicht«, erklärte Leon, konnte jedoch nicht verhindern, dabei ein wenig zu schniefen.

Parker seufzte leise. »Dort, wo ich herkomme, sind die Männer mutiger. Da trauen sie sich, ihre Gefühle offen zu zeigen.«

Das stimmte nicht, da war sich Leon sicher. Aber er würde Parker jetzt nicht widersprechen. Denn der wartete ja auf eine Entscheidung. Leon müsste nur den Mumm haben und Parkers Hand ergreifen. Obwohl er sich immer noch nicht sicher war, ob

Parker ihn dann nicht doch auslachen und wegschicken würde.

Andererseits war die Aussicht, eine Weile in San Francisco bleiben zu dürfen, jedes Risiko wert. Er wollte sich auch zu gern das Privileg verdienen, Parkers Freund zu sein. Obwohl sich Leon nicht vorstellen konnte, wie das nach den letzten 24 Stunden funktionieren sollte.

Leons Arm schien tonnenschwer zu sein, und seine Hand zitterte, doch irgendwie schaffte er es, sie auf Parkers zu legen.

Es war wie eine Offenbarung. Es fühlte sich so gut an, und als Parker seine Finger ganz leicht um seine Hand schloss, war Leon felsenfest davon überzeugt, dass alles wieder in Ordnung kommen würde.

Kapitel 8

Wann hatte Parker das letzte Mal so eine Scheißangst gehabt, einen gewaltigen Fehler begangen zu haben? Vermutlich mit 17, als er mitten in der Nacht allein an der Greyhound-Station in Tucson gestanden und den schwindenden Rücklichtern eines rostroten Chevrolet Cavalier hinterhergeblickt hatte – dem Auto seines Freundes Brandon, der ihn abgesetzt hatte und ohne ihn zurück nach Tombstone gefahren war.

Diesmal war die Situation noch prekärer, da nicht er, sondern Leon die Folgen einer falschen Entscheidung zu spüren bekommen würde. Parker hatte so getan, als könnte er dem jungen Mann helfen, doch war das wirklich der Fall? Leon hatte so viele Probleme mit sich und seinem Umfeld, Parker wurde ganz schwindlig davon. Würde da ein wenig Abstand reichen? Verschlimmerte er die Situation womöglich nur, indem er Leon mit nach San Francisco nahm?

Eine Therapie wäre zweifellos besser, aber Leon wirkte nicht so, als wäre er bereit, dies in Erwägung zu ziehen. In einer Kleinstadt wie Maple Meadows, wo jeder alles über seine Nachbarn wusste, würde es ihm möglicherweise schwerfallen, sich jemals darauf einzulassen. Deswegen war es vielleicht doch gut, ihn aus seinem Umfeld herauszunehmen – Parker hoffte es jedenfalls inständig.

Außerdem würde er definitiv keinen Rückzieher machen! Das Letzte, was Leon jetzt brauchte, war das Gefühl, erneut zurückgewiesen zu werden. Obwohl das, was Leon ihm da erzählt hatte, wirklich harter Tobak war. Nichts, was man einfach so auf sich beruhen lassen sollte. Aber da musste Leon selbst draufkommen. Im Moment konnte er ihm nur zuhören, wenn er reden wollte. Hoffentlich reichte das aus.

Um seine Zweifel zu verbergen, verfiel Parker in hektischen Aktionismus. Er gab an der Rezeption des Hotels Bescheid, dass sie abreisen würden, organisierte ein Taxi zu diesem Baseballstadion, an dem Leon geparkt hatte, und verbot dem jungen Mann strikt, den Jeep selbst nach Maple Meadows zurückzufahren. »Ich bin ein hervorragender Fahrer«, versuchte Parker es mit einem Scherz. »Ich verspreche auch, auf der Strecke zu bleiben.«

Leons müdes Lächeln war so winzig, man konnte es kaum als Erfolg werten. Aber er überließ Parker den Autoschlüssel, und das war die Hauptsache.

Als sie in Maple Meadows ankamen, war es bereits später Abend. Aber Parker wollte am nächsten Morgen in aller Frühe aufbrechen, außerdem würde er kein Auge zubekommen, wenn Leons Angelegenheiten nicht geklärt waren. Deswegen war er mehr als bereit, den jungen Mann trotz der späten Stunde bei den Gesprächen mit seinem Vater und seinem Onkel zu unterstützen.

Doch Leon überraschte ihn. »Macht es dir was aus, kurz draußen zu warten? Ich würde gerne mit Dad allein reden, bevor er dich kennenlernt. Ist das okay?«

»Natürlich.«

Natürlich nicht. Parker tigerte vor dem massiven Holzhaus herum und lauschte angestrengt, ob es zu einer lautstarken Auseinandersetzung kommen würde. Doch entweder waren die Mauern zu dick, oder die beiden stritten sich leise. Oder gar nicht?

Parker entschied, dass es wenig sinnvoll war, sich verrückt zu machen. Außerdem war dies die perfekte Gelegenheit, um heimlich Leons Onkel Will anzurufen und ihm anzubieten, die Zeit, die Leon in San Francisco verbrachte, zu bezahlen, falls der junge Mann nicht genug Urlaubstage für einen längeren Aufenthalt übrig hätte. Erneut erlebte er eine Überraschung.

»Schon okay. Ich brauch hier eigentlich nicht wirklich wen. Ich hab Leon nur eingestellt, weil sein Vater meinte, er brauche eine Beschäftigung, nachdem das mit dem College nichts war. Sagen Sie dem Jungen nur, er kann jederzeit zurückkommen, wenn er mag, aber ich hoff, er findet was, was ihm mehr liegt.« Und als wäre Parker nicht bereits erstaunt genug, fügte der alte Mechaniker hinzu: »Und sagen S' ihm, ich erledige das jetzt mit dem Wasser für den Hund. Der Junge soll nicht denken, das Vieh müsste verdursten.«

Parker verstand nicht wirklich, was es mit dem Hund auf sich hatte, aber etwas war klar: Offenbar hatten Leons Verwandten durchaus gemerkt, wie unglücklich Leon war, und versuchten auch, ihm zu helfen. Obwohl Parker die Methoden eher kontraproduktiv fand.

»Parker?« Leon tauchte in der Tür auf. »Das ist mein Dad – Dad, Mr. Adams von Eden Retreats.«

»Mitchell, sehr erfreut«, sagte Leons Vater, ein riesiger Kerl mit breitem Kreuz und struppigem roten Bart, und ging daran, Parkers Hand zu Brei zu zerquetschen. »Ist der Junge mal wieder in Schwierigkeiten geraten, was? Haha. Hat es mit fünf Kerlen gleichzeitig aufgenommen! Das ist mein Sohn!« Mr. Mitchell schlug Leon auf die Schulter, und der zuckte schmerzerfüllt zusammen.

Parker fürchtete, sein Gesichtsausdruck unterschied sich nicht wesentlich von Leons. Das war dann doch zu viel Raubeinigkeit für seinen Geschmack.

»Vielen Dank für Ihre Hilfe. Aber wir Mitchells sind hart im Nehmen, das wird schon wieder. Und jetzt haben Sie meinen Sohn also eingeladen, damit er sich mal in einer Großstadt umschauen kann ... Na ja, von mir aus. Alt genug isser ja, und Flausen hat er schon immer im Kopf gehabt.«

Leons Wangen färbten sich rosa.

Parker litt innerlich mit Leon mit, denn er wusste genau, wie es sich anfühlte, wenn der eigene Vater so über einen redete und man nur sprachlos danebenstehen konnte.

»Aber denk dran«, richtete Mr. Mitchell noch einmal das Wort an seinen Sohn. »Sechs Wochen und keinen Tag mehr. Wenn du bis dahin keinen Plan hast, wie dein Leben in Zukunft ausschauen soll, fängst du wieder bei Will an – oder du musst ohne meine Unterstützung auskommen. Ist das klar?«

»Versprochen«, murmelte Leon und starrte zu Boden.

Herrje! Was für ein unangenehmes Gespräch. Und Leons Vater war noch nicht fertig.

»Leg dich nicht wieder mit irgendwelchen Schwuchteln an«, mahnte er, »das bringt nix, solltest du langsam mal merken. Such dir lieber ein anständiges Mädel, die hält dich von Ärger fern. Hat bei deinen Brüdern ja auch geklappt.«

Jetzt lief Leon knallrot an. Sichtlich erschrocken starrte er Parker an und sein Mund formte ein leises »Entschuldigung!«.

Aber Parker zwinkerte ihm beruhigend zu. Über solche albernen Sprüche regte er sich schon lange nicht mehr auf. Außerdem hatte er den Eindruck, soeben ein weiteres Teil zu dem komplizierten Puzzle

»Was ist in Leons Leben eigentlich schiefgelaufen?« bekommen zu haben.

Das sagte Parker natürlich nicht laut, stattdessen meinte er höflich: »Ich bin froh, dass Leon mich begleitet. Er war mir letzte Woche eine große Hilfe, und ich freue mich, ihm die Möglichkeit bieten zu können, etwas zur Ruhe zu kommen. Ich bin überzeugt, alles Weitere ergibt sich dann von selbst«, sagte er und hoffte, Leon so wenigstens ein bisschen den Rücken zu stärken.

Der sah auch wirklich erleichtert aus, und nachdem sie kurz abgestimmt hatten, wann sie abreisen würden, verabschiedete sich Parker schnell. Noch mehr Mr. Mitchell wäre definitiv zu viel!

Als Parker am nächsten Morgen wieder vor dem Haus der Mitchells anhielt, wartete Leon bereits mit einem großen Rucksack in der Einfahrt. Parker musste unwillkürlich lächeln. Er selbst war mit einem weit kleineren Rucksack von zu Hause abgehauen. Aber das war ja auch über 20 Jahre her, da hatte noch nicht die halbe Wohnungseinrichtung in so ein Gepäckstück gepasst.

»Hey, guten Morgen! Heute habe ich dir einen Kaffee mitgebracht!«, sagte er fröhlich und reichte Leon einen Becher aus der Candy Cottage Bakery.

»Danke«, sagte der leise und hievte seinen Rucksack in den Kofferraum.

Anscheinend ging es Leon nicht wirklich gut. In den folgenden Stunden hielt er sich an seinem Pappbecher fest, schaute selten aus dem Fenster und wirkte alles andere als entspannt. Es war, als hätte es den lebhaften jungen Mann nie gegeben, den Parker in der vergangenen Woche kennengelernt hatte. Jenen Leon, der ihn mit humorvollen Geschichten unterhielt und dem es nie an Gesprächsstoff mangelte.

Er hat Schmerzen, redete sich Parker ein, *und er schämt sich. Wenn erst alles verheilt ist und er merkt, wie ernst ich es meine mit der Freundschaft, wird es schon besser werden!*

Zunächst jedoch galt es, eine Strecke von über 1000 Meilen zu bewältigen. Immer wieder versuchte Parker, eine Unterhaltung in Gang zu bringen, zum Beispiel indem er berichtete, Imelda habe ihm am letzten Tag bewiesen, dass sie doch ein hervorragendes Frühstück zaubern konnte. »Sieht so aus, als wäre ich nicht länger eine *Persona non grata*«, meinte Parker.

»Imelda ist in Ordnung«, sagte Leon höflich, dann schwieg er erneut.

Schließlich gab Parker es auf, und kurz darauf schlief Leon ein. Insgeheim musste Parker zugeben, darüber doch recht erleichtert zu sein.

In Eureka verbrachten sie eine Nacht im Cozy Mountain Motel, beide zu erschöpft und zu müde, um einen Gedanken an etwas anderes als ein schnelles Abendessen zu verschwenden. Bevor sie dann am nächsten Morgen ihre Reise ebenso schweigend wie am Tag zuvor fortsetzten.

Selbst die längste Fahrt findet irgendwann ein Ende, doch selten war Parker so froh gewesen wie in dem Moment, als er den Tesla endlich in der Tiefgarage des Wohnkomplexes abstellte, in dem er lebte.

Parker war ziemlich stolz darauf, eine Wohnung in dem Neubau in Duboce Triangle ergattert zu haben, einem der angesagtesten Viertel San Franciscos. Aber als er Leon nun in seinem Heim umherführte, fragte er sich plötzlich, ob das alles nicht zu protzig auf den jungen Mann aus Colorado wirken musste. Parker bevorzugte hochwertige Möbel und dekorierte sein Heim gern mit den Werken moderner Künstler, anstatt mit gemütlichen Kissen und Decken. Da Parker weder kleine Kinder noch Haustiere hatte und nicht plante, sich eines von beiden anzuschaffen, passte das schon. Warum fürchtete er dann plötzlich, seine Wohnung könnte zu unpersönlich und zu kalt wirken?

»Das ist dein Zimmer. Wir teilen uns ein Bad, aber direkt neben der Eingangstür gibt es zusätzlich eine Gästetoilette. Hier ist die Küche. Ich habe meine Haushaltshilfe gebeten, ein paar Lebensmittel zu besorgen, nimm dir bitte, was immer du möchtest.« Parker führte Leon weiter, zeigte ihm das Wohnzimmer und die anschließende Terrasse. »Fühl dich einfach wie zu Hause. Wenn du gerne trainieren willst, es gibt ein Schwimmbad und einen Fitnessraum im Keller. Du brauchst ja sowieso eine Schlüsselkarte für die Wohnung, damit kommst du auch in den Fitness-bereich rein … Ah ja, hier habe ich eine für dich. Tags-über ist da unten nicht viel los, alles Workaholics, die entweder frühmorgens oder spätabends trainieren.« Wie er. Parker lachte nervös. Wieso war er eigentlich nervös?

»Danke«, murmelte Leon. »Tut mir leid, ich bin sehr müde. Die Schmerzmittel … Ich glaube, ich lege mich lieber gleich hin.«

»Natürlich. Ich gehe morgen wieder ins Büro, aber wir sehen uns zum Frühstück, okay?«

Leon nickte. Wünschte ihm eine gute Nacht.

Wenn er sich erst eingelebt hat, wird es schon aufwärts-gehen. Deshalb hatte Parker auch beschlossen, am nächsten Tag in die Arbeit zu fahren. Dann hatte Leon Zeit für sich, während sich Parker zur Abwechslung mal wieder um seinen Job kümmerte. Wenn es Leon dann besser ging, konnten sie immer noch etwas zusammen unternehmen.

Allerdings hatte Parker nicht vorausgesehen, wie sehr es in seiner Abteilung drunter und drüber ging. Bei der Renovierung eines ihrer Resorts in Oregon lief so ziemlich alles schief, was schieflaufen konnte. Selbst wenn Parker den Eindruck gehabt hätte, Leon würde gern mehr Zeit mit ihm verbringen, so wäre es erst mal definitiv nicht drin gewesen.

Aber Leon war immerhin erwachsen und in der Lage, allein zu entscheiden, wie er seine Tage gestalten wollte. Auch wenn Parker besorgt feststellte, dass Leon die Wohnung kaum zu verlassen schien – wenn überhaupt, dann offenbar nur, um den Fitnessraum zu nutzen. Das Einzige, bei dem sich Parker außerdem noch sicher war: Leon achtete penibel auf Ordnung. Niemals lag ein Buch auf dem Sofa oder stand ein benutztes Glas auf dem Tisch, und das Bad sah aus, als käme die Haushaltshilfe täglich und nicht nur einmal die Woche.

Wahrscheinlich war es vermessen gewesen, sich vorzumachen, er könnte Leon irgendwie helfen. So ganz hatte er die Hoffnung nicht aufgegeben, denn jeden Abend, wenn Parker nach Hause kam, erschien Leon in der Tür zu seinem Zimmer und sagte: »Du bist da.« Nie mehr, aber immer glaubte Parker, dabei so etwas wie Freude in Leons Augen aufleuchten zu sehen.

Wahrscheinlich bildete er sich das nur ein. Denn ansonsten blieb Leon schweigsam und verschlossen, und was Parker wirklich das Herz zerriss: Leon weinte. Nicht etwa vor ihm. Aber Parker hörte es. Jede Nacht weinte sich Leon in den Schlaf, und Parker stand hilflos vor der Tür zum Gästezimmer, die Hand bereits zu einem Klopfen erhoben, und wagte dennoch nicht, sich bemerkbar zu machen. Weil er nicht wusste, ob Leon schon so weit war, sich seiner Tränen nicht mehr zu schämen. Aber vor allem, weil Leon die Tatsache, dass Parker schwul war, zwar erstaunlich gelassen hingenommen hatte – aber ganz gewiss hätte er etwas dagegen, wenn sich Parker in seinem Zimmer aufhielt, während Leon im Bett lag.

Also konzentrierte sich Parker auf seine Arbeit. Wo ihn dann unverhofft sein Assistent Matthew auf eine Idee brachte, als er von den überbackenen Süßkartoffeln schwärmte, die seine Verlobte am Abend zuvor gekocht hatte. Vielleicht gab es da ja doch etwas, das er tun konnte, damit es Leon besser ging.

Jetzt war Leon also in San Francisco. Bei Parker. Und er hasste es.

Als Parker ihm dieses Angebot auf der Terrasse des Hotels in Denver gemacht hatte, hatte sich Leon gefühlt, als hätte er den Jackpot gewonnen. Er würde San Francisco sehen, und er würde bei Parker wohnen! Das war so viel besser als alles, was er sich von dem Eichhörnchen gewünscht hatte, und er hatte sich fest vorgenommen, dem Tierchen bei seinem nächsten Besuch im Stadtpark eine ganze Tüte Nüsse mitzubringen.

Doch in der Nacht vor seiner Abreise kamen Leon die ersten Zweifel. Er hatte Schmerzen und schlief deswegen nicht ein, aber er wollte nicht zu viele Pillen nehmen, um auf der Fahrt nicht ohne Medikamente dazustehen. Zwangsläufig begann er, zu grübeln. Warum wollte Parker ihn mitnehmen und behauptete sogar, sein Freund sein zu wollen? Das ergab doch keinen Sinn. Gerade weil Parker schwul war, musste er Leon doch für alles verachten, was er anderen Menschen angetan hatte. Wie hielt er es überhaupt noch in Leons Nähe aus?

Leon dachte daran, wie mürrisch Parker morgens oft gewesen war, was möglicherweise an dem fehlenden Koffeinschub gelegen hatte. Doch Leons Geschichten aus Maple Meadows hatten ihn immer schnell aufgemuntert. Sie hatten über alles Mögliche gesprochen, von Politik bis zu ihren Lieblingsbüchern. Vielleicht wünschte sich Parker einen Gesellschafter?

Das Problem war nur: Jetzt, da Leon unbedingt besonders unterhaltsam sein wollte, fiel ihm absolut kein Gesprächsthema ein. Und je mehr er sich anstrengte, desto weniger gelang es ihm.

Nur dank Parker verbrachten sie ihre Abende nicht in eisigem Schweigen. Parker erzählte von dem geplanten Resort in Colorado, das nun in Crystal Lake Springs entstehen würde, und von dem Ärger, den sie mit einem Resort in Oregon hatten, das gerade renoviert wurde.

Es war auch Parker, der jeden Tag etwas aus einem der umliegenden Restaurants mitbrachte, ihn fürsorglich fragte, ob er mehr Medikamente brauche oder Geld, um etwas zu unternehmen.

Doch Leon wollte nichts von all dem. Was er wollte, war, wieder zu funktionieren. Er wollte wieder der kurzweilige Unterhalter sein, den Parker wahrscheinlich erwartet hatte. Jeden Abend freute sich Leon wie verrückt auf den Moment, an dem Parker zur Tür hereinkommen würde, so sehr, dass er schon eine Stunde zuvor gespannt auf seinem Bett saß, um den Augenblick ja nicht zu verpassen. Dabei nahm er sich ganz fest vor, diesmal derjenige zu sein, der ein Gespräch initiierte. Über etwas, was er in den Nachrichten gehört hatte zum Beispiel.

Aber jedes Mal, wenn er Parker dann sah, fiel ihm ein, dass dieser nun das Schlimmste wusste, was es über Leon zu wissen gab, und er wünschte sich, unsichtbar zu sein. Natürlich brachte er dann kaum ein Wort heraus, und so blieb es wieder Parker überlassen, ihre Gespräche in Gang zu halten.

Leon fühlte sich mehr denn je wie ein Versager, weil er die Zeit in San Francisco und die Zeit mit Parker sinnlos vertat. Er zog sich jeden Abend früh zurück, um seinem Gastgeber die Mühe zu ersparen, sich mit dem verklemmten Gast abzuplagen. Sobald Leon dann die Tür seines Zimmers hinter sich schloss, kamen jedes Mal die Tränen. Auch das hätte er gern abgestellt, aber er wagte nicht, sich in den Arm zu zwicken, weil er fürchtete, Parker könnte die Spuren entdecken und ihn erneut darauf ansprechen.

Wenn Parker dann am folgenden Morgen die Wohnung verließ, kehrte regelmäßig Leons Wut zurück. Er war wütend auf sich selbst, weil er es einfach nicht schaffte, etwas an dieser vertrackten Situation zu ändern. Wütend, weil er zu wütend war, um das Haus zu verlassen und sich wenigstens die berühmten Sehenswürdigkeiten von San Francisco anzusehen, auf die er sich wirklich gefreut hatte.

Zum Glück gab es das Fitnessstudio im Keller von Parkers Wohnhaus. Leon verbrachte Stunden dort, trotz der Schmerzen, die das Training immer noch verursachte. Es war das Einzige, was ihn davon abhielt, durchzudrehen.

Aber es schien sinnlos. Er sollte abreisen und Parker nicht länger zur Last fallen. Ja, es war am besten, wenn Leon heimfuhr und wieder bei Onkel Will anfing. Was blieb ihm auch anderes übrig? Während eines weiteren verkrampften Abendessens versuchte Leon, die richtigen Worte zu finden, um sich bei Parker zu bedanken und sich gleichzeitig zu verabschieden. Doch ehe Leon etwas sagen konnte, meinte Parker plötzlich: »Sag mal, du hast doch erzählt, dass du kochen kannst? Hast du vielleicht Lust, abends mal was für uns zu machen?«

Leon sah ihn unsicher an. Sein Dad und seine Brüder hatten sich nie über sein Essen beschwert, aber wahrscheinlich nur, weil sie fürchteten, sonst selbst am Herd stehen zu müssen. Aber Parker war doch ganz andere Sachen gewohnt.

»Ich kann bestimmt nicht so gut kochen, wie …«, begann Leon nervös. Dann fiel sein Blick auf die Pappschachteln vom Asiaten, die Parker heute mitgebracht hatte. Es war ganz okay, aber mehr auch nicht.

»Das will ich hoffen«, sagte Parker mit einem spöttischen Unterton in der Stimme.

Ein Lächeln zupfte an Leons Mundwinkeln, Parker schmunzelte, und dann lachten sie sogar beide.

Es war das erste Mal, dass er lachte, seit er Maple Meadows verlassen hatte. Wie gut das tat! »Ich versuch's«, sagte Leon schnell, bevor dieses Hochgefühl womöglich von Zweifeln erstickt wurde. »Aber du sagst mir, wenn es dir nicht schmeckt, versprochen?«

»Versprochen«, behauptete Parker. »Ich gebe dir meine Zugangsdaten zu der App des Safeway-Supermarktes, die liefern alles, was …«

Energisch schüttelte Leon den Kopf. »Ich gehe selbst einkaufen. Geld habe ich, Dad hat mir welches gegeben, und er wollte mir sowieso meine neue Kreditkarte nachschicken, die kommt sicher bald. Du hast so viel für mich getan, ich will was beitragen.«

Seltsamerweise stimmte Parker sofort zu. Aber Leon hinterfragte das nicht, er hatte zu tun! Diesmal verabschiedete er sich nicht deshalb bald in sein Zimmer, weil er Parker nicht länger stören wollte. Sondern weil er nach Rezepten googeln musste! Ein Glück, dass er daran gedacht hatte, die SIM-Karte aus dem kaputten Handy in sein altes Modell zu stecken und das einzupacken.

Aufgeregt scrollte Leon nun durch die verschiedenen Rezeptseiten, ehe er sich für ein Gericht entschied. Und zum ersten Mal, seit er hier angekommen war, schlief er mit einem Lächeln im Gesicht und nicht mit tränennassen Wangen ein.

In Maple Meadows fand jeden Donnerstag der Wochenmarkt statt, der kleine Supermarkt hatte genug für den täglichen Bedarf vorrätig und für den Großeinkauf fuhr man nach Oakeridge. Doch das war alles nichts gegen das Angebot in San Francisco! Nachdem sich Leon nun zum ersten Mal aus dem Haus getraut hatte, war er ganz erschlagen von der Auswahl – und zunehmend begeistert. Es gab Feinkostläden, Bioläden, eine winzige Konditorei und einen halb offenen Markt namens Golden Produce, bei dem es sogar italienische Amarettini gab.

Hier begann Leon schließlich seine Einkaufstour. Erst hatte er Steaks oder Burger machen wollen, das mochten Dad und seine Brüder am liebsten. Aber dann war ihm aufgegangen, dass Parker gewiss auch anderen Gerichten gegenüber aufgeschlossen war, die Dad »zu extravagant« nennen würde. Doch jetzt wagte Leon einen neuen Versuch, wählte sorgfältig Wurzelgemüse und frischen Lavendel aus, kaufte

Entenbrust bei einem Metzger und Honig im Bio-laden.

Diesmal klopfte sein Herz noch schneller als sonst, während er am Abend auf Parkers Ankunft wartete. Würde es ihm schmecken? Hatte er sich zu viel Mühe beim Tischdecken gegeben? Zu wenig?

»Es gibt glasierte Entenbrust mit Honig und Lavendel auf geröstetem Wurzelgemüse«, platzte Leon heraus, kaum dass Parker »Hallo« gesagt hatte.

Der lachte. »Wie das schon riecht! Ich kann es kaum erwarten«, sagte er und rieb sich mit einer Hand über den Bauch.

Leon konnte es ebenfalls nicht erwarten, obwohl er erst mal keinen Bissen runterbrachte, so angespannt lauerte er darauf, ob Parker das Essen mochte. Erst nachdem dieser mit vollem Mund »Großartig!« sagte, griff auch Leon beherzt zu.

Gemeinsam räumten sie nach dem Dinner die Spülmaschine ein, und Leon musste sich arg zusammenreißen, um dabei nicht wie ein Flummi herumzuhüpfen. Parker hatte ihn gefragt, ob er am nächsten Tag wieder kochen wollte! Die Antwort war so was von ja!

Als alles wieder blitzte und blinkte, wollte Leon eigentlich wie üblich in seinem Zimmer verschwinden, doch Parker schlug vor: »Ich wollte mir schon länger ›Fool Me Once‹ ansehen – wäre eine Thriller-Serie nicht auch was für dich? Wollen wir sie zusammen schauen?«

Im ersten Augenblick war Leon baff, fast hätte er gesagt, er könnte nicht, weil er Rezepte raussuchen müsste. Als hätte er nächsten Tag nicht genug Zeit dafür! »Störe ich dich denn nicht?«, fragte er ein wenig atemlos.

»Dann hätte ich dich kaum gefragt.«

Auch wieder wahr. Was regte er sich so auf? Sie schauten zusammen fern, das machten Freunde so. Dennoch setzte sich Leon so weit wie möglich von Parker weg, um bloß nicht aufdringlich zu wirken. Nur, um sich dann darüber zu ärgern, weil Parker so weit weg saß, während sie beide wie gebannt auf den Fernseher schauten. *Mann!*

Keinen einzigen Gedanken verschwendete Leon in den nächsten Tagen mehr daran, San Francisco frühzeitig zu verlassen. Nach wie vor brodelte unterschwellig diese Wut in ihm, und er verbrachte viel Zeit im Fitnessraum, um sie loszuwerden, anstatt endlich mal die Sehenswürdigkeiten zu besuchen. Aber ansonsten lief es super. Leon kochte Risotto mit Trüffeln und grünem Salat, Tacos al pastor und gebackenen Camembert mit Walnusskruste. Immer mutiger wurde er, probierte neue Rezepte aus, und wenn man mal davon absah, dass er mit dem Risotto zweimal beginnen musste, da der erste Versuch unrettbar anbrannte, war er selbst ganz erstaunt, wie gut er die Mahlzeiten hinbekam.

Wie zuvor sprach Parker beim gemeinsamen Essen von seinem Tag im Büro, und im Gegenzug konnte Leon ihn nun darüber aufklären, dass die Flower-Power-Zeit nicht überall in San Francisco vorbei war … In dem Bioladen zwei Straßen weiter lebte sie jedenfalls in der Besitzerin Willow weiter.

»Ich weiß vorher nie, ob sie mir einen Vortrag über die freie Liebe, über Wunschkerzen oder die Kraft von Heilsteinen halten wird. Aber sie hat die besten Eier und eine tolle Auswahl an verschiedenen Nüssen, von manchen Sorten hatte ich zuvor nie etwas gehört«, erzählte Leon. »Sie ist auch nicht sauer, weil ich mir einfach nicht die Karten legen lassen will.«

Wenn sie nach dem Essen mit Aufräumen fertig waren, schauten sie sich gemeinsam eine Folge von »Fool Me Once« an. Dabei saß Leon wie am ersten Tag möglichst weit weg von Parker auf dem Sofa. Worüber er sich regelmäßig ärgerte, anderseits fürchtete er, es würde komisch wirken, wenn er sich nun woanders hinsetzte. Parker und er kamen gerade so gut miteinander aus, das wollte er auf gar keinen Fall durch irgendein dämliches Benehmen seinerseits wieder kaputt machen!

Aber abgesehen von dieser Sorge hätte ihr gemeinsames Leben aus Leons Sicht ewig so weitergehen können. Bis sein Gastgeber am Freitagabend den Blick von seiner Kaktusfeigen-Ceviche hob und sagte: »Ich würde meine Freunde Alexander und Vince gerne am Sonntag zum Essen einladen.« Parker hielt inne, legte den Kopf ein wenig schief und musterte Leon eindringlich. »Was meinst du, schaffst du das? Ich habe dir ja erzählt, dass es Schwierigkeiten mit der Renovierung des Resorts in Oregon gibt, und der Bauleiter reist am Sonntag extra zu einem Krisengespräch an. Danach sind wir sicher hungrig. Wenn du keine Lust zum Kochen hast, ist das aber völlig okay. Dann gehen wir einfach essen.«

Leon versuchte, seine feuchten Handflächen unauffällig an seiner Jeans abzuwischen. Er wünschte, er hätte noch nicht so viel von diesem Alexander gehört, dann hätte er jetzt wahrscheinlich weniger Angst, zu versagen. Aber er konnte Parker den Wunsch unmöglich abschlagen.

»Aber du musst den Wein besorgen, wenn du nicht willst, dass deine Gäste nur Eistee zu trinken bekommen«, versuchte er, ganz cool zu reagieren. »Ich könnte gefüllte Hühnchenbrust machen, und als Vorspeise vielleicht gegrillte Artischockenherzen? Oder ist einer deiner Freunde Vegetarier?«

»Nein«, sagte Parker und strahlte ihn an.

Zwar fürchtete Leon, es würde ihm schon bald leidtun, derartig spontan zugesagt zu haben – aber in diesem Augenblick war er einfach nur froh, Parker so glücklich zu sehen.

Natürlich verfluchte sich Leon selbst, nachdem sich Parker am Sonntag auf den Weg in die Firma gemacht hatte. Alexander Vale mochte Parkers Freund sein, aber er war auch sein Boss und der Gründer von Eden Retreats! Da konnte sich Leon noch so oft vorsagen, sein geplantes Menü sei raffiniert, aber nicht allzu schwierig zu kochen. Außerdem wusste Alexander gewiss, dass er nur ein Automechaniker aus einer Kleinstadt und kein Gourmetkoch war … Er hatte trotzdem eine Scheißangst, Parker zu blamieren.

Deswegen war er fast froh, als seine Vorbereitungen für das Essen von der Türklingel unterbrochen wurden. Er rechnete mit jemandem von USPS. Sein Dad hatte ihm eine Nachricht geschickt, er habe endlich Leons Kreditkarte per Priority Mail Express versendet, und die kamen auch am Sonntag.

Als sich jedoch die Aufzugtüren gegenüber von Parkers Wohnung öffneten, erschien kein Bote, sondern ein schmaler Mann mit raspelkurzem grauem Haar. Der Fremde sah aus, als würde er jeden Moment unter der Last des kleinen, ledernen Rucksacks zusammenbrechen, den er auf dem Rücken trug. Außerdem war er wahnsinnig blass, und sein Hemd und seine Hose schlotterten viel zu locker um seinen schlanken Körper.

»Ah, du musst Leon sein!«, sagte der Mann allerdings recht fröhlich und streckte eine Hand aus. »Ich bin Vince.«

Vince. Natürlich, Parker hatte ja zwei Freunde eingeladen.

»Oh, hmpf, also, tut mir leid, du bist viel zu früh!«

»Das weiß ich doch«, sagte der Gast unbekümmert
und schob sich ungeniert an Leon vorbei in Parkers
Wohnung, wo er direkt aus den Schuhen schlüpfte
und seinen Rucksack in die Küche trug. Offenbar war
der Mann nicht zum ersten Mal hier.

»Ich dachte mir, es wäre eine nette Idee, wenn wir
auch ein Dessert hätten. Parker ist das nicht so
wichtig, aber Alexander ist ein richtiges Schlecker-
maul.« Vince öffnete seinen Rucksack, stellte eine
Flasche Marsala auf Parkers riesige Arbeitsplatte und
legte eine Packung Eier daneben. »Ich mache uns eine
schöne Zabaione, was meinst du?«

Leon meinte, dass Vince aussah, als würde er jeden
Moment umkippen. »Warum setzt du dich nicht erst
mal?«, schlug er vor. »Möchtest du ein Glas Wasser?
Oder ein Sandwich?«

»Ein Wasser wäre wirklich nicht schlecht. Und vielleicht eine Tasse Kaffee? Aber verrate Alexander
nichts davon, ja?«

Jetzt schrillten bei Leon sämtliche Alarmglocken.
Der Mann war offenbar krank. Aber was tat er dann
hier? Wieso hatte er nicht etwas Leckeres in der
Konditorei Noe Grocery zwei Häuser weiter geholt,
die hatten großartige Kuchen und Desserts, auch zum
Mitnehmen. Da stimmte doch etwas nicht!

Dennoch schenkte Leon ihm erst mal ein Glas Wasser ein und bereitete Vince einen Kaffee mit diesem Monster von Kaffeemaschine zu – dem einzigen Küchengerät, welches Parker offenbar heiß und innig liebte.

Und nun? Ein Zusammenbruch von einem von Parkers Freunden in der Küche hatte Leon gerade noch gefehlt. Aber zum Glück zauberten die Getränke ein wenig Farbe in Vince' Gesicht. Leon lehnte sich an die Arbeitstheke, verschränkte die Arme vor der Brust und betrachtete den Besucher kritisch. »Warum bist du wirklich hier?«

Nun wurden die Wangen seines Gastes rosa. Leon ging auf, wie gut er aussehen würde, wenn er nicht so schrecklich ausgezehrt wäre. »Na ja … Parker hat erzählt, er hätte dich aus dieser Kleinstadt in Colorado mitgebracht … Hörte sich für mich, hm«, Vince räusperte sich sichtlich verlegen, »ein bisschen rückständig an. Deswegen habe ich ihn gefragt, ob du weißt, dass Alexander und ich verheiratet sind. Aber anscheinend hielt Parker es nicht für nötig, diesen Umstand dir gegenüber zu erwähnen, da dachte ich …« Vince verstummte.

»… du siehst dir den komischen Gast lieber mal an, bevor er allen den Appetit verdirbt?« Leon schnaubte ärgerlich durch die Nase. »Ich weiß, dass Parker schwul ist. Ich wohne hier. Warum sollte es mich stören, wenn ihr ein Paar seid?«

Oder hatte Parker seinen Freunden erzählt, was Leon getan hatte? War Vince deshalb hier, um herauszufinden, ob er überhaupt mit Leon an einem Tisch sitzen wollte?

»Parker ist verschlossen wie eine Auster, was dich angeht«, meinte Vince jedoch. »Und Alexander ... Parker ist für Alexander wie der Sohn, den er nie hatte. Seit dieser komischen Geschichte in Denver, als Parker darum gebeten hat, dein Handy zu orten, weil du offenbar in Schwierigkeiten geraten bist, fragt er sich natürlich, was da los ist zwischen euch.«

Leon ballte die Hände zu Fäusten, wandte sich ab und starrte aus dem Fenster auf das Häusermeer von San Francisco. Er hatte also bereits einen schlechten Eindruck hinterlassen, bevor Parkers Freunde ihn überhaupt zu Gesicht bekommen hatten. *Großartig!* Gab es irgendeine Möglichkeit, das Essen abzusagen, ohne alles nur noch schlimmer zu machen?

»Hey, Leon.« Vince tauchte neben ihm auf. »Alexander kann recht einschüchternd wirken. Ich dachte, es wäre leichter für dich, wenn wir uns schon mal kennenlernen. Mehr steckt da nicht dahinter.« Vince wandte sich wieder ab, nahm einen Topf aus einem Schrank, füllte ihn mit Wasser und stellte ihn auf den Herd.

»Nimm's mir nicht übel, aber du siehst aus, als solltest du dich lieber ausruhen, anstatt in der Küche zu stehen.«

»Ach, Zabaione geht doch ganz schnell. Einfach Eier, Zucker und Marsala über dem Wasserbad verrühren und schon fertig. Keine Sorge, mir geht's gut. Meine letzte Chemo ist bereits eine Weile her, und die Kontrolluntersuchungen waren ohne Befund. Alles gut.«

Gar nichts war gut! Leon fühlte sich, als hätte er einen Schlag in den Magen bekommen. *Das* hätte Parker ihm gegenüber mal erwähnen sollen, verflucht!

»Nimm das nicht auf die leichte Schulter. Der Krebs kann jederzeit zurückkommen«, sagte Leon heiser, während Vince die Eier aus der Verpackung nahm und sie mehr zerdrückte als aufschlug, bevor er das Innere in eine Schüssel fallen ließ und die klebrigen Schalen auf die Arbeitsplatte warf.

Vince wischte sich die Finger an seiner Hose ab und meinte achselzuckend: »Dann werde ich ihn wieder besiegen. Ich habe den besten Grund, weiterzuleben, den es gibt. Alexander. Unsere Liebe.«

Leon taumelte. Und seine Mom hatte keinen Grund gehabt, oder was? Was wollte Vince damit sagen, dass sie gestorben war, weil er nicht liebenswert genug …

Er stolperte einen Schritt zurück. Leons Sichtfeld verschwamm. Hilfesuchend hielt er sich am Kühlschrank fest. Die Kraftanstrengung, jeden Gedanken an seine Mutter zu verdrängen und sich gleichzeitig davon abzuhalten, Vince seine Faust ins Gesicht zu rammen, zerriss ihn fast. Wüsste er nicht zu gut, wie schwach und zerbrechlich Vince derzeit war, niemals hätte sich Leon zurückhalten können. Hätte um sich geschlagen. Wortwörtlich.

Sein Atem ging schwer. Irgendwie gelang es ihm, seine Gedanken zu zwingen, sich von Mom und Vince wegzubewegen und das Bild von Parker heraufzubeschwören, wie er auf dem Sofa saß, wenn sie ihre Serie schauten. Parker! Er musste sich zusammenreißen, sonst würde er ihn wieder verlieren.

Eine Hand legte sich auf seinen Arm, und Leon zuckte zusammen. Er erwartete beinahe, in Parkers ruhige braune Augen zu schauen, als sein Blick sich klärte. Doch stattdessen traf er auf unergründliche grüne Augen, die unerwartet warm schimmerten.

»Wie schwer war es, nicht zuzuschlagen?«, fragte Vince vorsichtig. Woher wusste er das?

»Mein Mom ist tot«, entgegnete Leon schwach.

»Das tut mir unendlich leid«, sagte Vince, »und ich entschuldige mich für meine unbedachten Worte.«

Warum fiel es anderen anscheinend so leicht, sich zu entschuldigen? Alles, was Leon herausbrachte, war ein mühsames »Das konntest du doch nicht wissen. Ich verstehe nicht, weshalb ich immer wieder ausflippe.«.

Vince lächelte sanft und rieb behutsam über Leons Arm. Normalerweise wäre Leon sofort erneut durchgedreht. Er hasste es, wenn Fremde ihn berührten. Doch diesmal war es merkwürdigerweise in

Ordnung. »Dann such dir Hilfe, um den Grund dafür herauszufinden«, schlug Vince vor.

Leon runzelte die Stirn. »Ich bin doch kein Psycho!«, stellte er klar.

Vince seufzte. »Nach der Prügelei warst du doch auch beim Arzt. Nur weil man diese Verletzungen nicht sieht, sind sie nicht weniger real. Ich weiß, es kostet Mut, sich Hilfe zu holen und sich seinen Emotionen zu stellen, anstatt sie zu ignorieren oder zu unterdrücken. Aber du siehst nicht aus wie ein Feigling, Leon!«

»Ich … Ich wäre nicht ins Krankenhaus gegangen. Parker hat mich da hingeschleppt«, entgegnete Leon, in dem verzweifelten Versuch, das Gespräch in eine andere Richtung zu lenken. Er würde nicht zu einem Seelenklempner gehen! Die schauten einem in den Kopf, das konnte Leon auf gar keinen Fall zulassen. Schlimm genug, dass inzwischen so viele Menschen über seine Schandtaten Bescheid wussten, aber niemand durfte je erfahren, was für ein Schwächling er in Wirklichkeit war. Und das war ja längst nicht alles. Unter der Schwäche lauerte ein anderes Gefühl, eines, das für alle Ewigkeit im Verborgenen bleiben musste.

Leon merkte erst, dass er sich wieder einmal in den Arm gezwickt hatte, als Vince' Finger sich sanft um seine Hand schlossen. »Das ist doch auch keine Lösung. Wenn dir eine Therapie im Augenblick noch zu groß erscheint – wie wäre es mit einem Training, um deine Wut in eine produktivere Richtung umzulenken?«

Darauf war Leon schon allein gekommen. »Ich gehe laufen«, sagte er.

Vince legte den Kopf ein wenig schief, sagte aber nichts dazu. Was ziemlich nett war, denn Leon erkannte in diesem Moment selbst, was er da tat: Er rannte vor seinen Problemen weg. Auch als er hier im Fitnessraum stundenlang auf dem Laufband gestanden und ja in Wahrheit keinen Schritt von hier fortgekommen war, war er davongerannt.

»Ich kenne da jemand, er heißt Mick«, sagte Vince, ließ Leons Hand wieder los und wandte sich der Schüssel mit den Eiern zu. »Er unterrichtet Methoden, um Emotionen zu kontrollieren, bevor sie in Aggression umschlagen. Probier doch einfach mal eine Stunde aus. Ich zahle dafür.«

»Was? Warum solltest du?«, fragte Leon. Er war so verblüfft, er vergaß völlig, den Vorschlag sofort rigoros abzulehnen.

»Weil ich es kann. Ich bin unanständig reich, Leon. Meine Eltern besaßen eine äußerst erfolgreiche Firma. Vermögensverwaltung und Finanzdienstleistungen. Zudem etliche Immobilien in den besten Lagen. Doch entgegen gängiger Klischees über Karrieremenschen waren sie wahnsinnig liebevoll, haben sich viel Zeit für ihr einziges Kind – also mich – genommen und mich bei allem unterstützt. Als ich Maler werden wollte. Als ich ihnen sagte, dass ich schwul bin. Wann immer ich die Möglichkeit habe, gebe ich etwas zurück.« Vince lächelte ihm über die Schulter hinweg zu, ehe er eifrig begann, mit einem Schneebesen in seiner Schüssel herumzurühren. »Betrachte es als Geschenk. Aber wenn es für dich leichter ist, können wir uns darauf einigen, dass ich dir die Stunden bei Mick bezahle, weil ich um Parkers Sicherheit besorgt bin.«

Pah! Leon würde sich doch eher die Hand abhacken, bevor er Parker nur ein Haar krümmte. Und diesen Mick wollte er gar nicht erst kennenlernen. Sicher so ein Gutmensch, in dessen Gegenwart er sich noch unzulänglicher vorkommen würde als sonst. »Da muss man bestimmt wochenlang auf einen Termin warten. So lange werde ich gar nicht mehr hier sein.«

Vince lachte leise. »Weißt du, Leon, unanständig reich zu sein hat einige Nachteile. Ich bin zum Beispiel nicht mit der Tram gekommen. Nachdem bereits zweimal versucht wurde, mich zu entführen, ist mein Wagen gepanzert, mein Fahrer trägt eine Glock unter dem Jackett und war zwölf Jahre bei den Navy Seals. Aber wenn ich will, dass Mick sich morgen eine Stunde Zeit für dich nimmt, dann tut er das. Lass dir helfen, Leon. Es mag sich im ersten Moment scheiße anfühlen, viel schlimmer als jetzt. So ging es mir mit der Chemo ebenfalls. Ich hatte mal Haare bis zur Hüfte, kannst du dir das vorstellen? Alle ausgefallen. Von der Kotzerei und den Schwächeanfällen will ich gar nicht erst anfangen. Niemand will so etwas durchstehen – aber nun habe ich den Krebs besiegt. Und dir wird es auch besser gehen. Willst du es denn nicht wenigstens versuchen? Parker zuliebe?«

»Ich … Das geht mir zu schnell. Ich denke darüber nach, okay?«

Vince lachte und klatschte in die Hände, so als hätte Leon ihm mit diesem vagen Zugeständnis eine riesige Freude bereitet. »Also gut. Wir telefonieren die nächsten Tage und reden noch mal darüber. Aber jetzt lass uns weitermachen. Alex und Parker werden Hunger haben, wenn sie aus diesem Krisengespräch rauskommen.«

Stirnrunzelnd betrachtete Leon das Chaos, das Vince inzwischen auf der Arbeitsfläche angerichtet hatte. »Sei ehrlich, hast du überhaupt schon mal Zabaione gemacht?« Er spähte in die Schüssel, in der sich eine klumpige Masse befand. »Ich bin mir ziemlich sicher, man sollte nur das Eigelb, und nicht die ganzen Eier reintun«, merkte er an, »und rühren sollte man wohl über dem Wasserbad und nicht daneben.«

Vince ließ die Schultern sinken. »Sieht irgendwie komisch aus, oder? Auf Youtube wirkte es total easy. Wir … hmpf … Wir hatten immer eine Köchin.«

Leon gab sich Mühe, nicht zu lachen. Er stemmte die Hände in die Hüfte und sagte streng: »Okay, raus aus meiner Küche. Du setzt dich jetzt auf die Terrasse und legst die Beine hoch, ich bringe dir gleich einen hausgemachten Eistee«, sagte er gespielt streng.

Vince salutierte nachlässig. »Ja, Sir!« Aber insgeheim sah er doch ein wenig erleichtert aus. Und ziemlich erschöpft.

Erst später fiel Leon auf, dass er »meine Küche« gesagt hatte. Von ein paar Highlights abgesehen, verlief sein Ausflug nach San Francisco doch eher katastrophal. Warum fühlte er sich dann dennoch wie zu Hause?

Kapitel 9

»Sollen wir Vince abholen, oder kommt er mit seinem Fahrer?«, fragte Parker, nachdem das Treffen endlich vorbei war und sie einen Plan hatten, wie sie mit den Verzögerungen bei der Renovierung des Resorts in Oregon umgehen sollten.

»Nein. Vince wollte schon ein wenig früher los. Er plant ein Dessert und dachte sich, es wäre besser, es direkt in deiner Küche zu machen.«

»Ein Dessert«, echote Parker schwach. »In meiner Küche.« Bei Leon. Er wusste nicht, was ihm mehr Angst einjagte: Die Tatsache, dass er gezwungen sein würde, etwas zu essen, das Vince gekocht hatte, oder der Umstand, dass Vince Leon wer weiß wie lange in die Mangel genommen hatte. Vince mochte wie ein liebenswerter Träumer wirken, aber er konnte knallhart sein. Wenn er Leons verquere Ansichten über Homosexualität herausgefunden hatte ... Parker wollte sich gar nicht vorstellen, was dann passiert sein mochte.

Dabei hatte er Alexander und Vince nicht nur eingeladen, damit seine Freunde Leon kennenlernen. Sondern auch in der Absicht, Leon zu zeigen, wie normal eine gleichgeschlechtliche Partnerschaft war. Er hoffte immer noch darauf, dass sein Gast seine Einstellung bald überdenken würde. Immerhin hatte er sich Parker gegenüber nie homophob geäußert, aber eine komplette Kehrtwende war das auch nicht gerade. Doch wie sollte Parker jemals einen Platz in Rivers Leben finden und gleichzeitig Leons Freund bleiben, wenn dieser sich nicht mit den Fehlern, die er in der Vergangenheit gemacht hatte, auseinandersetzen wollte?

Parker hatte gehofft, der Besuch von Alexander und Vince würde Leon vielleicht einen kleinen Denkanstoß geben. Hatte er sich damit ein Eigentor geschossen?

Parkers Nervosität stieg auf der Fahrt zu seiner Wohnung ins Unermessliche, während Alexander anscheinend unbekümmert über das Resort in Oregon und die Pläne für den Neubau in Colorado sprach.

Endlich kam das Gebäude in Sicht, in dem er wohnte. Zumindest von außen sah es unversehrt aus.

Offenbar hatte Vince nicht versucht, etwas zu flambieren. Obwohl … vielleicht stand das ja noch aus!

Als er seine Wohnung aufschloss, staunte Parker jedoch nicht schlecht. Er hatte eigentlich erwartet, seine Küche in Trümmern und Leon völlig aufgelöst vorzufinden. Stattdessen wirkte seine Wohnung wie immer in letzter Zeit, als hätte ein professionelles Reinigungsteam sie erst vor wenigen Minuten verlassen, es roch nach Hühnchen und Rosmarin … und zu sehen war kein Mensch.

Verwirrt durchquerte Parker die leeren Räume, gefolgt von Alexander. Schließlich entdeckte er Leon und Vince auf der Terrasse. Vince saß auf einer Sonnenliege, gestützt von zwei Kissen, und hielt ein Glas mit einer bernsteinfarbenen Flüssigkeit, Eiswürfeln, Zitronenscheiben und Minzblättern in der Hand. Neben ihm stand Leon und war dabei, Parkers überdimensionalen Ampelschirm aufzuspannen. Den Schirm, den Parker eigentlich schon vor Monaten hatte ersetzen wollen, weil er nicht mehr aufgegangen war.

Wieso sich dies geändert hatte, interessierte ihn allerdings weit weniger als die Tatsache, dass Leons T-Shirt ein ganzes Stück hochgerutscht war, während er sich nach oben reckte und sich an dem Schirm zu schaffen machte.

Es war Parker nicht möglich, seinen Blick von der nackten Haut abwenden, die nun zwischen Shirt und dem Bund von Leons Hose hervorblitzte. Dann noch die definierten Bauchmuskeln! Mit einem Mal war ihm schrecklich heiß, was gewiss nicht an der Sonne lag.

»Dein Sonnenschirm war kaputt, Parker!«, holte ihn Vince' vorwurfsvolle Stimme aus seiner Erstarrung.

»Ähm, ja.« Parker räusperte sich. »Hallo, Vince.«

Der bedachte ihn mit einem wissenden Lächeln, und Alexander gluckste leise neben ihm. Na toll. Seine Freunde hatten ihn durchschaut. Parker mochte Leon. Und er wollte ihm helfen. Aber er hatte auch Augen im Kopf, und Leon war wahnsinnig sexy. Zum Glück schien wenigstens dem jungen Mann nicht aufgefallen zu sein, wie Parker ihn alles andere als züchtig angestarrt hatte.

»Warum sagst du mir nicht, wenn etwas kaputt ist?«, fragte Leon und wischte sich die Hände an der Hose ab, ehe er sich Alexander zuwandte.

»Leon ist so ein Schatz!«, verkündete Vince. »Und so geschickt!«

»Geschickt, soso«, grummelte Parker. Seiner Meinung nach hatte Vince es ein wenig zu sehr genossen, gemütlich herumzuliegen und Leon von unten beim Reparieren des Sonnenschirms zu beobachten. Immerhin war Vince ein verheirateter Mann!

Vince' Lächeln vertiefte sich, aber ehe die Situation peinlich werden konnte, rettete Alexander sie, indem er Leon die Hand reichte. »Es freut mich, Parkers Freund endlich kennenzulernen«, sagte er jovial und ohne komische Betonung des Wortes »Freund«. »Ich bin Alexander, und meinen Mann Vince kennst du ja bereits.«

»Freut mich auch«, murmelte Leon, und seine Wangen färbten sich rosa.

»Wolltest du nicht herkommen, um beim Kochen zu helfen, Liebling?«, wandte sich Alexander an Vince und gab Leon so die Möglichkeit, sich zu fassen. »Stattdessen lässt du dich von Parkers Gast verwöhnen. Wie schaffst du das nur immer?«

»Ich weiß wirklich nicht, was du meinst. Das Essen ist fertig, und das alles hier war Leons Idee, nicht meine«, entgegnete Vince und klimperte übertrieben unschuldig mit den Wimpern.

»Schelm«, sagte Alexander, ging zu seinem Mann, beugte sich hinunter und küsste ihn liebevoll.

Parker schielte zu Leon, doch der schien sich erstaunlich wenig für diese offen zur Schau gestellte Zuneigung zu interessieren.

»War es schlimm?«, fragte Leon. »Du siehst blass aus.«

Schlimm? Was sollte denn … Ach so. Ihr Meeting. »Nein, alles geklärt«, sagte Parker. Es wurde wirklich Zeit, sich darauf zu konzentrieren, damit dies ein harmonisches Treffen würde!

Beim Dinner wurde jedoch schnell klar, wie sehr Vince Leon bereits ins Herz geschlossen hatte. Die beiden plauderten angeregt miteinander und Leon achtete sorgfältig darauf, damit es Vince an nichts fehlte. Auch Alexander schien geneigt zu sein, dem jungen Mann eine Chance zu geben, der so aufmerksam zu seinem Mann war. Es sah ganz danach aus, als würde das Essen ein voller Erfolg werden.

Beim Dessert angekommen, steckte Alexander seinen Löffel sehr, sehr zögerlich in die Zabaione, ehe er mit ziemlich skeptischem Blick probierte.

»Nie im Leben hast du das gemacht, Liebling!«, rief er, nachdem er den ersten Bissen gewagt hatte.

Parker lachte leise, und Vince zog einen Schmollmund. »Nur, weil ich nie koche, heißt das nicht, dass ich es nicht kann!«

Alexander zog die Augenbrauen hoch. »Du kannst nicht mal Eier kochen. Muss ich dich daran erinnern, wie du Vanillearoma anstelle von Öl in die Pfanne geschüttet hast, als du Spiegeleier braten wolltest? Oder an deinen Versuch, hart gekochte Eier zuzubereiten? Du wolltest nur schnell eine Idee skizzieren, während nebenbei das ganze Wasser verdampft ist. Wir mussten den Topf entsorgen, nachdem die Eier darin explodiert sind.« Alexander nahm noch einen Löffel Zabaione und verdrehte genießerisch die Augen. »Also, gestehe, wer hat das Dessert gemacht?«

»Ohne Vince gäbe es dieses Dessert nicht«, sprang Leon ein.

Alexander lachte leise und nickte Leon zu. Parker entspannte sich vollends. Wie verdammt froh er war, die beiden eingeladen zu haben!

Nachdem Vince zusehends müder wurde, verabschiedeten sich Alexander und sein Mann bald nach dem Essen. Leon war erleichtert, auch wenn der Abend nur halb so schlimm verlaufen war, wie er befürchtet hatte. Parker und Vince hatten es immer wieder geschafft, ihn in das Gespräch einzubeziehen, sodass ihm am Ende des Abends selbst Alexander Vale nicht mehr ganz so einschüchternd vorgekommen war.

Allerdings hatte Vince darauf bestanden, Telefonnummern auszutauschen, und unter den aufmerksamen Blicken von Parker und Alexander war Leon keine plausible Ausrede eingefallen, um dies abzulehnen. Er ahnte, wie schwierig es werden würde, einem Treffen mit diesem Mick zu entgehen.

»Sag's mir gleich, müssen wir irgendwelche Haushaltsgeräte entsorgen, oder hast du es rechtzeitig gemerkt und Vince aus unserer Küche vertrieben?«, fragte Parker, kickte seine Schuhe von den Füßen und half Leon dabei, die Spülmaschine zu befüllen.

Wir. Unsere Küche. Leons Herz hüpfte mal wieder so seltsam in seiner Brust herum. Warum kam ihm plötzlich ein Bild in den Sinn, wie er und Parker ganz nah nebeneinander auf dem Sofa saßen? Konnte das Wirklichkeit werden? Heute schon?

»Nein. Ich musste nur seinen ersten Versuch wegwerfen und ein bisschen wischen«, sagte Leon, dem gerade noch rechtzeitig aufgegangen war, dass Parker ja etwas gefragt hatte. »Alles halb so wild.«

Parker kam nicht mehr dazu, zu antworten, weil sein Handy klingelte. »Entschuldige«, sagte er und runzelte die Stirn. »Es ist meine Mom. Ich gehe besser ran …«

»Natürlich.«

Leon bekam nicht viel von dem Gespräch mit, zum einen, weil er nicht lauschen wollte und sich deswegen abwandte, um zwei Töpfe abzuspülen, zum anderen, weil Parker nicht mehr als halbe Sätze sagte. »… Soll ich nicht … Wie meinst du das … Aber was, wenn … Nein, das habe ich schon verstanden …«

Es musste sich um eine schlechte Nachricht handeln. Parker war leichenblass, als er auflegte. »Ich … muss mal kurz raus …«, stammelte er und ließ Leon einfach stehen.

Wenn Leon irgendwas verstand, dann das Bedürfnis, manche Dinge erst mal mit sich selbst auszumachen. Demzufolge verzichtete er darauf, Parker nachzurennen. Stattdessen hängte er Parkers Jackett an die Garderobe, räumte seine Schuhe weg, putzte die Küche, stellte auf der Terrasse alles wieder an seinen Platz und wischte schließlich ein weiteres Mal über all jene Flächen, die längst sauber waren.

Verflixt, wo war Parker hin? Barfuß noch dazu, weit konnte er eigentlich nicht gekommen sein. Leon überlegte, wo er selbst hingegangen wäre … Natürlich in den Fitnessraum! Also sah er dort nach. Doch im Keller herrschte gähnende Leere. Sicherheitshalber schaute Leon sogar auf der Toilette nach. Hier war Parker definitiv nicht.

Wo steckte er bloß? Verdammte Scheiße! Warum war Leon ihm bloß nicht gleich hinterhergegangen? Was sollte er jetzt tun? In Willows Bioladen vorbeischauen und sie fragen, ob sie eine Glaskugel besäße, die ihm Parkers Aufenthalt verriet?

Reichlich frustriert fuhr Leon wieder mit dem Aufzug nach oben. Doch als er diesen verließ, nahm er unvermittelt einen leichten Luftzug wahr. Verwirrt hielt er inne. Wo kam das her? Anstatt zurück in Parkers Wohnung zu gehen, spähte er um eine Ecke und entdeckte eine schmale Wendeltreppe, die nach oben und zu einer offen stehenden Tür führte.

Nein!, dachte Leon nur, rannte die Stufen hoch, stürmte durch die Tür und fand sich auf dem Flachdach des Hauses wieder. Es gab keine noble Dachterrasse, doch zwischen den technischen Installationen für die Wartung des Aufzugs und der Klimaanlage standen ein paar vereinzelte Plastikstühle herum, die verrieten, dass sich hin und wieder jemand hier aufhielt.

Auf einem der Stühle saß Parker, völlig regungslos, und starrte in die Ferne.

Leon atmete auf. Zumindest war ihm nichts passiert. Dennoch war es erschreckend, den Mann, der sonst jede Situation im Griff hatte, so zu sehen. Was nun? Leon hatte definitiv nicht vor, Parker erneut allein zu lassen, aber was dann?

Mangels einer besseren Idee schnappte sich Leon ebenfalls einen Stuhl, stellte ihn neben den von Parker und setzte sich. Parker ließ durch nichts erkennen, ob er Leon überhaupt bemerkt hatte. Mit starrem Gesichtsausdruck, als trüge er eine Maske aus Stein, stierte er weiter vor sich hin.

Verzweifelt kramte Leon in seinem Gedächtnis nach irgendeinem Hinweis, was in einer solchen Situation das Richtige wäre. Komischerweise fiel ihm als Erstes ein, was Vince vorher bei ihm getan hatte. Einen Versuch war es wert.

Vorsichtig legte Leon seine Hand auf Parkers Arm, rieb ihn sachte. Im ersten Moment kam er sich reichlich albern dabei vor, bis Parker in einer erstaunlich schnellen Bewegung seine Hand packte, ihre Finger ineinander verflocht und sich an ihm festhielt, als fürchtete er, jeden Augenblick vom Dach geweht zu werden. Die steinerne Maske bekam Risse.

»Leon!«

»Ich bin hier«, versicherte er schnell. »Ich hab dich.« Jetzt war gar nichts mehr albern. Sondern genau richtig so. Leon rutschte ein wenig näher, legte seine andere Hand auf Parkers Oberschenkel. Sofort platzierte Parker seine Hand darauf, wie um zu verhindern, dass Leon seine Finger wieder wegnahm.

Was er nicht vorhatte. »Ich hab dich«, wiederholte er.

»Mein Vater«, brach es aus Parker heraus. »Er hatte einen Herzinfarkt.«

Scheiße! »Das … tut mir so leid …«, stammelte Leon. »Ist er …?«

»Nein.« Parker schüttelte den Kopf. »Er ist im Krankenhaus. Er will mich nicht sehen!«

Was zur Hölle sagte man dazu?

»Ich hasse ihn. Er hasst mich. Vielleicht würde ich ihn auch nicht sehen wollen, wenn es umgekehrt wäre. Und trotzdem tut es weh! Warum, Leon?«

»Ich, ähm …«

Zum Glück schien Parker keine Antwort zu erwarten. Als wäre in seinem Inneren ein Damm gebrochen, sprudelte alles aus ihm heraus. Wie er sich schon als Jugendlicher in Tombstone fehl am Platz gefühlt hatte. Wie er es nur ausgehalten hatte, weil seine Eltern versprochen hatten, er dürfe nach dem Highschoolabschluss durch die USA reisen. Wie sein Vater ihm das dafür gesparte Geld abgenommen und ihm stattdessen einen Praktikumsplatz in der örtlichen Polizeistation verschafft hatte.

»Ich war nicht volljährig, und der Sheriff der beste Kumpel meines Dads. Ich hatte keine Chance, dagegen vorzugehen. Also bin ich abgehauen. Mein

Freund Brandon hat mich mitten in der Nacht nach Tucson gefahren, und ich habe erst wieder einen Fuß nach Tombstone gesetzt, als Brandon und Amanda geheiratet haben. Mehr als fünf Wörter habe ich allerdings bei diesem Besuch nicht mit meinem Dad gewechselt, und ich war eine ganze Woche dort. Ich habe den Collegeabschluss nachgeholt, Karriere gemacht ... Denkst du, das interessiert ihn? Ich war bereits 30, da habe ich ihm endlich gesagt, dass ich schwul bin. Keine Ahnung, was ich mir davon versprochen habe. Seitdem ist Funkstille.«

Leon erschrak fürchterlich, als er die Tränen entdeckte, die über Parkers Gesicht kullerten. Mit aller Macht unterdrückte er den Impuls, einfach wegzulaufen. Parker brauchte ihn, jetzt und hier. Zum Glück schienen nicht mehr als ein paar zustimmende Laute nötig zu sein, um Parkers Redefluss in Gang zu halten. Also tat Leon das, während Parker von seiner Ex-Freundin Amanda erzählte, die inzwischen mit Brandon zusammen war und eine Familie gegründet hatte, von den gelegentlichen Anrufen seiner Mutter, die ihn nach wie vor mit dem Gefühl zurückließen, nicht gut genug zu sein, weil er nicht zur Feuerwehr gegangen war wie sein Vater.

Als Leon merkte, dass Parkers Hände immer kälter wurden, unterbrach er ihn schließlich: »Lass uns wieder reingehen. Wir können in deiner Wohnung weiterreden.«

»Lass mich nicht los. Bitte, Leon.«

»Mach ich nicht. Na gut … vielleicht ganz kurz auf der Wendeltreppe. Aber ich halte dich die ganze Nacht, wenn du möchtest.«

»Okay«, sagte Parker rau.

Irgendwie schafften sie es, Hand in Hand die Wendeltreppe zu bewältigen. Allerdings schob Leon Parker dann doch lieber allein ins Bad, bevor er selbst die Gästetoilette aufsuchte. Als er in Parkers Schlafzimmer kam, in das er nur ganz am Anfang mal einen kurzen Blick geworfen hatte, saß Parker zusammengesunken auf der Kante seines Bettes. Immer noch trug er das Hemd und die Hose, die er den ganzen Abend über angehabt hatte.

»Leon, du musst nicht …«, murmelte er, ohne auch nur aufzusehen.

»Ich will. Ich will nichts lieber, als dich zu halten.«

Nun schaute Parker ihn zwar an, doch er schüttelte ungläubig den Kopf. Es sah ganz danach aus, als müsste Leon beweisen, wie ernst es ihm war.

»Lass mich nur machen«, sagte er, ging zu Parker und neigte sich zu ihm hinunter. Umsichtig begann Leon damit, die Knöpfe an Parkers Hemd zu öffnen, streifte es ihm anschließend über die Schultern.

Das war leicht gewesen. Der nächste Schritt würde ein wenig schwieriger werden. »Deine Füße müssen sich doch anfühlen wie Eisklötze«, plapperte Leon los, um seine eigene Nervosität zu vertuschen. Er zog Parker hoch und öffnete seinen Gürtel. »Unter der Decke wird dir schnell wieder warm. Aber im Gegensatz zu gewissen Leuten hier bin ich nicht der Ansicht, dass man sich angezogen ins Bett legen sollte«, versuchte er es mit einem Scherz.

Parker blickte ihn nur mit großen Augen an.

»Na ja, ich gebe zu, anders als ich in Denver bist du jetzt in der Lage, nein zu sagen. Soll ich aufhören?«, fragte Leon.

»Nein. Bitte«, murmelte Parker kaum hörbar.

Das reichte Leon. Er öffnete Parkers Hose und zog sie über die Hüfte nach unten. Es war ungewohnt, einen Mann auszuziehen. In einem anderen Kontext wäre es absolut überwältigend gewesen. Doch obwohl Parker nun fast nackt war und dabei immer noch umwerfend aussah, hatte die Situation nichts Sexuelles an sich. Das half Leon dabei, die Fassung zu bewahren. In dieser Nacht ging es nur darum, für Parker da zu sein.

Trotzdem schlug Leon das Herz bis zum Hals, als Parker nur noch ein Paar Breefs und ein passendes Tanktop trug, und er entschied, dass dies ausgezogen genug war. Sanft packte er Parker an den Schultern und bugsierte ihn ins Bett, deckte ihn sogar zu. Dann schlüpfte Leon rasch aus seinen Schuhen, zog seine Socken und seine Jeans aus und kroch zu Parker unter die Decke.

»Du bist ja wirklich völlig durchgefroren«, stellte er fest. »Komm her.«

Parker rückte näher heran, und Leon begann erneut, über dessen Arme zu reiben. Dann über den Rücken. Dabei steckte er seine eigenen warmen Füße zwischen die eiskalten von Parker, in der Hoffnung, sie so schnell aufzuwärmen.

Eigentlich hatte er nur deswegen angefangen, seine Hände über Parkers Körper wandern zu lassen, damit diesem warm wurde. So war das doch, oder? Reibung erzeugt Wärme! Aber da war noch etwas anderes. Parker entspannte sich zusehends. Rückte sogar ein wenig näher heran, sodass Leon ihn nun in eine richtige Umarmung ziehen konnte.

Aus dem Reiben wurde ein Streicheln. Leons Finger wanderten über Parkers Rücken, kraulten seinen Nacken, fuhren durch sein dunkles Haar. Irgendwann hörte Leon auf, sich einzureden, er würde das hier nur machen, weil er so schrecklich schlecht darin war, jemand mit Worten zu trösten. Leon gestand sich ein, wie unglaublich gut es sich anfühlte, Parker zu berühren, und er genoss jede Sekunde davon. Inzwischen klebte Parker fast an ihm dran, einen Arm hatte er um Leons Taille geschlungen und sein Kopf lag auf Leons Brust.

Leon spürte, wie die Anspannung nun vollends aus Parkers Körper wich. Er atmete ruhiger und seit sie hier in seinem Schlafzimmer waren, flossen auch keine Tränen mehr. Sicher würde er bald einschlafen.

Eine von Leons Händen landete auf Parkers Hüfte, und Leon überraschte sich selbst mit dem Wunsch, sie ein Stück nach unten wandern zu lassen. Zu gern hätte er diesen perfekten Hintern erkundet, den er vorhin zum ersten Mal so richtig wahrgenommen hatte und der in Parkers allgegenwärtigen Anzughosen überhaupt nicht angemessen zur Geltung kam.

Natürlich ließ er es sein. Parker hatte ihn als Freund in sein Bett eingeladen. Jetzt für ihn da sein zu dürfen, war mehr als genug. Musste mehr als genug sein.

Parkers Augen waren jetzt fest geschlossen, er atmete ruhig und tief. Leon drückte einen kleinen Kuss auf seine Schläfe.

Ich liebe dich.

Niemals würde er das laut sagen, selbst wenn Parker im Koma läge. Doch Leon war sich seiner Sache sicher. Sosehr er in der Vergangenheit mit widersprüchlichen Emotionen zu kämpfen gehabt hatte, die er selbst nicht verstand, dieses Gefühl war eindeutig und echt: Er hatte sich in diesen Mann verliebt.

Seltsamerweise überraschte Leon die Erkenntnis nicht wirklich, weit mehr für Parker zu empfinden als Freundschaft. Er war nicht mal erschrocken darüber, weil es die Art von Liebe war, die auch bedeutete, dass er Parker körperlich näherkommen wollte. Es war, als hätte er es die ganze Zeit über schon gewusst und es nur nicht wahrhaben wollen. Aber nun würde er dieses Wissen nie wieder verleugnen können.

Auch das war in Ordnung. Niemals würden seine Gefühle erwidert werden, trotzdem war es schön. Ganz anders, als scharf darauf zu sein, mit Kirstin ins Bett zu gehen. Bedeutender.

Leon bewegte sich vorsichtig, um eine bequeme Position zu finden, damit er Parker die ganze Nacht halten konnte. Er war viel zu aufgewühlt, um einzuschlafen. Nun, da er sich die Wahrheit endlich eingestanden hatte, gab es zu viel, über das er nachdenken musste.

Über sich. Über das, was Parker ihm heute anvertraut hatte.

Er begann mit Parker. Das war einfacher, wenn auch nicht weniger erschütternd.

Zusammen mit dem, was Parker ihm damals – war das wirklich erst zwei Wochen her? – am Cedar Creek erzählt hatte, ergab so einiges Sinn. Parker hatte in Tombstone eine Freundin gehabt, dennoch hatte er seine Heimatstadt unbedingt verlassen wollen. Allein. Wahrscheinlich war ihm erst am Cedar Creek bewusst geworden, dass er schwul war! Deswegen hatte der Fluss Parker geradezu magisch angezogen. Es erklärte auch, warum Parker bei diesem Besuch länger in Maple Meadows geblieben war, als es ehrlicherweise für das Projekt von Eden Retreats nötig gewesen wäre.

Die Erkenntnis versetzte Leon einen kleinen Stich, *er* war nicht der Grund, warum Parker so lange keine Anstalten gemacht hatte, wieder abzureisen. Aber damit musste er klarkommen. Diesmal würde er nicht alles kaputt machen, diesmal würde er die Freundschaft, die Parker ihm bot, nicht mit Füßen treten, nur weil er nicht bekam, was er eigentlich wollte.

Womit Leons Gedankenkarussell bei Tristan anhielt. Er biss die Zähne zusammen, so heftig, dass es knirschte. Sein Magen stellte komische Dinge an, als könnte er sich nicht entscheiden, ob er sich verknoten oder doch lieber einen Salto schlagen sollte. Erst als Parker neben ihm unruhig wurde und leise im Schlaf wimmerte, zwang sich Leon, seinen Kiefer zu lockern.

»Schhh, alles gut. Schlaf nur weiter«, flüsterte Leon und hauchte erneut einen Kuss auf Parkers Haar. Der beruhigte sich sofort, und Leon versuchte, sich zu entspannen und seine Gefühle dennoch zuzulassen.

Tristan also.

Es war schwer gewesen, zu akzeptieren, als Tristan vor vielen Jahren mit seiner ersten Freundin zusammengekommen war. Zumal sein bester Freund ihm brühwarm erzählt hatte, dass sie nicht nur Händchen gehalten hatten. Okay, Leon hatte ebenfalls was mit Mädchen gehabt. Aber er war ja auch ein hormongesteuerter Teenager gewesen, der jede Abwechslung von seiner rechten Hand willkommen hieß. Tristans bester Freund zu sein, war Leon sowieso weit wichtiger erschienen. Er hatte sich eingeredet, dies wäre der natürliche Lauf der Dinge – schließlich sollte ein echter Mann eine Frau an seiner Seite haben, oder? So war er jedenfalls erzogen worden. Nachdem Leon auf dem Eichhörnchenfest knutschend mit Kirstin gesehen worden war, hatte sein Dad ihm auf die Schulter geschlagen und gesagt: »Sieh an, das Küken wird erwachsen. Nur weiter so, in dem Alter habe ich auch nichts anbrennen lassen.«

Mit Tristans Freundinnen war Leon also einigermaßen klargekommen, aber sich Tristan mit einem Mann zusammen vorzustellen – never ever! Wie ein tollwütiger Hund hatte er um sich gebissen, als er Tristan und River in der Turnhalle der Highschool erwischt hatte. Kein anderer Kerl sollte Leons Platz einnehmen oder gar den Platz, den er nie würde haben können.

War er in Tristan verliebt gewesen? Jetzt spürte Leon nichts mehr davon. Er wusste nicht, ob es daran lag, dass er das vermeintlich verbotene Gefühl so lange unterdrückt hatte, bis es dabei kaputt gegangen war, oder an dem Mann, den er immer noch im Arm hielt.

Hatte er Liebeskummer gehabt, als er nach Fort Collins aufs College gegangen war? Hatte er deswegen den armen Kerl verprügelt, der nichts weiter getan hatte, als zu sagen, wie heiß er Leon fand und zu fragen, ob er an einem Date interessiert war? War Silas mit den geschminkten Augen der Wahrheit zu nahegekommen?

Vielleicht lag Vince richtig, und er benötigte wirklich eine Therapie. Nur weil er sich selbst jetzt etwas besser verstand, bedeutete das nicht automatisch, dass er nie wieder ausrasten und andere Menschen dabei verletzen würde. Zudem durfte er nicht länger ignorieren, was er alles verbockt hatte. River hätte ihm Tristan nie wegnehmen können, wenn dessen Gefühle für Leon ebenso stark gewesen wären wie seine für Tristan. Und der Vorfall mit Silas in Fort Collins ... Es reichte nicht, dass er einfach nur vom College geflogen war, das konnte er nicht so stehen lassen. Nicht, wenn er sich Parkers Freundschaft würdig erweisen wollte. Dann musste er wirklich an sich arbeiten.

Leon seufzte unterdrückt. Das war ja längst nicht alles. Er hatte keine Ahnung, ob ein erfülltes Leben für ihn bedeutete, einen Mann oder eine Frau an seiner Seite zu haben, aber wenn es ein Mann wäre ... dann würde er besser jede Hilfe annehmen, die er bekommen konnte, obwohl der Gedanke, jemand in seinen Kopf schauen zu lassen, ihm nach wie vor eine Heidenangst einjagte. Aber Dads Verachtung und seine eigene Unsicherheit würden einen grässlichen Cocktail ergeben, und das daraus resultierende Drama wollte Leon nicht allein durchstehen.

Hm.

Leons Gedanken wanderten zurück zu Parker. Zu Parkers Vater ... und dann wieder zu seinem Dad ... Gewisse Parallelen ließen sich nicht leugnen. Und wenn er recht hatte, konnte es diesmal vielleicht er sein, der Parker half.

Zärtlich strich Leon durch das Haar des schlafenden Mannes. Parker hatte schon so viel für ihn getan, es war Zeit, etwas zurückzugeben.

Um seine Idee umzusetzen, musste Leon allerdings aus dem Bett raus und zwar nach Möglichkeit, ohne Parker zu wecken. Es dauerte eine halbe Stunde, bis sich Leon Zentimeter um Zentimeter von Parker gelöst hatte. Er schob Kissen und Decken an die Stellen, an denen zuvor sein Körper gewesen war, damit Parker hoffentlich ruhig weiterschlief, bis er wieder da war.

Als es endlich geschafft war, schlich Leon in sein Zimmer, holte sein Handy heraus und tippte auf den Kontakt, den er erst vor wenigen Stunden abgespeichert hatte.

Er musste es verflucht lange klingeln lassen, ehe eine verschlafene Stimme krächzte: »Hallo? Wer zum Teufel ist da?«

»Vince, ich bins, Leon. Ich brauche deine Hilfe.«

»Leon?« Es schien einen Moment zu dauern, bis Vince sich erinnern konnte, wer Leon war. Dann meinte er grummelnd: »Als ich sagte, ich helfe dir, meinte ich nicht *mitten in der Nacht*. Wie spät ist es?«

»Halb drei. Tut mir leid, dass ich um diese Zeit anrufe, aber Parkers Dad hatte einen Herzinfarkt …«

»Was?!« Von einem Moment auf den anderen schien Vince hellwach zu sein.

»Er liegt im Krankenhaus und will Parker nicht sehen.«

»Was brauchst du?«, sagte Vince sofort.

Leon hätte ihn dafür küssen können.

»Würdest du Alexander dazu überreden, Parker die nächste Woche freizugeben?«

»Hm. Denkst du nicht, die Arbeit würde ihn ablenken?«, fragte Vince.

»Er fährt natürlich nach Tombstone«, sagte Leon, als ob es daran nicht den geringsten Zweifel gäbe.

Vince lachte leise. Bestimmt würde er ihm helfen, Leon war sich dessen bereits sicher. Doch sein Gesprächspartner meinte: »Ach, ich weiß nicht ... das kann ich Alex doch nicht zumuten ... Erst bummelt Parker tagelang durch Maple Meadows, und nun der Ärger in Oregon ...«

Leon seufzte. »Was willst du von mir, Vince?«

»Das weißt du doch, sonst würdest du nicht so fragen.«

»Also gut, pass auf. Ich werde dieses Anti-aggressionstraining machen. Aber, wenn wir aus Tombstone zurückkommen ...«

»Du fährst mit?«

»Hast du ernsthaft erwartet, ich würde Parker diese Sache allein durchstehen lassen? Natürlich nicht!«, entgegnete Leon entrüstet. »Aber danach muss ich selbst ein paar Dinge klären, und ich weiß nicht, ob ich dann jemals wieder nach San Francisco komme. Aber du wirst auf gar keinen Fall diesen Mick durch die halbe USA fliegen lassen, scheißegal, ob du das aus der Portokasse zahlen kannst oder nicht. Das ist schlecht für die Umwelt und unangemessen. Wir suchen jemand in dem Ort, in dem ich sein werde.«

»Einverstanden«, sagte Vince sofort.

»Okay, dann entschuldige bitte, dass ich dich geweckt habe …«

»Schon gut«, unterbrach Vince ihn. »Ach übrigens, Alex sagt, das ist okay mit dem Urlaub.«

»Was?«

Vince kicherte. »Ich weiß ja nicht, wie das bei euch in Colorado ist, aber ich schlafe mit meinem Mann in einem Bett. Und natürlich wird er neugierig, wenn ich mitten in der Nacht mit anderen Kerlen telefoniere.«

Wenigstens konnte Vince ihn nicht sehen. So warm wie Leons Wangen wurden, war er bestimmt schon wieder knallrot. »Oh, ja, dann danke und Entschuldigung«, stammelte er.

»Alles gut. Wir sind froh, dass Parker dich gefunden hat.«

Darauf fiel Leon nun überhaupt nichts mehr ein, aber zum Glück verabschiedete sich Vince gähnend.

Wie peinlich! Aber immerhin hatte Parker nun eine Woche frei, das war es allemal wert, dass Alexander Vale das ganze Gespräch mitangehört hatte.

Leon schlich zurück in Parkers Schlafzimmer. Zum Glück war der Mann nicht aufgewacht. Erst als Leon wieder unter die Decke krabbelte, murmelte Parker im Halbschlaf: »Geh nicht.«

»Hatte ich nicht vor«, gab Leon zurück und zog Parker wieder in seine Arme. »War nur schnell auf der Toilette.«

Da Parker sofort friedlich weiterschlummerte, war die kleine Notlüge auf jeden Fall gerechtfertigt.

Kapitel 10

Parker träumte, er läge gemeinsam mit Leon in einem Bett, mit Leon, der ihn in den Armen hielt und ihn streichelte. Das wohlig warme Gefühl, welches er dabei empfand, war so schön, er wäre am liebsten niemals aufgewacht. Der Geruch von Zedernholz und Minze, Leons Duschgel, stieg ihm in die Nase und ...

Moment mal. War es im Traum möglich, zu riechen?

Parker blinzelte. Sein Kopf lag nicht auf seinem Kissen, sondern auf Leons breiter Brust.

Wow.

Die Freude über diesen Umstand hielt leider nur kurz an, dann fiel Parker ein, wie es dazu gekommen war. Seine Mom, heulend am Telefon, sein Zusammenbruch, Leon, der ihn wie selbstverständlich aufgefangen hatte.

War es nicht erstaunlich, wie stark Leon letzte Nacht für ihn gewesen war? Dabei hatte Parker den jungen

Mann eigentlich eingeladen, damit *er* sich um *ihn* kümmern konnte. Aber in Leon steckte eben mehr, als man auf den ersten Blick sah. Seine bestimmende Art, als er Parker zu Bett brachte, hatte das eindrucksvoll unter Beweis gestellt.

Ob er wohl beim Sex ebenfalls gern den Ton angab? Parker genoss es sehr, sich im Bett ganz hinzugeben, nachdem er in seinem Job schon genug Verantwortung übernehmen und Führungsstärke zeigen musste…

Energisch rief er sich zur Ordnung. Leon hatte ihm als Freund beigestanden, so, wie es Alexander oder Vince auch getan hätten, wären sie hier gewesen. Seine unanständigen Fantasien sollte er sich wirklich sparen!

Womöglich bedauerte Leon die Intimität, die sie geteilt hatten, längst. Parker vermutete zwar schon länger, hinter Leons Homophobie könnte durchaus etwas anderes stecken als Schwulenfeindlichkeit, aber vielleicht war da eher der Wunsch Vater des Gedankens.

Bevor er sich in etwas hineinsteigerte, sollte er lieber mal herausfinden, in welcher Verfassung Leon an diesem Morgen war. Parker hob den Kopf, aber Leon hatte sein Gesicht von ihm weggedreht. »Guten Morgen?«, versuchte er es.

Leon wandte sich ihm zu, und sein grimmiger Gesichtsausdruck war alles andere als beruhigend. Wie Parker befürchtet hatte, bereute Leon es, das Bett mit einem Mann geteilt zu haben, selbst wenn nichts Unschickliches geschehen war.

»Würdest du mir eine Frage ehrlich beantworten?«, fragte Leon.

»Natürlich!«

»Wärst du lieber mit River hier?«

»Wie kommst du denn darauf?«, fragte Parker verblüfft.

»Du hast vor zwei Tagen den Businessplan für das Kids Camp am Serenity Lake im Wohnzimmer liegen lassen. Ihr steht noch in Kontakt, oder?«

Mist! Wie hatte er nur vergessen können, wie ordentlich Leon war? Natürlich sammelte der junge Mann herumliegende Unterlagen ein. Oder hatte sein Unterbewusstsein ihm da einen Streich gespielt? Sollte Leon die Papiere finden, weil Parker die Geheimniskrämerei satthatte?

»Ich helfe Tristan und River ein bisschen, weil sie keine Ahnung haben, wie sie so ein Projekt angehen sollten. Aber das hat doch nichts mit uns zu tun. Ich bin so froh, dass du gestern für mich da warst. Mit River in einem Bett zu schlafen, würde sich nicht richtig anfühlen.«

Sofort änderte sich Leons Ausdruck. Ein zartes Lächeln erblühte in seinem Gesicht und wuchs rasch zu einem Strahlen heran.

Parker schalt sich insgeheim einen Esel. Leon hatte nicht danach gefragt, ob Parker seinen Sohn an seiner Seite haben wollte, sondern ob Parker es vorgezogen hätte, neben einem anderen Mann aufzuwachen. Es war an der Zeit, Leon zu erklären, wie er zu River stand – und dass Leon es war, der ihn im Arm halten sollte. Immer nur Leon.

Doch es sah so aus, als hätte er die Gelegenheit für ein klärendes Gespräch mal wieder verpasst. Leon wand sich unter ihm heraus und machte Anstalten, das Bett zu verlassen. »Zeit, um aufzustehen. Nimm's mir nicht übel, aber du siehst scheiße aus. Vielleicht solltest du duschen. Ich koche derweil Kaffee.«

Nun gut, mit einem Kaffee würde er eine ernste Unterhaltung ohnehin besser meistern. Also quälte sich auch Parker aus dem Bett, nahm frische Klamotten aus dem Schrank, begab sich ins Bad – wo er nach einem Blick in den Spiegel feststellen durfte, wie recht Leon gehabt hatte, was sein Aussehen anging –, duschte und zog sich an.

Als er ins Schlafzimmer zurückkehrte, erwartete ihn eine Überraschung: Das Bett war bereits gemacht, die Tagesdecke war sorgfältig darüber ausgebreitet, und darauf saß Leon, die Beine überkreuzt, mit zwei großen Kaffeebechern in den Händen.

»Nanu? Frühstück im Bett habe ich mir immer ein wenig anders vorgestellt«, scherzte Parker.

Leon grinste ein bisschen schief. »Ich muss dir was sagen. Dafür hat dieses Arrangement mehrere Vorteile: Wenn du mir vor Schreck umkippst, fällst du weich. Wenn du mir eine reinhauen willst, musst du erst den Kaffee in Sicherheit bringen, und bis dahin bin ich geflohen.«

Das klang zwar recht kryptisch, trotzdem setzte sich Parker ebenfalls im Schneidersitz auf sein Bett und erhielt prompt seinen Kaffee.

»Wir machen Urlaub«, verkündete Leon, aber erst nachdem Parker paar Schlucke Kaffee getrunken hatte. Der junge Mann kannte ihn inzwischen ganz gut.

Urlaub. Vielleicht täte ihm ein wenig Ablenkung wirklich gut. Alexander würde ihm bestimmt heute freigeben. Schließlich wollte er Leon schon lange San Francisco zeigen, und sie hätten genug Zeit, um in Ruhe über das zu reden, was letzte Nacht zwischen ihnen passiert war. »Okay …«

»Wir fahren nach Tombstone.«

»Ganz sicher nicht!«, lehnte Parker sofort ab. »Hör mal, Leon, es tut mir leid. Ich hatte viel zu wenig Zeit für dich. Ich gehe heute nicht ins Büro, und wir machen uns einen schönen Tag. Aber länger kann ich unmöglich freinehmen.«

»Das ist nicht der Grund, warum du nicht fahren willst.«

»Nein. Der Grund ist, dass mein Dad mich nicht sehen will und ich ihn auch nicht«, gab Parker zu.

»Vielleicht ist das die letzte Gelegenheit, etwas zu klären.«

»Er hat mich bestohlen«, stellte Parker ziemlich angepisst fest. »Und mich belogen. Er hatte über

20 Jahre lang Zeit, auf mich zuzukommen. Warum sollte ich jetzt alles stehen und liegen lassen, um ihn zu besuchen? Ich denke doch gar nicht daran!«

»Würdest du mir eine Frage beantworten?«

»Noch eine? Na gut«, grummelte Parker.

»Du warst 17, als du mit der Highschool fertig warst. Du hast gesagt, danach wolltest du ein Jahr die USA bereisen. Du wärst auf dieser Reise volljährig geworden. Ab dann hätten dir deine Eltern überhaupt nichts mehr vorschreiben können. Hattest du vor, jemals nach Tombstone zurückzukehren?«

Erwischt. Parker nahm einen weiteren Schluck von seinem Kaffee und entschied, bei der Wahrheit zu bleiben. »Nein. Ich hatte den Eindruck, in Tombstone zu ersticken – an der Spießigkeit, am Sand, an den Westernshows. Ich habe gehofft, einen Ort zu finden, der sich mehr nach Heimat anfühlt als diese Klein-stadt.«

»Das dachte ich mir.« Leon wiegte langsam den Kopf hin und her. »Ich kenne dich noch nicht sehr lange. Und trotzdem bin ich darauf gekommen, dass es ein Abschied für immer gewesen wäre. Als Teen-ager glaubt man, die eigenen Eltern haben von nichts einen Plan …«

»Du musst es ja wissen, ist ja nicht so lange her bei dir«, maulte Parker.

Doch Leon ging gar nicht darauf ein. »Was, wenn dein Dad ahnte, was du vorhattest? Und deswegen alles versucht hat, dich in Tombstone zu halten, in der

Hoffnung, irgendwas würde geschehen, damit du deine Meinung änderst?«

»Das rechtfertigt doch nicht, mein sauer verdientes Geld zu stehlen, mich anzulügen und hinter meinem Rücken einen Praktikumsplatz für mich zu organisieren«, hielt Parker dagegen.

»Nein«, gab Leon zu. Während der ganzen Unterhaltung hatte er Parker direkt angesehen, jetzt wandte er den Kopf ab, schielte zur Seite. »Aber Menschen tun dumme Dinge, wenn sie Angst haben, von denen verlassen zu werden, die sie lieben.«

Heiliger Strohsack! Leon sprach von sich!

Wäre Leon nicht hier, Parker würde keinen zweiten Gedanken an die Reise verschwenden. Gestern hatte er um den Vater geweint, den er als kleinen Jungen bewundert hatte, und darum, dass sein Dad nicht der richtige Mann gewesen war, um Parker beim Start ins Erwachsenenleben zu unterstützen. Doch inzwischen war zu viel Zeit vergangen, er sah keine Möglichkeit, wie ihre Beziehung zu kitten wäre. Aber wenn es für Leon wichtig war, dass sich Parker dem stellte – dann würden sie in Gottes Namen nach Tombstone reisen.

»Es muss ja nicht gleich eine innige Versöhnung sein«, murmelte Leon in diesem Moment, als hätte er Parkers Gedanken gehört. »Aber vielleicht wirst du irgendwann doch wissen wollen, warum dein Vater so gehandelt hat – aber dann ist es vielleicht zu spät, um ihn danach zu fragen.«

»Wir fahren«, sagte Parker.

»Ehrlich?« Leon blinzelte ihn an und knetete seine Hände. »Ich habe letzte Nacht lange darüber nachgedacht. Aber vielleicht bin ich zu weit gegangen? Wenn ja, tut es mir leid.«

»Nein. Dafür sind Freunde doch da«, entgegnete Parker. Insgeheim war er allerdings ein wenig erleichtert, weil sich Leon seiner Sache doch nicht ganz so sicher war, wie es zwischendurch gewirkt hatte. Er hatte Parker überzeugen wollen, ja, das schon, aber nur weil er sich gestern auf Leon gestützt hatte, glaubte der nicht gleich, über Parkers Leben bestimmen zu können. Leon entwickelte sich nicht zu einem Despoten.

Sondern zu jemand, den Parker auch weiterhin in seinem Leben haben wollte.

»Ich rufe Alexander an und rede mit ihm«, sagte er schnell, ehe seine Gedanken weiter in diese Richtung abdrifteten.

»Das habe ich schon geklärt«, sagte Leon und krabbelte aus dem Bett. »Also, eigentlich Vince. Wir haben eine Woche.«

Parker blieb der Mund offen stehen. Leon war unglaublich! »Was hättest du gemacht, wenn ich auf gar keinen Fall nach Tombstone hätte fahren wollen?«

Leon lachte nur. »Dann hätte Vince mir bestimmt geholfen, dich zu überzeugen. Weil du weißt, dass ich recht habe. Aber jetzt kümmere ich mich erst mal ums Frühstück. Ich möchte nicht, dass irgendwas im

Kühlschrank schlecht wird, wenn wir weg sind«, sagte er und verließ das Schlafzimmer.

Erst da wurde Parker klar, was passieren würde. Er würde eine Woche lang unterwegs sein – mit Leon! Er hatte keine Ahnung, wie er das unbeschadet überstehen sollte. Aber er freute sich wahnsinnig darauf.

Leon zauberte in der Küche ein Omelett aus Resten, und derweil rief Parker Alexander an. Seltsamerweise war sein Freund mit Leon einer Meinung. »Ich finde es gut, dass der Junge dich überredet hat, deinen Dad zu besuchen. Wie willst du jemals als Vater ein Teil von Rivers Leben werden, wenn du nicht mal den Scheiß mit deinem eigenen Dad geregelt kriegst?«

»Leon ist alles andere als ein Junge«, murrte Parker, dem die Richtung nicht gefiel, die dieses Gespräch nahm.

Alexander lachte. »Ist dir das also aufgefallen? Tja, wer hätte das gedacht … Das wird eine sehr aufschlussreiche Reise! Ich freue mich für dich! Pass mir gut auf den Jungen auf. Wir sehen uns dann in einer Woche.«

Mit einem Kopfschütteln legte Parker auf. Wenn Alexander meinte, geheimnisvolle Andeutungen machen zu müssen, nur um später zu behaupten, das hätte er ja gleich gesagt, dann würde er ihm den Spaß lassen. Im Augenblick interessierte Parker der leckere Duft nach gebratenen Zwiebeln, Speck und Käse, der

aus der Küche zu ihm herüberwehte, allerdings weit
mehr.

Kapitel 11

Normalerweise buchte Parker einen Flug, wenn er San Francisco verließ. Die Resorts von Eden Retreats lagen einfach zu weit verstreut, um überall mit dem Auto hinzufahren. Die Fahrt nach Maple Meadows war eine Ausnahme gewesen. Eine Reise in die Vergangenheit, da war es ihm passend erschienen, den Wagen zu nehmen.

Auch jetzt hätte sein Assistent Matthew im Nullkommanix einen Flug, einen Mietwagen und ein Hotel organisiert, das hätte Parker nur einen Anruf gekostet. Doch er beschloss, diesmal erneut mit dem Tesla zu fahren.

Zum einen natürlich, weil er gar keine Lust hatte, anzukommen. Aber er wollte die Reise mit Leon auch genießen, unabhängig davon, was ihn am Ziel erwartete. Deswegen bestand er darauf, nicht die kürzeste Strecke zu wählen, sondern den Pacific Coast

Highway in Richtung Los Angeles zu nehmen, eine der malerischsten Küstenstraßen der Welt. Parker suchte je eine Unterkunft in Santa Barbara und Phoenix heraus, und obwohl Leon anfangs skeptisch den Kopf schüttelte, ließ er sich schließlich davon überzeugen, dass Parker auch Urlaubsgefühle wollte, wenn er schon Urlaub machte.

Den ersten Stopp legten sie bereits knapp zwei Stunden, nachdem sie gestartet waren, in Carmel-by-the-Sea ein. Wie erhofft, war Leon begeistert von dem Küstenstädtchen mit den schnuckeligen kleinen Häusern, die den Eindruck machten, sie wären einem Märchenbuch entsprungen. Nahezu jedes Gebäude hatte ein Dach aus Schiefer und handgeschnitzte Holztüren oder bunte Fensterläden.

Sie aßen eine Kleinigkeit in einem Restaurant mit einem verwunschen anmutenden Garten, und spätestens nach dem Quinoa-Salat mit frischen Tomaten, Pinienkernen und gegrilltem pazifischen Lachs schien Leon richtig Gefallen an ihrem Ausflug zu finden.

Auch die Leichtigkeit ihrer Gespräche kam zurück, sie unterhielten sich über alles, was sie sahen, über die Songs, die im Radio liefen, und darüber, wer fahren und wer aus dem Fenster schauen durfte.

Das einzige Thema, das beide konsequent mieden, war die letzte Nacht, und dass dies keine gute Idee war, wurde Parker bewusst, als er mit dem Tesla auf den Parkplatz vor dem Palihouse, einem reizenden Boutiquehotel in Santa Barbara, einbog.

Er hatte nur ein Zimmer gebucht. Ohne Leon zu fragen. Was hatte er sich dabei gedacht?

»Hör mal«, begann Parker verlegen, »wir müssen nicht … wenn du ein eigenes Zimmer …«, stammelte er, umklammerte dabei das Lenkrad und starrte so angestrengt durch die Windschutzscheibe, als würde er mit Vollgas über einen Highway rasen.

»Ich lasse dich nicht allein, es sei denn, du bestehst darauf«, stellte Leon klar.

Vorsichtig schielte Parker zu ihm hinüber. Und stellte fest, dass Leon auf die gleiche Weise zu ihm blinzelte.

»Nein, tue ich nicht«, sagte Parker rau.

Sie fuhren beide herum. Starrten sich an. Parker glaubte, in Leons Miene das wiederzufinden, was sich auch in seiner eigenen spiegeln musste. Sehnsucht. Begehren. Den Wunsch nach Nähe.

Als würden sie magnetisch voneinander angezogen, bewegten sich beide im selben Augenblick auf den anderen zu. Ihre Münder krachten zusammen, und schon pressten sie ihre Lippen aufeinander.

Es wurde kein romantischer, liebevoller Kuss. Die unterdrückte Spannung zwischen ihnen entlud sich in einem wilden Duell ihrer Zungen, Zähnen stießen aneinander, Finger bohrten sich grob in eine Schulter, zogen an Haaren. Parker stöhnte, versuchte erfolglos, Leon an sich zu pressen, doch der wurde ebenso wie er selbst von seinem Anschnallgurt zurückgehalten. Es war unbequem, längst ging ihrer beider Atem nur noch stoßweise, und trotzdem dachte keiner daran, diesen heftigen, stürmischen Kuss zu beenden. Parkers Zunge focht mit Leons, während sie um die Vorherrschaft über diesen Kuss rangen.

Bis Parker den Gedanken, als der Ältere und Erfahrenere die Führung übernehmen zu müssen, einfach aus seinem Kopf strich und sich Leons sinnlichem Ansturm vollständig hingab.

Verdammt noch eins, konnte der Mann küssen, wenn man ihn ließ! Leons Hände legten sich sanft auf Parkers Wangen, seine Zunge liebkoste die geschundenen Lippen, ehe sie wieder einen Vorstoß wagte, neckte, streichelte, mit Parker spielte.

Reichlich atemlos ließen sie schließlich voneinander ab, sahen sich tief in die Augen und riefen gleichzeitig: »Ein Zimmer!«, ehe sie sich hektisch abschnallten und aus dem Wagen sprangen, als stünde der Tesla in Flammen.

Parker war es herzlich egal, was irgendwer von ihren geschwollenen Lippen und den zerzausten Haaren hielt, zumal der Rezeptionist des Palihouse so freundlich war, ihren derangierten Zustand einfach zu ignorieren.

Doch als er mit Leon das im Vintagestil einge-richtete Zimmer betrat, welches von einem riesigen Doppelbett beherrscht wurde, wurde Parker nervös.

Sie hatten kurz vor Santa Barbara in Lompoc bei einem Restaurant angehalten, das aussah wie ein gigantischer Pizzaofen. Auch wenn die Pizza zuge-gebenermaßen nicht mit der in Oakeridge hatte mit-halten können, sollten sie so bald keinen Hunger mehr bekommen. Aber eventuell hatte Leon ja Durst?

»Äh, unten gibt es eine Cocktailbar, sollen wir noch etwas trinken gehen?«

Leon schüttelte nur den Kopf.

»Sie haben auch einen Pool, wenn du vielleicht …« Parker verstummte, während Leon erneut den Kopf schüttelte, energischer diesmal.

»Ich würde dich gerne ausziehen«, sagte Leon ernst, geradezu feierlich. »Und dich berühren. Überall. Ist das in Ordnung für dich?«

Parker stolperte fast über seine Füße, so schnell ver-suchte er, zu Leon zu gelangen. Da hatte er ein ge-wisses Alter erreicht und war es gewohnt, im Job die Verantwortung für millionenschwere Projekte zu übernehmen, aber das war offenbar kein Garant dafür, sich in bestimmten Situationen nicht wie ein Dilettant zu benehmen.

»Ist es denn *für dich* in Ordnung?«, fragte Parker. Das schien doch die weit logischere Frage zu sein. »Ich bin ein Mann.«

Leon schloss die kleine Lücke zwischen ihnen, indem er Parker mit einem Ruck an sich heranzog. »Das merke ich«, murmelte er in Parkers Ohr und ließ seine Hüfte kreisen. »Darf ich dich berühren? Keine Sorge, es ist nicht das erste Mal, dass ich einen Mann anfasse.«

»Was?!«

Leon lachte leise. »Ich bin single, jung und gesund. Was denkst du, wer sich um meine Bedürfnisse kümmert, wenn nicht ich selbst?«, raunte er.

»Sehr witzig«, knurrte Parker, biss Leon in den Hals und saugte an der weichen Haut. Selbst schuld, wenn der Frechdachs nun einen Knutschfleck bekam!

Doch der ließ sich nicht stören, zupfte Parkers Hemd aus der Hose, schob seine Hände unter das Tanktop darunter und ließ sie über die nackte Haut seines Rückens wandern. Halleluja!

Schnell gab Parker es auf, an Leons Hals zu knabbern, stattdessen suchten seine Lippen Leons Mund. Der zögerte nicht und schenkte Parker einen innigen Kuss, ehe er sich mit der gleichen Ernsthaftigkeit und Präzision daran machte, Parker auszuziehen wie in der Nacht zuvor.

Nur musste diesmal jedes Fitzelchen Stoff daran glauben.

»So. Verdammt. Schön.« Leon starrte ihn bewundernd an, was Parker nicht so ganz nachvollziehen konnte. Ja, er achtete auf sich, aber so besonders war er nun wirklich nicht. Im Gegensatz zu

Leon, der sich nun ohne viel Federlesens sein T-Shirt über den Kopf zog.

Parker hatte Mühe, nicht zu sabbern, nachdem er Leons kräftige Brust nun unverhüllt bewundern durfte. Leons Brustwarzen hoben sich dunkel von seiner hellen Haut ab, etliche Sommersprossen zierten die breiten Schultern. Parker wollte sie alle küssen.

Was er vorübergehend vergaß, als sich Leon seiner Jeans gleich zusammen mit seiner Unterwäsche entledigte. Alles an ihm war – beeindruckend. Wow.

Sie waren ein Stück voneinander abgerückt, um sich ausziehen zu können, doch das Knistern zwischen ihnen war unvermindert stark. Erst als sie feststellten, dass sie beide ihre Unterlippe zwischen die Zähne zogen, musste sie lachen und die Anspannung löste sich ein wenig.

»Komm her«, lockte Leon. »Wenn es für dich okay ist.«

Irgendwie gelang es Parker, seine Würde einigermaßen zu bewahren und sich nicht wie ein betrunkener Teenie in Leons Arme zu stürzen. Jetzt konnten sie einander ungehindert erkunden, streicheln, küssen. Wie sich herausstellte, hatte Leon mit »überall« tatsächlich überall gemeint, der junge Mann zeigte keinerlei Berührungsängste. Im Gegenteil, Leon hatte offenbar kein Problem damit, zu zeigen, was er wollte.

»Ist das in Ordnung für dich? Fühlst du dich gut?«, fragte er jedoch jedes Mal, wenn seine Hände in neue Regionen vordrangen. Was nur bewies, dass

Dominanz im Bett nicht bedeuten musste, die Wünsche seines Partners zu ignorieren. Denn es war eindeutig Leon, der die Richtung vorgab. Was ja nur sinnvoll war. Leon sollte bestimmen, wie weit das hier und heute gehen sollte.

»Leg dich hin. Ist das okay?« Parker nickte nur. Er wäre auch, ohne zu zögern, auf die Knie gegangen, aber er fürchtete, Leon damit eher zu verschrecken als zu begeistern. Nein, er würde Leon einfach machen lassen und mit Freude jeden Wunsch erfüllen, den dieser andeuten würde.

Heute reichte es seinem Bettgefährten offenbar, wenn ihre Münder nicht weiter nach unten wanderten als bis zum Bauchnabel, und nachdem Parker feststellen durfte, wie unheimlich geschickt Leon mit seinen Händen war, war er damit mehr als zufrieden.

Und spätestens, als Leon entdeckte, dass er Parker in ein wimmerndes Etwas verwandeln konnte, wenn er seine Brustwarzen sanft zwischen seine Zähne zog, war ihm sowieso alles andere egal. Bis Leons Hände ihm endlich die ersehnte Erlösung schenkten.

Eigentlich war Parker davon ausgegangen, dass es nach dem Höhepunkt nicht noch besser werden konnte, aber er hatte die Rechnung ohne Leon gemacht. Der schaffte es tatsächlich, Parker aus dem

Bett heraus und ins Bad zu locken, wo er ihn ohne Umschweife in die breite Dusche schob.

Sie schienen beide nach der emotionalen Achterbahnfahrt der letzten Tage zu erschöpft zu sein, um mehr aus dieser Situation zu machen, als sich gegenseitig einzuseifen und abzubrausen. Aber deswegen war es nicht weniger wundervoll.

Wieder zurück im Bett, zog Leon Parker sofort an sich, und wer war er, sich darüber zu beschweren? Wenn sie so dalagen, kam es ihm vor, als wären sie zwei Puzzleteile, die perfekt zusammenpassten.

Diesmal war es Leon, der zuerst einschlief, während Parkers Gedanken keine Ruhe geben wollten.

Er wünschte sich, jeden Abend so einzuschlafen, erschöpft vom Sex und den Kopf auf Leons Brust gebettet. Und er wünschte, Leons Gesicht wäre jeden Morgen das Erste, was er sah.

Wo kam das her? Warum war es ausgerechnet Leon, mit dem er nicht nur sein Bett, sondern gleich sein ganzes Leben teilen wollte? Wieso schien ausgerechnet Leon seiner Vorstellung von einem perfekten Partner genau zu entsprechen – wo er sich doch niemals einen perfekten Partner vorgestellt, geschweige denn herbeigewünscht hatte?

Parker versuchte, sich selbst daran zu erinnern, dass Leon queere Menschen sowohl körperlich als auch seelisch verletzt hatte. Obwohl es nachvollziehbar war, wie es dank Leons Erziehung so weit gekommen war, wollte er dennoch keinen Partner, der zu so etwas fähig war. Oder? Leon hatte sich eindeutig dafür geschämt, als er Parker davon erzählt hatte. Und wenn Leon jetzt bereit war, nicht nur zu sich, sondern auch zu den Fehlern zu stehen, die er begangen hatte, wäre es dann nicht wunderbar, wenn …

Stopp! Parker verbot sich, weiterzudenken. Leon war viel zu jung für ihn. Ja, er war mehr als glücklich, weil er der erste Mann sein durfte, mit dem Leon Erfahrungen sammelte. Aber wenn Leon erst erkannte, dass seine ganze Wut nur von der Angst herrührte, nicht das zu sein, was sein Vater als »echten Mann« bezeichnet hatte, würde er ein ganz anderes Leben führen wollen. Eines, in dem ein alter Knacker wie Parker keinen Platz hatte. Leon würde seine Sexualität ganz neu entdecken, sich ausprobieren, mit Gleichaltrigen. Und verdammt noch mal, sie würden sich um ihn reißen!

Genau das hatte sich Parker doch für Leon gewünscht. Doch er hatte nicht vorausgesehen, dass die Erfüllung dieses Wunsches ihm das Herz brechen würde.

Kapitel 12

Leon hätte die ganze Welt umarmen können, als er am nächsten Morgen aufwachte und feststellte, dass die letzte Nacht kein Traum gewesen war.

Parker schmiegte sich immer noch an ihn, und Leon ertappte sich bei dem Wunsch, es könnte jeden Tag so sein. War es nicht erstaunlich, wie gut sie im Bett harmonierten? Leon hatte Sex mit Frauen ebenfalls gemocht, und er hatte auch schon Partnerinnen gehabt, die ihm gern die Führung überließen.

Leon hatte das sehr genossen, obwohl er sich der damit einhergehenden Verantwortung bewusst war. Hingabe war schließlich kein Freifahrschein, um die Wünsche seiner Partnerin zu ignorieren. Er mochte ein Arschloch sein, aber so ein Arschloch, das nur an seine eigene Befriedigung dachte, war er dann doch wieder nicht.

Mit Parker war alles ganz leicht gewesen. Leon hatte keine Sekunde gezweifelt oder Bedenken gehabt, und er hatte jeden einzelnen Moment ausgekostet wie nie zuvor. Was vielleicht gar nicht daran lag, weil er das Bett mit einem Mann geteilt hatte … sondern weil Parker einfach der Richtige für ihn war.

Erst hatte Leon angenommen, Parker hielte sich nur deswegen zurück, weil er sich nicht sicher wäre, wie weit Leon gehen wollte. Aber nach und nach hatte er realisiert, wie sehr Parker es mochte, die Kontrolle abzugeben. Leon war bereits ziemlich von der Tatsache überrascht worden, wie sehr ihn Parkers nackter Körper erregt hatte. Aber die Art, wie sich Parker letzte Nacht auf Leon eingelassen hatte, war noch unerwarteter gewesen.

Ausgerechnet Parker, den Leon ohne Ende dafür bewunderte, was er alles erreicht hatte und wie er sein Leben lebte! Er sah unverändert zu Parker auf, und daran würde sich gewiss künftig nichts ändern. Aber jetzt wusste er, wie er Parker dazu bringen konnte, bebend vor Lust um Erlösung zu betteln. Ihre Beziehung schien dadurch ein neues Gleichgewicht gefunden zu haben. Als würden sie einander nun auf Augenhöhe begegnen. Wenn es wirklich so war, vielleicht gab es dann eine Möglichkeit …

Stopp! Hatte sich Leon nicht geschworen, die Freundschaft mit Parker für nichts auf der Welt zu riskieren? Dann sollte er besser keinen unrealistischen Wunschträumen nachhängen!

Ganz abgesehen davon, nach einer Nacht war er wohl kaum ein Experte, wenn es darum ging, wie er Parker glücklich machen konnte. Mehr oder weniger hatte Leon gestern das getan, was er selbst mochte, wenn er allein war. Aber da gab es noch so einiges mehr, von dem er keine Ahnung hatte.

Andererseits war er gestern ganz gut damit gefahren, zu sagen, was er wollte. Vielleicht sollte er es einfach weiter so halten?

Nachdem Parker endlich aufgewacht war, beschlossen sie, eine Runde im Pool zu drehen, ehe sie sich am üppigen Frühstücksbüfett bedienten. Wann immer sie zwischendurch unbeobachtet waren, pressten sie hastig ihre Lippen für einen schnellen Kuss aufeinander.

Für Leon fühlte es sich ein wenig verboten und verrucht an, mit einem Mann in der Öffentlichkeit Zärtlichkeiten auszutauschen – was gewiss der Grund für die zahlreichen Schmetterlinge in seinem Bauch war. Deswegen überließ er es gern Parker, die erste Etappe zu fahren.

Sie verließen Santa Barbara und setzten ihre Fahrt entlang des Küstenhighways in Richtung San Diego fort. Obwohl die Umgebung von Los Angeles viel Sehenswertes bot, fuhren sie in einem gemächlichen Tempo an der Stadt vorbei. Nachdem sie den berühmten Strand von Huntington Beach passiert hatten, entschied Leon, ein Thema anzusprechen, das ihn schon den ganzen Morgen insgeheim beschäftigte.

»Weißt du«, begann er »ich finde es eigentlich ziemlich eklig, eine Frau zu lecken.«

Parker zuckte zusammen und trat auf die Bremse. Sie wurden beide kurz von ihren Gurten in den Sitz gepresst, ehe sich Parker wieder im Griff hatte und etwas langsamer weiterfuhr.

»Bist du wahnsinnig?«, beschwerte er sich. »Sag so was doch nicht, wenn ich am Steuer sitze. Wir wären fast im Graben gelandet!«

»Du bist ein guter Fahrer«, beruhigte Leon ihn, um dann weiterzureden, als wäre nichts passiert. »Ich hab's natürlich gemacht, weil sich das nicht gehört, den Gefallen nicht zu erwidern, wenn man einen geblasen bekommt.«

Parker gab ein komisches Krächzen von sich und umklammerte das Lenkrad so fest, dass seine Fingerknöchel weiß hervortraten. »Ich hoffe wirklich, es gibt einen guten Grund, warum ich das wissen sollte.«

»Aber natürlich gibt es den. Ich habe mich gefragt, ob es angenehmer wäre, einem Mann einen zu blasen. Wäre es okay für dich, wenn ich es ausprobiere? Ich kann aber nicht versprechen, es zu mögen.«

»Ausprobieren«, antwortete Parker schwach. »Mit meinem …«

»Also, ich wollte jetzt eher nicht an deinem Zeh nuckeln. Obwohl … das wäre vielleicht auch interessant.«

»Leon, wir sollten das Thema wechseln.«

»Bevor du einen Unfall baust, oder was?«, entgegnete Leon frech.

»Bevor ich beim nächsten Motel rausfahre und sofort auf einer Übungseinheit bestehe.«

Leon tätschelte mitfühlend Parkers Oberschenkel. Das hatte er schon raus, Parker neigte dazu, sich theatralisch zu beschweren, wenn ihm etwas zu lange dauerte. Aber insgeheim mochte er es, ein wenig hingehalten zu werden. »Aber Darling«, sagte Leon und bemühte sich dabei, wie seine eigene Oma zu klingen, »Geduld ist eine Tugend, und Vorfreude ist doch die schönste Freude.«

Leon nahm seine Hand wieder von Parkers Oberschenkel, um diesen nicht weiter von der Straße abzulenken, und lehnte sich reichlich selbstgefällig zurück in seinen Sitz. Das Abendprogramm war gebongt.

Doch Parker war noch nicht mit ihm fertig. »Weißt du, Junge, am besten lernt man etwas ja, wenn man einen echten Könner beobachtet.« Nun war Parker es, der Leons Bein gönnerhaft tätschelte. »Mir wurde bereits versichert, ich sei recht gut. Vielleicht beginnen wir also mit einer kleinen Demonstration, was meinst du?«

Jetzt war es Leon, der komisch krächzte. Dann holte er sein Handy heraus und scrollte wild durch einen Routenplaner.

»Verrätst du mir, was du da machst?«

»Ich suche nach dem nächsten Motel mit Ladestation für den Tesla«, sagte Leon knapp.

Mehr musste nicht gesagt werden. Leon stellte die
Klimaanlage hoch, was nur wenig gegen die Hitze
half, die sie beide verspüren mussten. Parker trat aufs
Gas und sie schwiegen angestrengt, bis endlich ein
Motel in Sicht kam.

Leon wusste bereits seit dem Abend zuvor, wie gut
Parker aussah. Wie gut er sich anfühlte. Aber Parkers
Körper mit seinem Mund zu erkunden, zuzulassen,
dass Parker ihn mit seinen Lippen und seiner Zunge
verwöhnte, war noch mal eine ganz andere Nummer.

Nach seinen Erfahrungen mit Frauen hatte sich
Leon zugegebenermaßen nicht besonders viel davon
versprochen, sich auf diese Weise um Parkers Bedürfnisse zu kümmern. Aber da hatte er ja so was von
danebengelegen! Allein Parkers Gesichtsausdruck
war das bisschen Überwindung, die es ihn zunächst
gekostet hatte, allemal wert.

Eigentlich hätte ihm das von vornherein klar sein
sollen. Mit Parker war sowieso alles anders. Besser.
Deswegen hatte Leon es nicht besonders eilig, das Bett
wieder zu verlassen, als sie sich schließlich erschöpft
und befriedigt und wie immer eng umschlungen auf
die durchgelegene Matratze sinken ließen.

»War es okay?«, fragte Parker. »Woran denkst du?«

»Ich denke über Anatomie nach«, verkündete Leon. »Oralsex sollten überhaupt nur Männer miteinander haben!«

»Wie bitte?«

»Na, jetzt schau dir mal meine Zunge an«, Leon streckte sie heraus, damit Parker sah, was er meinte, »und dann überleg mal, wie mein bestes Stück vorher aussah! Wenn eine Frau so gebaut ist, um das unterzubringen, was soll sie dann mit der Zunge, hm? Ist doch klar, dass das superstressig für den Kerl ist, sie so glücklich zu machen!«

Parker stöhnte. »Darüber will ich wirklich nicht nachdenken. Wahrscheinlich liegt es an deiner Technik, wenn die Damen nicht begeistert waren.«

Leon winkte ab, nicht im Geringsten beleidigt. »Du hattest an meiner Technik überhaupt nichts auszusetzen«, erinnerte er Parker. »Was allerdings natürlich daran liegen könnte, dass man viel besser Luft bekommt, wenn man einem Mann einen bläst.«

»Hör auf!« Parker hielt sich die Ohren zu. »Das versteht man heutzutage unter Dirty Talk? Als ich jung war, haben wir so Sachen gesagt wie: Du riechst so gut. Das macht mich total scharf!«

»Wie gut ich rieche und wie scharf ich dich mache, wusste ich schon«, behauptete Leon, woraufhin Parker kurzerhand das Kissen unter seinem Kopf hervorzog und es nach ihm warf.

Leon warf es natürlich zurück, und ehe er sich versah, gab es da zwei lachende nackte Männer, die sich in einem schäbigen Motelzimmer eine Kissenschlacht lieferten.

Wann war er das letzte Mal so glücklich gewesen?

Nachdem sie sich ausgetobt hatten, entschieden sie sich dafür, das von Parker gebuchte Zimmer in dem Hotel in Phoenix nicht zu stornieren, da es weitaus ansprechender wirkte als dieses Motel.

Wegen der langen Unterbrechung war es recht spät, bis sie schließlich ankamen und eincheckten. Trotzdem war Leon froh über die Pause in dem Motel. Denn offensichtlich erinnerte sich Parker nun wieder an den eigentlichen Zweck ihrer Reise. Obwohl sie noch ein gutes Stück von seiner Heimatstadt entfernt waren, befanden sie sich bereits in Arizona. Am nächsten Morgen hatten sie nur etwa drei Stunden Fahrt vor sich, bis sie das Krankenhaus erreichten, in dem Parkers Vater lag. Ein Umstand, der Parker offenbar ziemlich die Stimmung verdarb, er war wortkarg und lächelte nur gezwungen über Leons flapsige Bemerkungen über das schicke Hotel.

Diesmal hatte Parker eine Suite gebucht. Eine Suite mit zwei Schlafzimmern.

Parker stellte seine Reisetasche in den Eingangsbereich ihres Zimmers, zuckte ein wenig hilflos mit den Achseln und sah von einem Schlafraum zum anderen. »Vielleicht wäre es besser … Tut mir leid, aber ich habe gerade keine Lust …«

»Lass mich dich einfach nur halten.« Sofort war Leon bei Parker, legte ihm eine Hand auf die Schulter, drückte sie sanft. »Ich bin für dich da, wenn das okay ist.«

Parker schluckte, nickte aber.

»Hey, ich bin nicht mitgefahren, um dich ins Bett zu bekommen«, sagte Leon scherzhaft. »Na komm. Lass uns schlafen gehen.«

Natürlich hätte sich Leon auch mehr vorstellen können. Aber das Vertrauen, welches Parker ihm entgegenbrachte, als er zu ihm unter die Decke kroch und sich an ihn drückte, wärmte ihn auf eine ganz andere Art.

»Es ist okay«, versicherte er Parker, obwohl der schon halb schlief. »Alles in Ordnung.« Und das war wirklich nur ein ganz kleines bisschen geschwindelt.

Auch am nächsten Morgen war Parker sichtlich angespannt und offenbar froh, dass Leon sofort anbot, zu fahren. Es gab auch keine heimlichen, schnellen Küsse mehr, aber Leon verstand, dass Parker im Augenblick nicht der Sinn danach stand. Hoffentlich lief das Gespräch mit seinem Dad gut. Und wenn sie erst auf der Rückreise waren, würden sie sich bestimmt wieder näherkommen.

Immer wieder sagte sich Leon das vor, während er einen hartnäckig schweigenden Parker nach Bisbee fuhr.

Kapitel 13

Das Krankenhaus stellte sich als einstöckiger, überraschend moderner Bau inmitten einer historischen, schon etwas heruntergewirtschafteten Bergbaustadt heraus. Leon lenkte den Tesla auf den Parkplatz der Klinik, dann sahen er und Parker einander ein wenig hilflos an.

»Ich gehe wohl lieber allein«, sagte Parker.

»Klar. Ich suche nach einer Ladestation für den Wagen. Dann setze ich mich ins Wartezimmer. Wenn du mich brauchst, bin ich da.«

Parker nickte, ehe er sich mit schweren Schritten auf den Weg zum Eingang machte.

Eine Ladestation war schnell gefunden, auch wenn Leon ein ganzes Stück in der prallen Sonne zum Krankenhaus zurücklaufen musste. Langsam verstand er, wieso Parker aus Arizona weggewollt hatte. Die Landschaft hier hatte ja nicht die geringste

Ahnung, wie man sich menschenfreundlich benahm. Kein Baum weit und breit!

Wenigstens war das Wartezimmer klimatisiert. Leon setzte sich auf einen überraschend bequemen Stuhl, holte sein Handy heraus, steckte es jedoch gleich wieder weg. Eigentlich wollte er weder lesen noch sich die Zeit mit einem albernen Spiel vertreiben. Obwohl es nicht unbedingt sinnvoller war, die Zeiger einer Uhr dabei zu beobachten, wie sie vorrückten.

Langsam spürte er, wie wenig Schlaf er die letzten Tage abbekommen hatte. Leon gähnte. Wenigstens schien es bei Parker gut zu laufen. Wenn er und sein Dad sich nichts zu sagen hätten, würde es wohl kaum so lange dauern.

Er blickte abermals auf die Uhr. Wie lang er wohl warten musste? Immer wieder sackte sein Kinn nach unten. Schließlich hörte Leon auf, sich gegen den Schlaf zu wehren, und schloss die Augen.

»Hey, tut mir leid. Du musst Leon sein.«

Blinzelnd erwachte Leon, weil eine unbekannte Frau ihn an der Schulter rüttelte. Verwirrt musterte er die stahlblauen Augen und den frechen blonden Kurzhaarschnitt. »Sind Sie Mr. Adams Ärztin?«

Sie schnaubte. »Schön wärs. Ich bin Steuerberaterin. Und Mama.« Die Frau wies auf einen Kakaofleck auf ihrer hellblauen Bluse.

Hä?

»Okay, ich versuch's noch mal: Ich bin Amanda, Parkers Freundin aus Kindertagen«, sagte sie und reichte Leon ihre Hand. »Ich soll dir ausrichten, sein Dad sei gerade erst aufgewacht, es wird also noch ein wenig dauern.«

»Ah. Gut. Danke. Und schön, dich kennenzulernen«, stammelte Leon. Verflixt, was hatte Parker dieser Amanda gesagt, wer er war? Sein Fahrer?

Sie setzte sich neben ihn. »Ich nehme an, Parkers Besuch ist dir zu verdanken.«

»Na ja …« Leon fuhr sich verlegen mit den Fingern durchs Haar.

»Irgendwann musst du mir verraten, wie du das gemacht hast«, sagte sie und klang unanständig fröhlich dabei. »Aber vielleicht ist jetzt nicht der richtige Zeitpunkt für ein Verhör. Ich wollte dir nur sagen, dass ihr beide selbstverständlich bei uns willkommen seid. Richte Parker aus, er soll es sich nicht einfallen lassen, in einem Hotel zu übernachten.«

»Okay … Danke«, nuschelte Leon, und wünschte einmal mehr, er wäre nicht so unbeholfen in Unterhaltungen mit Fremden. Der Einzige, bei dem er das Problem nicht gehabt hatte, war Parker.

»Dann bis später«, sagte Amanda, als wäre es bereits beschlossene Sache. »Ich muss die Zwillinge von der Schule abholen. Und, ach ja: der Kaffee hier ist scheußlich, also halte dich lieber davon fern.«

Leon war froh, dass Amanda ging. Er entschied, sich trotz der Warnung einen Kaffee aus dem

Automaten im Wartezimmer zu holen. Er schmeckte scheußlich. Doch da von Parker nach wie vor jede Spur fehlte, trank Leon widerwillig einen weiteren.

Danach ließ sich ein Besuch auf der Toilette nicht vermeiden, und prompt stand Parker mit hängenden Schultern und leerem Blick im Wartebereich, als Leon zurückkam.

Sofort eilte er zu ihm. Alles in ihm schrie danach, den Mann zu umarmen, aber Leon wusste nicht, ob das nicht unpassend war. Hier, wo jeder sie sehen konnte und wo vielleicht weitere Besucher aufkreuzten, die Parker kannten. Also drückte Leon nur verstohlen seine Hand. »Wie ist es gelaufen?«

»Er hat sich kein bisschen verändert«, sagte Parker tonlos. »Alles, was ich in meinem Leben erreicht habe, ist in seinen Augen nichts wert, weil ich keine Familie vorweisen kann und keinen ›ehrbaren‹ Beruf wie Polizist oder Feuerwehrmann ergriffen habe. Er tut, als wäre ich ein Callboy, weil ich für eine Luxushotelkette arbeite.« Parker schnaubte verächtlich. »Denkst du, er hätte sich jetzt wenigstens mal dafür entschuldigt, mein Geld gestohlen zu haben? Natürlich nicht. Stattdessen hat er mir das Gefühl gegeben, ich müsste mich dafür entschuldigen, weil ich schwul bin. Als wäre ich das nur, um ihn zu ärgern.«

Leon schluckte mühsam. »Tut mir leid. Ich dachte wirklich … Ich hätte dich nicht überreden sollen, herzukommen.«

Parkers Blick klärte sich. »Doch. Doch, das war ganz richtig so. Ich habe ihm zum Abschied gesagt, es tue mir leid, weil ich nicht der Sohn bin, den er haben wollte – aber er sei ebenfalls nicht der Vater, den ich mir gewünscht habe. So ist es leider, und vielleicht können weder er noch ich etwas dafür. Aber ich habe diesen Abschluss gebraucht, da hattest du völlig recht. Wäre er gestorben, ohne dass wir dieses Gespräch geführt hätten, es hätte mich ewig belastet.«

Leon war nicht überzeugt. Irgendwie hatte er sich von diesem Treffen mehr erhofft. Er hatte ziemlich viel über sich gelernt in den letzten Tagen. Kam nun die Erkenntnis hinzu, ein unrealistischer Träumer zu sein?

»Da war eine Frau, Amanda … Sie sagt, wir dürfen bei ihr wohnen?«

Parkers Miene hellte sich auf. »Ich besuche Amanda und Brandon hin und wieder, ihre Tochter Milena ist mein Patenkind. Ist das okay für dich?«

»Natürlich«, sagte Leon sofort. Alles, was Parker jetzt guttat, war okay für ihn.

Tatsächlich fiel es Leon überraschend leicht, mit Amanda und Brandon warm zu werden. Es irritierte ihn zwar ein wenig, dass Amanda und Parker offenbar auf der Highschool ein Paar und Brandon ihrer beider bester Freund gewesen war. Doch anscheinend war es den dreien gelungen, ihre Freundschaft trotz dieser ungewöhnlichen Konstellation zu retten, und es war unübersehbar, wie sehr sie einander trotz ihrer Vergangenheit und der räumlichen Trennung zugetan waren.

Amanda und ihr Mann lebten weiterhin in Tombstone, in einem Bungalow, der eigentlich ein wenig zu klein für ihre fünfköpfige Familie war. Denn neben den Eltern und Parkers Patenkind gab es da noch die Zwillinge im Grundschulalter, die es mit Leichtigkeit schafften, überall Chaos zu verbreiten.

Parker und Leon schliefen in einem Zimmer, das nur unerheblich größer war als eine Abstellkammer, gerade groß genug, um ein Bett darin aufzustellen. Niemand schien Anstoß daran zu nehmen, dass Leon mit Parker in diesem Bett übernachtete, vielleicht weil es keine anderen Schlafplätze gab. Aber Gastfreundschaft wurde in dieser Familie offenbar grundsätzlich großgeschrieben, selbst die 15-jährige Milena hieß den Fremden in ihrer Mitte herzlich willkommen.

Es kam Leon allerdings zugute, in einem Haushalt mit drei männlichen Mitbewohnern aufgewachsen zu sein, in dem es ähnlich chaotisch zuging wie bei Brandon und Amanda, die beide Vollzeit arbeiteten – sie in einer Steuerkanzlei, er organisierte Touren und Westernshows für Touristen –, und die in ihrer Freizeit anscheinend lieber Zeit mit ihren Kindern verbrachten, als das Haus aufzuräumen. Ganz selbstverständlich packte Leon überall mit an, wo eine helfende Hand benötigt wurde. Er räumte die Spülmaschine ein und nahm Amanda den Kochlöffel aus der Hand, damit diese sich auf das Telefonat mit einem Klienten konzentrieren konnte. Für die Zwillinge Jacob und Julia bereitete er Sandwiches zu, die Augen aus Käsewürfeln, eine Erdbeernase und einen Apfelmund hatten, und er fuhr Milena in die Schule, als die verschlafen hatte.

Parker bekam er kaum zu Gesicht. Dieser unterhielt sich viel mit Brandon und Amanda, besuchte Freunde und einmal auch seine Mutter. Das war, Parkers verkniffenem Gesichtsausdruck nach zu urteilen, nicht so gut gelaufen. Leon redete sich ein, dass es ihm nichts bedeutete, weil es hier einzig um Parker und nicht um seine Befindlichkeiten ging. Und immerhin klammerte sich Parker jede Nacht in ihrem engen Bett an ihn, als wollte er ihn niemals loslassen.

»Ich bin für dich da«, versicherte ihm Leon dann jedes Mal.

»Halt mich einfach nur fest«, lautete die immer gleiche Antwort.

Ich liebe dich so sehr. Das sagte Leon jedoch nie laut. Es hätte wohl auch nichts genutzt. Er spürte, wie Parker ihm entglitt. Die aufregenden Tage, die er auf der Reise hierher erlebt hatte, waren wohl nichts weiter als ein kleines Intermezzo gewesen.

Hätte Leon das geahnt, er hätte darauf bestanden, den Roadtrip von San Francisco nach Arizona noch etwas auszudehnen. Nicht nur, weil Sex kein Thema mehr war, seit sie hier waren. Das verstand er, schließlich schliefen nebenan hinter einer dünnen Wand zwei Kinder im Grundschulalter. Aber Leon vermisste auch ihre Gespräche über Gott und die Welt. Die verstohlenen, schnellen Küsse, wenn sie glaubten, niemand würde sie sehen. Vor allem aber vermisste er das Gefühl, wichtig für Parker zu sein. Das Gefühl, ihm etwas geben zu können. Mehr als nur eine Umarmung, eine breite Brust zum Anschmiegen.

Leon schalt sich selbst einen eifersüchtigen Esel. Natürlich hatte Parker mit Brandon und Amanda viel zu besprechen, schließlich sahen die sich nicht oft. Aber die Angst, dies könnte bereits der Anfang vom Ende sein, blieb.

An ihrem dritten Tag in Tombstone stürmte Milena am späten Nachmittag in die Küche, in der Leon gerade in einem Topf mit Bolognese-Soße rührte. »Ich hasse Physik!«, verkündete sie theatralisch. »Und den Physiklehrer! Er mich genauso, sonst würde er mir doch nicht eine unlösbare Aufgabe geben!«

Leon interpretierte das ganz richtig als Aufforderung, dem jungen Mädchen bei den Hausaufgaben zu helfen. Warum auch nicht? Er drehte den Herd runter, damit nichts anbrannte, und setzte sich mit ihr an den Tisch. Von dort aus konnte er durch ein Fenster beobachten, wie Parker und Brandon die Köpfe zusammensteckten. Er versuchte, den Stich zu ignorieren, den ihm das versetzte, und konzentrierte sich auf die Fragestellung, denn Milena hatte das offenbar nicht vor. »Wellenlänge, Schwingungsdauer, Intensität der Schallwelle, bla, bla, bla«, beschwerte sie sich. »Das brauche ich doch nie wieder! Ich will später Westernshows organisieren wie mein Dad!«

Aber Leon dachte ja gar nicht daran, die Hausaufgabe für sie zu erledigen. »Na, dann brauchst du das doch erst recht! Ich nehme an, es werden auf solchen Veranstaltungen jede Menge Lautsprecher benötigt, die entsprechend positioniert werden sollten, damit jeder alles mitkriegt – und die Oma neben der Box trotzdem keinen Hörschaden bekommt.«

Milena kicherte, verschränkte dann aber die Arme vor der Brust: »Da kümmert sich doch ein Tontechniker drum!«

»Ach so, und dich stört es nicht, wenn der hinter deinem Rücken mit seinem Kollegen tratscht, er könne dir alles erzählen, weil du ja keine Ahnung von der Thematik hast«, sagte Leon und zuckte scheinbar gleichgültig mit den Achseln. »Na dann …« Er nahm ihr das Heft weg.

Milena zog einen Schmollmund und riss ihm das Heft wieder aus der Hand. »Also gut, erklärs mir halt!«

Leon verbiss sich ein Grinsen und erklärte ihr die Zusammenhänge so lange, bis er sicher war, dass das Mädchen verstanden hatte, worum es ging. Zufrieden zog Milena mit den Worten »Von den Technikern lasse ich mir kein X für ein U vormachen!« ab, und Leon beschloss, sich zu Brandon und Parker auf die Terrasse zu gesellen und von seinen neu entdecken Fähigkeiten als Nachhilfelehrer zu erzählen.

Doch die beiden waren noch enger zusammengerückt, und als Leon gerade nach draußen gehen wollte, schlug Brandon Parker auf die Schulter und sagte: »Mann, das ist ja großartig! Gratuliere, Alter!«

Um was es wohl ging? War Parker vielleicht erst vor kurzem zum Vice President of Project Development befördert worden? Leon schluckte, da ihm klar wurde, wie wenig er von Parker wusste. Leise zog er sich wieder zurück. Er wollte nicht stören. Er konnte sowieso nirgends mitreden, da kümmerte er sich doch besser um das Abendessen.

Amanda gesellte sich zu ihm und grinste Leon an. »Vielen Dank für deine Hilfe. Ich kann nicht glauben, dass du Milena wirklich dazu bekommen hast, Physik zu lernen! Willst du hier einziehen?«

»Ich versuche nur, mich nützlich zu machen. Nachdem ihr mich so nett aufgenommen habt und mich durchfüttert.«

»Eigentlich fütterst du uns durch.« Sie lachte und zeigte auf den Topf. »Außerdem ist das selbstverständlich. Parkers Freunde sind auch unsere Freunde!«

Freunde. Das hatte sich Leon so sehr gewünscht. Und jetzt reichte es ihm nicht mehr? Aber kein

Wunder, dass mit den Küssen Schluss war. Seine Freunde küsste man nicht, selbst dann, wenn keiner hinsah. Weil dann eben doch immer die Gefahr bestand, erwischt zu werden.

»Parker hat noch nie einen Mann mit hierhergebracht«, sagte Amanda sanft, als hätte sie Leons Verbitterung gespürt.

Er scharrte mit den Füßen. »Ich habe mich mehr oder weniger selbst eingeladen.«

Sie lachte. »Genau so jemand braucht Parker!«, entgegnete sie, doch dann brach im Kinderzimmer ein Tumult aus, der sich verdächtig nach einem handfesten Streit der Zwillinge anhörte. Amanda verdrehte die Augen und stürmte in die Richtung davon, aus der der Lärm kam.

Leon sah wieder nach draußen, wo Parker gerade in Brandons Umarmung verschwand. Amanda irrte sich. Parker brauchte ihn jetzt nicht mehr.

Als sich Brandon endlich aufmachte, um die Westernshow an diesem Abend vorzubereiten, setzte sich Leon zu Parker. Der nickte ihm geistesabwesend zu und blickte anscheinend gedankenverloren auf das, was man hier einen Garten nannte: Staub, Steine und Kakteen. Aber Leon wollte nicht warten, bis Parker ihm freiwillig seine Aufmerksamkeit schenkte. Zu groß war die Gefahr, unterbrochen zu werden.

»Kannst du mich bitte morgen nach Tucson zur Busstation fahren?«, fiel er direkt mit der Tür ins Haus. »Ich möchte zurück nach Maple Meadows.«

Parker zuckte zusammen, als hätte er ihn geschlagen, dann starrte er Leon erschrocken an. »Scheiße! Leon, es tut mir leid. Ich habe dich total vernachlässigt, oder? Du hast gesagt, es ist okay und du hilfst gerne – aber ich hätte das nie zulassen dürfen! Ich bin so ein egoistisches Arschloch! Ich ändere das, okay? Wir können morgen …«

Leon hob die Hand. »Darum geht es doch gar nicht. Wir sind *deinetwegen* hergekommen. Du musst mich nicht bespaßen, ich war durchaus in der Lage, mir Tombstone allein anzusehen.«

Parker verzog das Gesicht. Offenbar hatte er davon nichts gewusst.

»Ich mag Amanda und Brandon und die Kids, und es ist großartig, hier zu sein. Aber es ist auch so, ich habe in Maple Meadows einiges zu klären, und wenn mich dieser Ausflug hier irgendwas gelehrt hat, dann, dass man so was nicht auf die lange Bank schieben sollte. Ich will nicht zurück, weil ich nicht gerne bei deinen Freunden bin. Sondern weil es an der Zeit ist.« Er wollte sehr wohl von Parker weg, weil der so nah und doch so weit entfernt war, aber das unterschlug Leon einfach. Um die *Freundschaft* zwischen ihnen nicht zu gefährden.

»Ich fahre mit«, sagte Parker sofort. »Wir brechen morgen nach dem Frühstück auf.«

»Das geht doch nicht. Vielleicht willst du noch mal zu deinem Dad? Und dann solltest du langsam an die Rückreise denken.«

»Nein. Diesmal rede ich mit Alexander. Ja, das ist nicht ideal, ohne Vorankündigung weitere Tage frei zu nehmen. Aber ich habe mir in den letzten Jahren den Arsch für Eden Retreats aufgerissen, war kein einziges Mal krank. Aber jetzt ist etwas anderes wichtiger als mein Job. Du bist mit mir hierhergekommen, also werde ich auch mit dir nach Maple Meadows fahren.«

Leon sollte ablehnen. Diese Fahrt würde den unvermeidlich schmerzhaften Abschied nur hinauszögern. Aber Parker sah ihn so hoffnungsvoll an, schien endlich wieder *ihn* zu sehen.

»Okay«, sagte Leon also und ließ den Gedanken zu, er hätte es sich vielleicht doch nicht nur eingebildet, dass da mehr zwischen ihnen sein könnte.

Kapitel 14

Hast du Lust, noch zum Erols Hill rauszufahren?

Das war der Standard-Anmachspruch der Jugendlichen in Maple Meadows. Man lud ein Mädel auf einen Drink ein, und wenn es gut lief, fragte man sie später, ob man gemeinsam zu dem Wanderparkplatz fahren wollte, auf dem halb Maple Meadows seine Unschuld verloren haben musste. Dort wurde dann mindestens geknutscht, und wenn es weitergehen sollte, vereinbarte man in der Regel vorher, nun »zusammen« zu sein.

Am nächsten Tag änderte man dann seinen Beziehungsstatus in den sozialen Medien auf »vergeben« und das wars.

Jetzt wünschte sich Leon eine ganz andere Art von Beziehung, eine erwachsene Beziehung zu einem Mann, aber er kannte die Regeln dafür nicht. Auf dem Weg nach Tombstone war ihm noch alles ganz selbstverständlich und natürlich zugeflogen, doch nun, da er die letzten Tage stundenlang darüber nachgedacht hatte, wie Parker und er denn nun zueinander standen, herrschte in seinem Kopf ein einziges Chaos.

»Ich glaube, Amanda ist davon ausgegangen, wir wären ein Paar«, sagte Leon. Was für eine dämliche Gesprächseröffnung, dachte er, sobald er den Satz zu Ende gesprochen hatte. Aber da war es schon zu spät.

»Oh. Tut mir leid. Ich habe wirklich gehofft, niemand käme auf den Gedanken.«

Ganz toll! Zum Glück fuhr Leon gerade, konnte sich deswegen am Lenkrad festhalten und hatte zudem eine gute Ausrede, weswegen er Parker nicht anschauen musste. *Du hast gehofft, niemand hält mich für deinen Freund? Vielen Dank auch!*

Mit Mühe unterdrückte er diese patzige Bemerkung. Es war nicht Parkers Schuld, dass sich Leon wünschte, Parker würde die Anziehung zwischen ihnen vor den Menschen, die ihm so wichtig waren, nicht verleugnen. Dann war es wohl doch nur Sex gewesen. Jedenfalls für Parker.

»Ich habe noch nie einen Mann mitgebracht«, überlegte Parker laut. »Vielleicht lag es daran.«

»Gab es da nie jemand?«, entfuhr es Leon ungewollt. Als ob er Details über Parkers Ex-Freunde bräuchte!

»Ich hatte durchaus einige Beziehungen, mit Xavier war ich sogar zwei Jahre zusammen. Natürlich sind wir auch gemeinsam in den Urlaub gefahren … aber mehr wollten wir beide nicht. Xavier mit zu Amanda und Brandon zu nehmen, wäre mir nie in den Sinn gekommen. Ganz abgesehen davon, hätte er mir wahrscheinlich einen Vogel gezeigt. Wir hatten jeweils eine Zahnbürste und ein paar Kleidungsstücke bei dem anderen deponiert, das war's. Ich bin nicht der Typ, der ein Häuschen mit seinem Partner baut, Blumen zum Valentinstag schenkt und eine rauschende Hochzeit plant. Ich bin schon mit meinem Job verheiratet. Mit Xavier hat das super gepasst, er war Art Director bei einer renommierten Werbeagentur. Aber als er ein Jobangebot in Los Angeles bekam, war uns beiden klar, dass unsere Zeit vorbei war.«

Aha. Für Leon klang das mehr nach einem praktischen Arrangement als nach einer Beziehung, doch er schwieg. Was wusste er schon? Ihm gelang es ja nicht einmal, Parker zu gestehen, wie gern er ihn wiedersehen würde, wenn er seinen eigenen Scheiß erst geklärt hatte. Wie gerne er ein richtiges Date mit ihm hätte.

In seinem Bestreben, das Thema schnellstmöglich wieder zu wechseln, platzte Leon heraus: »Ich will mein Studium doch noch beenden.«

»Das ist eine großartige Idee!«, ging Parker sofort darauf ein. »Kann ich dir helfen?«

»Nein, aber danke. Ich werde es erst in Fort Collins versuchen, da war ich immerhin schon. Wenn sie mich wieder nehmen, verliere ich vielleicht nicht mal Zeit, mir fehlen ein paar Scheine aus dem letzten Semester, aber wenn ich mich dahinterklemme, hole ich das locker auf.«

»Hast du nicht gesagt, du wurdest suspendiert?«, wandte Parker ein. »Wegen der Schlägerei?«

Leon zuckte mit den Achseln. »Es gab ja eine Alternative zur Suspendierung. Aber ich war so ignorant, sie abzulehnen.«

»Du hast deine Meinung darüber geändert?«

»Ja«, entgegnete Leon knapp. Warum hatte er das Thema überhaupt angeschnitten? Falls es sein Ziel gewesen war, Parker zu zeigen, dass er sich wie ein unreifer Vollpfosten benommen hatte, dann hatte er dieses wahrscheinlich erreicht.

Sie schwiegen sich einige Meilen lang an. Dann meinte Parker: »Ein Studium ist teuer, wenn du Unterstützung brauchst …«

»Nein«, sagte Leon barsch. Nicht einen Cent würde er von Parker nehmen, wirklich nicht! Lieber würde er den Rest seines Lebens bei Onkel Will Autos reparieren. Leon brauchte keinen Sugardaddy. Er wollte einen Partner.

»Mein Dad wird nicht begeistert sein«, fuhr Leon ein wenig versöhnlicher fort, schließlich meinte Parker es gewiss nur gut. »Wahrscheinlich dreht er mir den Geldhahn zu, besonders, wenn er hört, dass ich auch auf Männer stehe.«

»Du willst dich outen?«, fragte Parker perplex.

»Natürlich. Was dachtest du denn? Mir hätten meine Fehler so gut gefallen, da mache ich sie doch gleich noch mal?« Leon schüttelte den Kopf. »Ich hab so viel verbockt, und alles, weil ich mir das nicht eingestehen wollte. Das will ich ändern.«

Haha. Dann sag Parker doch, dass du dich total in ihn verknallt hast, verspottete sich Leon lautlos selbst.

»Ich kann dir gar nicht sagen, wie sehr mich das freut«, meinte Parker, und es klang so, als wäre es ihm verdammt ernst damit. Also beschloss Leon, das zu nehmen, was Parker ihm hier anbot.

»Ich könnte einen Freund brauchen«, sagte Leon und hoffte, er hörte sich nicht so bedürftig an, wie er sich fühlte. »Jemand zum Reden. Das wird bestimmt alles nicht leicht, ein wenig Aufmunterung würde da gewiss nicht schaden. Und jemand, der mir den Kopf zurechtrückt, falls ich mal wieder nicht durchblicke.«

»Ich bin dein Freund!«, versprach Parker sofort. »Ich bin für dich da.«

Leon nickte und schaffte einen erneuten Themenwechsel, indem er zur Diskussion stellte, was sie in der Mittagspause essen wollten.

Erst im Nachhinein wurde ihm etwas bewusst: Das Eichhörnchen hatte ihm wahrhaftig zum ersten Mal in seinem Leben einen Wunsch erfüllt. Parker und er würden Freunde bleiben. Da hatte das freche Biest doch tatsächlich gewartet, bis es sich Leon bei einem seiner zahlreichen Wünsche anders überlegte, und zack, schon ging ausgerechnet dieser in Erfüllung!

Keine einzige Nuss würde dieses hinterlistige Tierchen mehr von ihm bekommen!

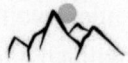

Leon und Parker hatten noch eine einzige gemeinsame Nacht in einem Motel vor sich. Nachdem sie sich ausgesprochen hatten – wenn man das so nennen konnte, wenn einer der Gesprächspartner seine wahren Gefühle verbarg –, und beschlossen hatten, Freunde zu bleiben, fanden sie langsam wieder zu ihrem früheren unbeschwerten Umgang miteinander zurück.

Dennoch war Leon erleichtert, als sie das Zimmer bezogen und Parker offenbar ebenso wenig wie ihm der Sinn danach stand, in dieser letzten Nacht Leons Erfahrungshorizont, was Sex mit einem Mann anging, zu erweitern.

Stattdessen war es diesmal Leon, der Zuflucht in Parkers Umarmung suchte. Und Parker stand zu seinem Wort, er hielt Leon die ganze Nacht eng umschlungen an sich gedrückt und versicherte ihm immer wieder: »Ich bin für dich da. Du musst nichts von all dem allein durchstehen.«

Leon glaubte ihm, und nachdem Parker seine Zusicherungen mit einem sanften Kuss bekräftigte, da keimte sogar erneut die Hoffnung auf, dass aus dieser Freundschaft eines Tages doch mehr werden könnte.

Sie starteten früh am nächsten Morgen, sodass sie Maple Meadows kurz nach Mittag erreichen würden. Reichlich verlegen fragte Leon Parker, ob es ihn stören würde, wenn dieser wieder ein Zimmer in Imeldas Pension nahm. »Du musst dir keine Sorgen wegen meines Dads machen«, beruhigte er Parker auf dessen besorgte Nachfrage. »Er wird mir weder eine reinhauen noch mich vor die Tür setzen. Ich weiß, er wirkt ziemlich ruppig, er wird mir wahrscheinlich Unmengen von homophoben Sprüchen an den Kopf werfen und mir sagen, dass er mich erst wieder finanziell unterstützen wird, wenn ich mit diesem Quatsch aufhöre und mir eine Freundin suche. Aber er ist kein schlechter Mensch. Ich denke nur, es wäre unangenehm für dich, bei uns zu wohnen.«

Parker wirkte nicht gerade glücklich und stimmte nur zögerlich zu. »Aber du meldest dich sofort, wenn du mich brauchst. Okay?«

»Ja«, sagte Leon abwesend, denn in diesem Augenblick kam der Serenity Lake in Sicht. Wie meistens war das Wasser ruhig und klar, die umliegenden Bäume und der Himmel spiegelten sich darin. Leon kam es seltsam vor, den See so still und verlassen vorzufinden. Irgendwie war er davon ausgegangen, das Feriencamp für die Kids wäre schon fertig oder zumindest bereits im Bau. Aber es war ja erst drei Wochen her, seit er den See zum letzten Mal gesehen hatte. Es fühlte sich an, als wäre er Jahre weggewesen.

Parker setzte ihn an der gleichen Stelle ab, an der er Leon abgeholt hatte, als sie nach San Francisco aufgebrochen waren. »Ruf mich an, wenn du mit deinem Vater gesprochen hast, ja?«, bat er, während Leon seinen Rucksack aus dem Kofferraum holte.

»Klar. Bis später«, sagte Leon betont lässig.

Er verbot sich, dem Tesla nachzusehen, der schnurrend davonfuhr. Energisch straffte Leon die Schultern, betrat das Haus – das, wie um diese Zeit zu erwarten, leer war –, trug seinen Rucksack in sein Zimmer, räumte ihn rasch aus und beschloss dann, beim Holzhandel vorbeizuschauen. Sicher hatte sein Dad ein paar Minuten Zeit für ihn.

Das vertraute Rattern der Säge, der Geruch nach frisch geschlagenem Holz und die allgegenwärtigen Sägespäne hüllten Leon ein, als er das Gelände betrat. Seltsamerweise fühlte sich all das viel mehr nach »zu Hause« an, als es sein Zimmer vorhin getan hatte. Leon liebte diesen Ort, und dennoch hatte er sich nie vorstellen können, hier zu arbeiten. Ein Vater und zwei Brüder in einem Familienunternehmen waren auch wirklich mehr als genug.

Er fand seinen Vater auf dem Lagerplatz, wo er in eine heftige Diskussion mit seinem Vorarbeiter verstrickt war. Die er netterweise unterbrach, nachdem er Leon entdeckte.

»Ah, der verlorene Sohn kehrt zurück«, sagte sein Dad, grinste aber dabei. »Habe noch nicht mit dir

gerechnet! Wenn du Hunger hast, musst du was einkaufen, der Kühlschrank ist leer. Wir haben ein
Problem mit einer Lieferung«, erklärte er und warf
dem Vorarbeiter einen bösen Blick zu, »aber zum
Abendessen bin ich da.«

Leon seufzte ergeben. »Alles klar.« Sicher würden
seine Brüder auch aufkreuzen, sie ahnten immer,
wenn Leon etwas kochte. So war das zwar nicht
geplant gewesen, aber warum nicht? Er würde seine
Neuigkeiten allen dreien auf einmal verkünden, dann
hatte er es wenigstens hinter sich.

Er holte den Schlüssel für den Jeep, um zum Supermarkt zu fahren. Allerdings war es gerade mal früher
Nachmittag, sodass sich Leon auf der Fahrt in den Ort
spontan umentschied. Hatte er nicht vorhin Rivers
Pick-up am Serenity Lake gesehen? Vielleicht sollte er
statt mit seiner Familie lieber mit seinem Erzrivalen
anfangen?

Kurzerhand bog Leon zum See ab.

Rivers Wagen stand noch immer vor Mr. Sawyers
Hütte, allerdings öffnete niemand, als Leon an der Tür
klopfte. Unschlüssig lief er ums Haus herum, dann in
Richtung See. Dort stieß er tatsächlich auf River, der
mit seinem Smartphone Fotos von einer Wiese in Ufer-
nähe schoss. Wahrscheinlich für die Planung des
Feriencamps.

Fast im selben Augenblick entdeckte River ihn. »Sieh an, du bist wieder da! Du hast die Fackel vergessen, Arschloch«, rief er und kam rasch näher.

Leon schluckte. River hatte keinen Grund, es ihm leicht zu machen. Dennoch war dieser Beginn nicht gerade ermutigend.

River blieb mit einigem Abstand zu ihm stehen und musterte ihn von oben bis unten.

»Ich weiß, es gibt nichts, was ich sagen könnte, was die Vergangenheit ungeschehen macht oder die Art und Weise rechtfertigt, wie ich mich dir gegenüber verhalten habe. Aber ich bin hier, weil ich dir die Wahrheit schulde – die ganze Wahrheit.«

River steckte das Handy weg, verschränkte die Arme vor der Brust und zog die Augenbrauen hoch. Aber zumindest schien er gewillt, sich anzuhören, was Leon zu sagen hatte.

»Ich hatte eine Scheißangst, Tristan zu verlieren. Deswegen habe ich Coach Hensley den Mist erzählt, damit du nicht mit ins Trainingslager fahren darfst. Deswegen wollte ich dich zwingen, mit Shane auf das Eichhörnchenfest zu gehen. Ich weiß, das war falsch und unfair, und dafür kann ich mich nur entschuldigen.«

»Du hast gesagt, du zündest Grandpas Hütte an, wenn ich nicht so tue, als wäre Shane mein Date. Das ist unentschuldbar«, stellte River fest.

»Ich hätte doch niemals … Aber du hast recht. Ich hätte das nicht sagen dürfen. Aber ich war so eifersüchtig auf dich ... und neidisch, weil du so offen dazu stehst, schwul zu sein, und«, Leons Stimme wurde leiser, »weil Tristan mich niemals so angesehen hat wie dich. Ich glaube, ich war in Tristan von dem Moment an verknallt, als ich ihn das erste Mal getroffen habe. Für ihn war ich immer nur sein Freund, und ich ... Ich wollte mir nicht mal selbst eingestehen, wie sehr ich mich zu ihm hingezogen fühlte. Ich bin bisexuell, River.«

River sagte nichts dazu. Leon ließ den Kopf hängen, fügte aber noch hinzu: »Ich weiß, nichts von dem entschuldigt mein Verhalten. Ich verstehe, wenn du mir nicht verzeihen kannst oder willst, aber es war mir wichtig, dir die Wahrheit zu sagen und wie leid es mir tut.«

»Das mit dem In-meinen-Mann-verliebt-sein hat sich wenigstens erledigt?«, grummelte River.

Leon nickte. »Tristan hasst mich, weil ich dir das alles angetan habe. Selbst wenn es nicht so wäre ... Nein, das ist vorbei. Ich hoffe, ihr beide werdet glücklich.«

»Du machst es einem verdammt schwer, dich zum Kotzen zu finden«, knurrte River unwirsch. »Also gut, ich akzeptiere die Entschuldigung. Nimm's mir nicht übel, beste Freunde werden wir wohl nie. Aber ich denke, wir kriegen es hin, zivilisiert miteinander umzugehen, was meinst du?«

»Ernsthaft? Ja. Wow. Danke«, krächzte Leon erschüttert, als River ihm die Hand entgegenstreckte.

Schnell überwand er den Abstand zwischen ihnen und ergriff sie.

»Aber komm mir jetzt bloß nicht auf die absurde Idee, ich müsste dich mit Daddy anreden«, sagte River und grinste.

»Hä? Wie meinst du das?«

»Shit.« Sichtlich erschrocken ließ River Leons Hand los. »Parker hat es dir nicht gesagt.«

»Was denn?« Aber in dem Moment wusste Leon es schon. Er starrte River an. Wie hatte er das übersehen können? Die Augenpartie. Die gerade Nase. Das markante Kinn. All das hatte er bereits liebevoll geküsst und sanft gestreichelt. Aber natürlich hatte Leon River niemals so vertraut berührt. Sondern seinen Vater.

»Meine Mom hat zugegeben, dass sie und Parker mal was miteinander hatten«, gestand River. »Scheiße, Leon, tut mir leid. Ich habe das nicht gesagt, um dir eins auszuwischen. Ich bin davon ausgegangen … Mann, nachdem du ständig mit Parker rumgehangen und dann mit ihm nach San Francisco gegangen bist … und jetzt kommst du zurück und erklärst, du seist bisexuell, wo du doch jahrelang den Schwulenhasser gegeben hast … Verdammt, ich dachte, ihr wärt ein Paar!«

Komisch. Das hatte Leon auch mal gedacht.

»Nein, keine Sorge. Wir … stehen uns nicht so nahe«, sagte er lahm. »Tut mir leid, ich muss … gehen. Danke noch mal. Das du … Also, ja.«

Das war nicht der ideale Abgang. Aber River hatte ihn zeit seines Lebens ja für einen Klappspaten gehalten, da kam es jetzt auf einmal mehr oder weniger nicht mehr an.

Leon kletterte wieder in den Jeep, starrte den Einkaufskorb auf dem Beifahrersitz an und fragte sich, wie der dahin gekommen war.

Ach ja. Sein Dad. Der Kühlschrank. Dann würde er nun wohl zum Einkaufen gehen.

Wie ferngesteuert tuckerte Leon zurück nach Maple Meadows, doch als er am Stadtpark vorbeikam, überlegte er es sich erneut anders. Er quetschte den Jeep in eine Parklücke, stieg aus, schlurfte zum Eichhörnchenbaum, setzte sich darunter und lehnte sich an den Stamm.

Seltsamerweise spürte er, wie er ruhiger wurde. Nicht nur das. Endlich sah er einiges klarer. Leon legte den Kopf zurück und bemerkte ein Eichhörnchen in den Ästen des Baumes, das jedoch rasch in seinen Bau huschte.

»Komm nur raus«, rief Leon. »Ich bin nicht mehr sauer auf dich. Ich habe es jetzt verstanden. Du kannst den Menschen nur helfen, wenn sie für ihren Wunsch kämpfen. Und manchmal unterliegt selbst der beste Kämpfer. So wie Mom. Das ist nicht deine Schuld.«

Irgendwo weit über sich hörte er das Eichhörnchen schnattern, als wollte es sagen: *Gut erkannt, und jetzt her mit den Nüssen!*

Leons Lachen klang eher nach einem lauten Schluchzer, aber das war okay. »Tja, ein bisschen Unterstützung wäre schon angesagt, dann können wir über die Nüsse reden. Aber keine Sorge. So schnell gibt ein Mitchell nicht auf.«

Er war Parkers Freund, für den Moment musste das reichen. Leon war noch kein vertrauter Freund, mit dem man alle Facetten seines Lebens teilte, aber wenn sie einander erst länger kannten, würde sich das gewiss von selbst ergeben. Und dann gab es vielleicht doch eine Möglichkeit, dass zu einem späteren Zeitpunkt mehr daraus wurde. Parker hatte ihm erst gestern verraten, welche Art von Beziehung er sich wünschte, und Leon war bereit, an sich zu arbeiten, um dieser Mann zu werden. Parker zu bekommen, war die Mühe allemal wert!

Da er nicht länger Imeldas Feind war, durfte Parker das beste Zimmer in der Pension bewohnen. Leider hatte er wenig Freude daran. Er saß wie auf Kohlen, weil sich Leon nicht wie versprochen meldete. War ja schön, wenn sich Leon und sein Dad mehr zu sagen hatten, als es bei ihm und seinem Vater der Fall gewesen war. Aber wie lange konnte so ein Outing denn dauern, verflucht?

Als das Telefon endlich klingelte, wäre Parker vor Schreck fast vom Stuhl gefallen. Doch es war River.

Parker zögerte eine Weile, ehe er das Gespräch annahm. So viel Freude ihm die Telefonate mit River in den letzten Wochen gemacht hatten, im Augenblick stand ihm wirklich nicht der Sinn danach.

Andererseits sprach nichts dagegen, das Gespräch jederzeit zu beenden, wenn er merkte, dass noch ein Anruf reinkam.

»Mann, da bist du ja!«, rief River erleichtert, nachdem sich Parker gemeldet hatte. »Ich hab Scheiße gebaut!«

»Was ist los? Kann ich dir helfen?«

»Leon war gerade hier. Er hat sich entschuldigt für den ganzen Mist, den er verbockt hat. Mensch, mir ist das aus Versehen rausgerutscht! Ich dachte ja, er weiß das längst?«

»Wie bitte?« Parker verstand kein Wort von Rivers wirrem Gerede.

»Na, dass du mein Vater bist!«, rief River. »Warum hast du ihm das denn nicht erzählt?!«

Parker wurde schwindlig. »Äh … Woher … weißt du das?«

»Ich bin nicht blind, Mann. Und Tristan ebenfalls nicht. Erst hab ich mir nix gedacht, aber als du plötzlich von jetzt auf gleich dein Projekt aufgegeben hast *und* uns zudem noch helfen wolltest, ganz uneigennützig, da wurden wir stutzig. So läuft das doch normalerweise nicht.« River atmete hörbar durch.

»Tristan hat da so eine App auf dem Handy, die machen ein Foto von dir 20 Jahre älter. Rate mal, wie ich dann ausschau.«

»Oh«, sagte Parker und kam sich sehr töricht vor. »River, es tut mir leid.«

»Hey, alles gut. Ich hab mich gefreut, dass du den Kontakt gesucht hast, und dachte halt, du brauchst noch ein bisschen, bis du dich an den Gedanken gewöhnt hast, einen Sohn zu haben, und darüber reden magst. Ich hab Mom nämlich direkt gefragt, ob an meinem Verdacht was dran ist, und sie hat zugegeben, dass sie dir nie was von mir erzählt hat.«

»Ich … freue mich auch«, gab Parker leise zu.

»Cool. Aber darum geht's ja gerade nicht. Leon war völlig durch den Wind, als er hier weg ist. Mensch, warum redet ihr nicht über so was? Ihr seid doch ein Paar, oder?«

»Nein, nein, so ist das nicht. Wir haben nur … Es war nur … Wir sind nur … Freunde!«

»Hm«, machte River, wenig überzeugt. »Mann, das ist wirklich scheiße. Leon ist eigentlich voll der Kotzbrocken, und auf einmal tut er mir leid! Vor allem wird er durchdrehen, wenn er jemals herausfindet, dass er mir leidtut! Ist aber auch beschissen, schon zum zweiten Mal in einen Kerl verliebt, der ihn nur als *Freund* will.«

»Leon ist nicht in mich verliebt, wir haben nur …«

»Stopp! Ich verrate dir jetzt was, weil du neu in diesem Vater-Business bist: Niemand, wirklich *niemand* will wissen, was seine Eltern im Bett so treiben. Ich kann bereits nie wieder am Cedar Creek schwimmen gehen, ohne daran zu denken … Arghs!« River gab einen theatralischen Klagelaut von sich. »Und jetzt such lieber Leon. Alles andere hat Zeit.«

»Okay«, sagte Parker.

Kaum hatte er aufgelegt, da wählte er bereits Leons Nummer. Doch der nahm den Anruf nicht an. Parker schluckte, spürte, wie sich ein dicker Stein auf seine Brust legte.

Er hatte es versaut. Eigentlich hatte er es schon ab dem Moment gewusst, als Leon mit diesem halb ernsten, halb traurigen Gesichtsausdruck auf Brandons Terrasse erschienen war und ihm gesagt hatte, er müsste zurück nach Maple Meadows.

Parker hatte Leons Anwesenheit und seine Unterstützung als selbstverständlich hingenommen, hatte nicht daran gedacht, dass man für so eine junge und fragile Beziehung auch etwas tun musste. Zum Beispiel keine bedeutenden Geheimnisse vor dem anderen haben, mit denen dieser dann urplötzlich konfrontiert wurde.

Es spielte eigentlich keine Rolle, redete sich Parker ein. Sie waren ja kein Paar. Freunde mit Vorzügen vielleicht. Leon wäre sowieso sehr bald weitergezogen, um neue Erfahrungen zu sammeln.

Das Dumme war nur: Parker war überhaupt noch nicht bereit, Leon gehen zu lassen. Aber das musste er wohl. Wenn er ihn nicht ganz verlieren wollte.

Nachdem Leon auf seine wiederholten Anrufe nicht reagiert hatte, entschied sich Parker dafür, auf sein Bauchgefühl zu hören. Entschlossen verließ er sein Zimmer und steuerte direkt den Stadtpark an.

Er hatte recht gehabt!

Unter den weit ausladenden Ästen des Eichhörnchenbaums saß der junge Mann, der ihm in den letzten Tagen so sehr ans Herz gewachsen war. Leon wirkte nicht wütend oder traurig, als er nun den Kopf hob und Parker entgegensah. Sondern seltsam gefasst.

»Es tut mir leid. Du hättest es nicht so erfahren sollen, wirklich nicht. Aber ich wollte erst mit River reden …« Das war eine verdammt lahme Ausrede. Hatte er nicht vielmehr aus Angst darüber geschwiegen, alles zwischen ihnen zu zerstören, wenn Leon erfuhr, dass River sein Sohn war? Oder hatte er seinen jungen Liebhaber nicht mit der Nase darauf stoßen wollen, dass er vom Alter her auch sein Vater sein könnte?

»Du hast es Brandon gesagt, oder?« Das war wie eine Frage formuliert, hörte sich aber so an, als wäre sich Leon dessen sicher.

»Ja, schon«, gab Parker zu.

»Das ist in Ordnung«, sagte Leon sofort und stand auf. »Ihr kennt euch schon euer ganzes Leben lang, wir erst seit ein paar Wochen … und im Gegensatz zu mir ist Brandon nicht involviert. Das verstehe ich.«

Wie konnte Leon es ihm so leicht machen? Und warum fühlte es sich dennoch so an, als stieße Leon ihn zurück?

»Wie geht es dir damit? Freust du dich?«, redete der junge Mann auch schon weiter.

Jetzt dachte Leon zu allem Überfluss zuerst an ihn! Nichts wollte Parker in diesem Augenblick lieber, als sich in Leons Umarmung zu stürzen.

Reiß dich zusammen, Adams!, fuhr sich Parker in Gedanken an. »Ja, ich freue mich«, gab er zu. »Aber es wäre mir lieber gewesen, Hope hätte mir gleich davon erzählt.«

Was machten sie hier eigentlich? Er wollte mit Leon nicht über River reden. Nicht weil es Leon nichts angehen würde, sondern weil es ihm wichtiger schien, über Leon und Parker zu reden.

»Leon, das mit uns …«

»Ich weiß«, unterbrach Leon ihn sofort. »Es hat sich nichts geändert. Ich wäre wahnsinnig gern dein Freund. Ich denke, wir bekommen das hin, oder?«

»Ich kann dir gar nicht sagen, wie viel es mir bedeutet hat, dich in den letzten Tagen an meiner Seite zu haben. Bitte vergiss nie, ich bin auch für dich da. Egal, was du brauchst.«

Das entlockte Leon zumindest ein winziges Lächeln. »Ich bin auch für dich da. Aber es gibt da einiges in meinem Leben, was ich erst mal allein auf die Reihe bringen muss.«

Parker nickte, obwohl es wehtat. Aber er verstand es. »Vergiss nur nicht, mir davon zu erzählen.«

»Immer.«

»Du bist noch so jung, Leon. Die ganze Welt liegt dir zu Füßen. Es gibt so viel zu entdecken, so viele Möglichkeiten. Du musst dich nicht mit einem Leben zufriedengeben, das nicht perfekt zu dir passt. Hol dir, was du haben willst!«

Leon zuckte zusammen, und einen Augenblick lang hatte Parker den Eindruck, etwas Falsches gesagt zu haben, aber da war der Moment schon wieder vorbei.

»Das mache ich. Wir bleiben in Kontakt, ja?«

»Ja. Und versprich mir, es zu sagen, wenn ich dir irgendwie helfen kann.«

»Versprochen.« Leon gab ihm die Hand darauf.

Eine nette Geste. Doch Parker fühlte sich, als würde ihm das Herz herausgerissen.

Kapitel 15

Zurück in San Francisco war alles beim Alten. Jedenfalls wenn man Parkers Leben von außen betrachtete.
Er stürzte sich in die Arbeit, traf sich mit Vince und
Alexander und nahm seine übliche Fitnessroutine
wieder auf.

Nur innen drin sah es ganz anders aus.

Seltsam, Parker hatte es nie für ein Zeichen von
Stärke gehalten, seine Gefühle zu verbergen. Ungeniert hatte er bittere Tränen vergossen, als er von
Vince' Krankheit erfahren hatte, und glückliche, als er
hörte, dass es Alexanders Mann besser ging. Parker
hatte auch seine Rührung nicht versteckt, als Amanda
und Brandon ihn fragten, ob er Milenas Taufpate sein
wollte.

Aber Liebeskummer war anscheinend eine andere
Hausnummer.

Parker schämte sich nicht dafür, sein Herz an Leon verloren zu haben. Trotzdem wollte er weder darüber sprechen noch zeigen, wie sehr er ihn vermisste. In den ersten Tagen nach seiner Rückkehr hatte er sogar im Gästezimmer geschlafen, das Gesicht in das Kissen gedrückt, auf dem Leons Kopf gelegen hatte. Er bildete sich ein, es würde ganz schwach nach Leon riechen. Dann zog seine Haushälterin das Bett ab und wusch die Bettwäsche, und Parker schlief wieder in seinem eigenen Zimmer.

Er hasste es. Und dennoch tat er so, als wäre alles in bester Ordnung. Wenigstens den Schmerz einer unerwiderten Liebe wollte er mit niemand teilen, wenn er schon Leon nicht haben konnte.

Der nun zumindest sein Freund war! Regelmäßig schickten sie einander Nachrichten, und hielten sich so auf dem Laufenden, was in ihrer beider Leben passierte. Aber das Highlight war eindeutig das Telefonat am Sonntagnachmittag. Sie hatten ein wenig gebraucht, bis sie herausfanden, wann die beste Zeit dafür war und sie beide ungestört waren. Nach und nach wurde daraus ein fixer Termin, auf den sich Parker schon die ganze Woche freute.

Er hatte eine Scheißangst davor gehabt, sich noch weiter von Leon zu entfremden, doch sie telefonierten oft stundenlang, sprachen über alles, was sie bewegte. Parker berichtete über die neuen Entwicklungen bei Eden Retreats und erzählte von Vince und Alexander. Er schilderte die dramatische Eifersuchtsszene, welche die Verlobte seines Assistenten Matthew im Büro inszeniert hatte – ein Auftritt, der sich überraschend als gerechtfertigt herausstellte. Auch in Tombstone gab es Neuigkeiten, Parkers Patentochter Milena schien zum ersten Mal ernsthaft verliebt zu sein, was Amanda und Brandon ziemliches Kopfzerbrechen bereitete.

Im Gegenzug berichtete Leon, wie der Dekan ihm erlaubt hatte, das Studium in Fort Collins wieder aufzunehmen, wenn er einer ehrenamtlichen Tätigkeit in einem Jugendzentrum nachginge. Sie sprachen darüber, wie Leons Familie sein Outing aufgenommen hatte, und dass ein Freund ihm einen Kredit gegeben hatte, da sein Dad tatsächlich keine Lust hatte, Leons Studium weiter zu finanzieren.

Nicht wegen seiner Bisexualität, wie Leon klarstellte, obwohl sein Vater darüber Witze machte. Vielmehr hätte sein Dad schon immer Bedenken gegenüber Leons Studienwunsch gehabt und argwöhnte, Leon würde es diesmal wieder nicht durchziehen. »Aber das ist in Ordnung so«, fügte Leon hinzu. »Ich habe einen Job in einem Café gefunden. Ich werde es ohne seine Hilfe schaffen.«

Parker hätte Leon nur zu gern finanziell unterstützt, aber er wusste es besser, als es erneut anzubieten. Leon hatte das schon einmal abgelehnt, und Parker verstand seine Beweggründe durchaus. Sich von einem Freund Geld zu leihen, war angenehmer, als es von jemand anzunehmen, mit dem er im Bett gewesen war.

Sex war sowieso das einzige Thema, das sie nie ansprachen. Weder redeten sie über die Nächte, die sie zusammen verbracht hatten, noch über neue Eroberungen.

Parker hätte diesbezüglich auch nichts zu berichten gehabt. Nie zuvor hatte er derartig wenig Lust auf Sex verspürt, und er war alles andere als erpicht darauf, zu erfahren, wie sich Leon ausprobierte. Was dieser gewiss tat. Ein einziges Mal hatte Parker vorsichtig nachgefragt, ob Leon außer seiner Familie und River anderen Menschen von seiner sexuellen Orientierung erzählt hatte. Leon hatte nur gelacht und gemeint: »Hier weiß das jeder.« Was ja nur bedeuten konnte, dass er datete.

Was gut war. Toll war das! Genau das, was sich Parker für seinen Freund wünschte!

Jetzt musste er nur herausfinden, wie viele Nüsse dieses Eichhörnchen in Maple Meadows dafür wollte, damit der Schmerz bei dem Gedanken an Leon, der einen anderen Kerl in seinen Armen hielt, verschwand, und alles war in bester Ordnung.

Das Jahr neigte sich dem Ende zu, und insgeheim hatte Parker gehofft, Leon würde in den

Weihnachtsferien ein paar Tage nach San Francisco kommen. Doch der lehnte ab, auch wenn sich Parker einbildete, er klänge ein wenig traurig dabei. Aber Leon wollte die Weihnachtsfeiertage mit seiner Familie verbringen, und den Rest der Ferien würde er durcharbeiten. »Ich hab's versprochen, damit meine Kollegen Zeit für ihre Kinder haben«, sagte er.

Das war ja sehr löblich. Dennoch war Parker enttäuscht. Fast vier Monate hatte er Leon jetzt nicht gesehen, und so wie es aussah, würde sich so bald nichts daran ändern. Er spielte mit dem Gedanken, Leon in Fort Collins zu besuchen, verwarf die Idee jedoch wieder als zu aufdringlich. Er würde nach Tombstone fahren und mit Brandon und Amanda feiern, so wie sonst auch, und nach den Feiertagen zurück ins Büro gehen.

»Wo ist Leon?«, begrüßten ihn Amanda und Milena unisono, als er in seiner Geburtsstadt ankam.

»Er weiß doch, dass er hier jederzeit willkommen ist?«, schob Amanda eine besorgte Frage nach, während Milena die Arme hochwarf und rief: »Mom, offenbar hat Onkel Parker es vergeigt!« Sie drehte sich um und stürmte ins Haus. »Echt jetzt, so schwer ist es doch nicht«, fügte sie dabei mit der Arroganz eines Teenagers hinzu, der bereits ganze sechs Wochen lang in einer festen Beziehung war.

»Tut mir leid«, sagte Amanda und legte Parker tröstend eine Hand auf den Arm. »Ich habe so gehofft, Leon wäre der Richtige.«

»Wir sind nur Freunde«, gab Parker seine Standardantwort und tat wie üblich so, als störte ihn das nicht im Geringsten. Zum Glück war sein Gefühlsleben dank der turbulenten Weihnachtsfeiertage nicht weiter Gegenstand von Diskussionen. Amanda und Brandon bekamen wie üblich viel Besuch, und zu Parkers Überraschung tauchte auch sein Vater auf. Zwar blieb er nur eine Viertelstunde und ihre Unterhaltung verlief ein wenig mühsam. Dennoch erwachte die Hoffnung, dass sein Vater ihn vielleicht nie verstehen, aber ihn möglicherweise eines Tages doch so akzeptieren könnte, wie er war.

Parker telefonierte ewig mit River, der ganz aus dem Häuschen über Parkers Geschenk war. »Mann, Parker, ich kann es nicht fassen! Ein Entwurf für unser Feriencamp von Frazier Architecture! Das hätten wir uns nie leisten können.«

»Na ja, aus dem Lego-Alter bist du ja raus«, sagte Parker lachend.

»Dann bist du hoffentlich auch nicht sauer, weil du von mir kein handgemaltes Bild bekommen hast.« River kicherte.

»Nein, das, was du mir geschenkt hast, ist tausendmal besser.« River hatte ihm ein gerahmtes Bild von sich und Tristan geschickt, auf dem sie Hand in Hand am Serenity Lake standen. »Es bekommt einen Ehrenplatz.«

»Weißt du …« River klang mit einem Mal verlegen. »Tristan sagte, ich solle lieber Babyfotos von mir nehmen oder eines vom ersten Schultag. Aber ich wollte dir nicht wehtun, indem ich dir unter die Nase reibe, dass du nicht dabei warst. War ja nicht deine Schuld und …« Er verstummte.

Parker musste schlucken. »Das ist lieb von dir. Wenn du nächstes Weihnachten nicht schon die Nase voll hast von deinem Dad, würde ich mich sehr darüber freuen!«

Sie quatschten noch eine Weile, und Parker legte mit einem guten Gefühl auf.

Leon erreichte er erst am nächsten Tag, und dem ging es nicht ganz so gut. »Meine Brüder haben sich einen Spaß daraus gemacht, mich damit aufzuziehen, es sei ja kein Wunder, dass ich immer putzen und kochen würde, so als Schwuchtel liege mir das wohl im Blut«, grummelte er.

»Du hast dir das nicht gefallen lassen.«

»Nein.« Leon lachte, aber es klang bitter. »Ich habe das verdammte Roast Beef roh auf den Tisch gestellt und bin gegangen.«

»Zu deinem Onkel?«

»Nein, Will war ja ebenfalls eingeladen. Wahrscheinlich hat er das Essen gerettet. Ich bin … rumgelaufen und hab River getroffen. Er hatte gerade Tristan zur Villa der Andersons begleitet. Tristans Dad hatte seinen Sohn wohl spontan zu einem weihnachtlichen Versöhnungsdinner eingeladen, und

River wollte dafür sorgen, dass Tristan wirklich hingeht. Obwohl River selbst nicht erwünscht war.«

Parker spürte, wie ihm ganz warm wurde. Sein Sohn war einfach unglaublich!

»Na ja«, fuhr Leon fort, »jedenfalls hatten die Barnes' jetzt eine Forelle zu viel, und River hat mich kurzerhand mitgeschleppt. War ein bisschen seltsam, aber wenigstens konnte ich gleich die Zirkulationspumpe von Hope Barnes Heizung reparieren, nachdem ich schon kein Geschenk hatte.«

Das war ja fast so etwas wie ein Weihnachtswunder. River und Leon. Parker war froh … und dennoch … Er wurde den Eindruck nicht los, nur mehr ein Beobachter des Lebens anderer zu sein. Ein Zustand, der sich hoffentlich von selbst wieder ändern würde, denn Parker hatte nicht die geringste Ahnung, was er dagegen tun sollte.

Kaum war Parker zurück in San Francisco, da luden ihn Alexander und Vince zu einem Truthahnessen ein. »Vince kommt nicht mal in die Nähe von dem Vogel«, versprach Alexander, doch Parker hätte in jedem Fall zugesagt. Bis er merkte, dass sein Freund die Gelegenheit offenbar nutzen wollte, um ihn auszuhorchen.

»Was ist denn nun mit Leon und dir? Bekommt ihr das irgendwann mal auf die Reihe oder was?«

»Wir sind nur Freunde«, behauptete Parker wie üblich.

»Schwachsinn!«, polterte Alexander. »Dich hats ganz schön erwischt. Warum schnappst du dir den Jungen nicht endlich?«

»Leon ist kein Junge mehr«, sagte Parker wohl zum hundertsten Mal. »Trotzdem bin ich zu alt für ihn.«

»Dann solltest du dich beeilen, alter Mann. Oder willst du warten, bis du keinen mehr hochbekommst?«

Parker zog es vor, das nicht zu kommentieren. Stattdessen packte er das nächste Argument aus: »Ich lebe hier. Er studiert in Fort Collins. Das ist ziemlich unpraktisch.«

»Ganz im Gegenteil!«, sagte Alexander. »Ihr könnt heißen Telefonsex haben, und sooft es geht, besucht ihr euch. Dann hat Leon genug Zeit, mit Gleichaltrigen abzuhängen oder was immer Jungs in dem Alter in ihrer Freizeit tun, und du hast genug Zeit, um dich an den Gedanken zu gewöhnen, dass du in einer festen Beziehung bist. Win-win!«

Seit wann hörte sich »feste Beziehung« in Parkers Ohren erstrebenswert an? »Leon will keine Beziehung mit mir. Er soll sich ruhig ausprobieren, das ist gut so«, argumentierte Parker weiter, und versuchte die Idee zu verdrängen, die da seit Neuestem in seinem Kopf herumspukte: Leon hatte erzählt, wie fasziniert er von Zoox war, einem Unternehmen, das Mobilität grundlegend verändern wollte. Sie entwickelten vollständig autonome Fahrzeuge, und Leon wollte sich auf jeden Fall dort bewerben, sobald er den Abschluss in der Tasche hatte.

Was Parker nicht nur deswegen gefiel, weil Leon offenbar inzwischen mehr Perspektiven für sich sah, als Automechaniker in Maple Meadows zu sein. Das Hauptquartier von Zoox befand sich zudem in Foster City. Nur 25 Minuten Autofahrt von San Francisco entfernt. Was, wenn Leon dort einen Job fand? Sie würden sich häufig sehen können, und vielleicht bekamen sie dann eine zweite Chance?

»Du redest Schwachsinn!«, schnaubte Alexander. »Wie viele Männer soll Leon denn ausprobieren, bis er sich sicher ist, dass du der Richtige bist, hm? Ist dir nie der Gedanke gekommen, er könnte dabei möglicherweise einen Kerl treffen, der ihm besser gefällt als du?«

Doch. Parker dachte jeden Tag daran.

Erbarmungslos fuhr Alexander fort: »Mach dir nur vor, es würde dich nicht stören, wenn er mit anderen Männern oder Frauen rummacht. Ich glaube dir kein Wort. Und was, wenn sich Leon ernsthaft verliebt? Wenn er jemand trifft, der ihm gegenüber nicht so zurückhaltend ist wie du, sondern jemand, der offen zu seinen Gefühlen steht? Was dann? Wirst du nicht bereuen, ihm deine Liebe nicht gestanden zu haben?«

Bei dem Gedanken drehte sich Parker der Magen um. »Dann soll es eben so sein«, behauptete er.

Aber der Truthahn schmeckte ab dem Moment dennoch, als wäre er aus Pappe.

Trotz Alexanders Bemühungen entschied Parker, Leon lieber nicht mit seinen unverändert starken Gefühlen für ihn auf die Nerven zu gehen. Leon ganz zu verlieren, würde er nicht ertragen. Außerdem war Leon, nachdem er sich einmal eingestanden hatte, Parker anziehend zu finden, alles andere als schüchtern gewesen. Wenn Leon etwas wollte, das über Freundschaft hinausging, würde er es sagen. Bestimmt.

Parker sollte recht behalten. Wenn Leon etwas wollte, dann sagte er es. Nur war es überhaupt nicht das, was Parker zu hören hoffte. Am zweiten Sonntag im Januar ließ Leon die Bombe platzen. »Es tut mir leid, aber ich möchte nicht mehr mit dir telefonieren. Ich brauche ein wenig Abstand. Vielleicht … in ein paar Wochen wieder. Ich melde mich.«

Und dann hatte er einfach aufgelegt.

Erst hatte Parker den dringenden Wunsch verspürt, sich im Bett zu verkriechen und sich die Decke über den Kopf zu ziehen. Stattdessen entschied er sich dann doch ganz erwachsen für ein Glas Whiskey.

Mit dem scharfen Brennen des Whiskeys kam die Wut. Zunächst auf Leon. Warum hatte dieser ihn einfach so abserviert? Hatte er einen festen Freund? Warum sagte er das dann nicht direkt? Nein, das ließ Parker nicht mit sich machen. Er hatte genug – und zwar nicht nur von der Situation, sondern auch von sich selbst. Zu lange hatte er sich bedauert und war um das Thema Liebe herumgeschlichen wie die Katze um den heißen Brei. Er wollte eine Erklärung, und er fand, er hätte sie verdient!

Leon schien das anders zu sehen. Jedenfalls nahm er Parkers Anrufe nicht an. Seine Nachrichten an ihn waren Stunden später weiterhin ungelesen.

Hatte der Mistkerl ihn etwa blockiert?

Na schön. Parker hatte sich die letzten Monate zurückgehalten, um Leon ja genug Freiraum zu lassen. Aber das hieß noch lange nicht, dass er sich einfach so aufs Abstellgleis schieben ließ. Wenn Leon ihn aus seinem Leben streichen wollte – dann sollte er es ihm gefälligst ins Gesicht sagen! Parker schnappte sich sein Handy.

»Matthew? Bitte buche mir den nächsten Flug nach Denver und einen Mietwagen, den ich direkt am Flughafen übernehmen kann. Nein, es geht nicht um das neue Resort in Colorado, also die Rechnung bitte an mich. Ich muss eine Kleinigkeit klären!«

Anschließend schickte er Alexander eine Nachricht, um ihn darüber zu informieren, dass er für zwei Tage nicht erreichbar sein würde, und schaltete sein Handy aus. Die unvermeidliche Standpauke, er solle sein

Privatleben endlich in den Griff bekommen, musste
warten, bis er zurück war.

Er flog am nächsten Morgen. Obwohl Matthew ein
Meister darin war, die besten Verbindungen heraus-
zusuchen, dauerte es acht Stunden, bis Parker Fort
Collins endlich erreichte. Acht Stunden, in denen sein
Ärger über Leon immer weiter angewachsen war.
Deswegen fehlte ihm die Muße, um sich mit einem
Studenten auseinanderzusetzen, der sichtlich stoned
war. Oder angetrunken. Oder beides.

Unglücklicherweise blockierte ebendieser Student
den Eingang zu der WG, in der Leon, soweit Parker
wusste, ein Zimmer gemietet hatte.

»Leeeeeon«, sagte der Kerl, wobei er ein wenig
schwankte. Leider nicht genug, damit Parker an ihm
vorbeischlüpfen konnte. »Jaaaaa, der wohnt hier …«

»Dürfte ich ihn bitte sprechen?« Parker versuchte,
höflich zu bleiben.

»Hmmmmm … weiß nicht. Leon is viel weg …«

»Was ist denn hier los?« Eine junge Frau, die glücklicherweise völlig nüchtern wirkte, tauchte im Flur
hinter dem schwankenden Kerl auf. Parker erklärte
erneut, er sei gekommen, um Leon zu treffen. Wobei
er klarstellte, dass er nicht gehen würde, bevor er nicht

herausgefunden hatte, ob Leon anwesend war oder nicht.

»Mensch, Hal«, sagte die Frau und zog den bekifften Kerl vom Eingang weg, »montags ist doch Meet and Greet im True Colors, da geht Leon seit Monaten hin, das könntest du dir echt mal merken!« Dann wandte sie sich wieder an Parker. »Das ist das Zentrum für queere Jugendliche und Studenten. Möchten Sie die Adresse haben?«

»Danke, nicht nötig, das finde ich schon«, entgegnete Parker gepresst und schickte sich an, zu gehen.

Meet and Greet für queere Studenten. Großartig! Leon würde es bestimmt nicht gefallen, wenn Parker dort auftauchte, aber das kümmerte ihn gerade herzlich wenig. Es hatte ihm ebenfalls nicht gefallen, so plötzlich ausgemustert zu werden. Dann würde er eben eine Szene machen, na und? Leon hätte ja nur offen und ehrlich mit ihm reden müssen, um das zu verhindern!

Das Navi des Mietwagens lotste Parker zu einem weißen, zweistöckigen Gebäude, das schon etwas in die Jahre gekommen war. Die großen blickdichten Bogenfenster im Erdgeschoss waren mit zahlreichen Regenbogenaufklebern verziert. Dazwischen klebten Plakate mit Veranstaltungshinweisen der LGBTQ-Community. In dem Raum dahinter fand vermutlich das Treffen statt.

Parker zögerte. Was tat er hier? Wollte er Leon das wirklich antun? Er sollte sich ein Hotelzimmer nehmen und ihm einen Brief schreiben.

Gerade wollte er wieder wegfahren, als ein kleiner Lieferwagen vor dem True Colors hielt. Ein schmächtiger Kerl mit einer viel zu dünnen Jacke stieg aus und mühte sich mit der Schiebetür des Transporters ab. Er hatte es noch nicht geschafft, sie zu öffnen, da kam jemand aus dem True Colors, schob den Kleinen sanft zur Seite, öffnete die Tür und begann damit, etliche Getränkekisten auszuladen.

Leon.

Der niedliche Typ starrte Leon an, als wäre dieser dabei, ihm die Sterne vom Himmel zu holen. Parker schluckte. Sah so aus, als käme er zu spät.

Aber er würde nicht einfach wieder fahren. Er brauchte diesen Abschluss, sonst würde er Leon niemals aus dem Kopf bekommen. Parker stieg aus, gerade als Leon die Tür des Lieferwagens mit einem Schwung schloss. Leon wandte sich um und stockte kurz, nachdem er seinen Besucher bemerkt hatte.

»Parker.«

»Leon.«

Sie starrten sich einen Moment lang an, dann wandte sich Leon an den kleinen Kerl, der an ihn herangerückt war und Parker mit großen Augen ansah. »Geh schon mal rein. Du frierst.«

»Soll ich nicht …«

»Alles in Ordnung. Ich komme gleich nach.«

Der Kleine verzog sich artig, und Parker fand seine Sprache wieder.

»Tut mir leid, ich wollte dich vor deinem Freund nicht in Verlegenheit bringen.«

»Das ist nicht mein Freund. Das ist Silas.«

Silas. Parker kramte in seiner Erinnerung, dann fiel es ihm ein. »Der junge Mann, der …«

»… den ich verprügelt habe. Genau.«

»Sieht nicht so aus, als hätte er die Hoffnung auf ein Date aufgegeben«, sagte Parker verdrossen.

»Du bist wütend auf mich.«

»Ja.« Was für einen Sinn hätte es, das abzustreiten? »Leon, wir wollten doch Freunde bleiben. Wenn du das nicht mehr willst … dann sag mir wenigstens, warum.«

»Es geht nicht mehr«, sagte Leon so leise, dass Parker ihn kaum verstand.

»Eine Erklärung ist das nicht«, entgegnete Parker und gab sich keine Mühe, seine Enttäuschung zu verbergen. »Wenn du einen Freund hast, der nicht will …«

»Ich habe keinen Freund!«, blaffte Leon ihn an. »Das interessiert mich gar nicht und ich hab sowieso keine Zeit dafür! Ich muss einiges im Studium nachholen. Mit den Sozialstunden, die ich hier ableisten musste, bin ich eigentlich durch, aber ich kann die Leute doch nicht hängen lassen. Geht auch ständig was kaputt in dem alten Kasten …«

Ja, Parker konnte sich lebhaft vorstellen, wie Silas und andere Besucher des Zentrums sich um Leon scharten und zusahen, wie er einen Wasserhahn reparierte oder was auch immer sonst ganz dringend instand gesetzt werden musste.

»… und dann der Job im Café …«

»Dauern dir unsere Telefonate zu lange?«, fragte Parker. »Warum sagst du das nicht einfach? Ich dachte … Aber wenn dir dann die Zeit zum Lernen fehlt …«

»… und natürlich das Antiaggressionstraining …«, fuhr Leon fort, ohne Parkers Einwurf zu beachten.

»Antiaggressionstraining?«, echote Parker verblüfft.

»Ja, Vince hielt das für eine gute Idee. Er bezahlt das«, erklärte Leon und machte eine wegwerfende Handbewegung. »Ist aber gar nicht so übel.«

»Vince?« Da hatte Parker gedacht, er hätte Leon bei jedem ihrer Gespräche etwas besser kennengelernt. Dabei wusste er gar nichts. Allerdings ergab nun auch noch etwas anderes einen Sinn. »Ich nehme an, der Freund, der dir einen Kredit für die Studiengebühren gegeben hat, ist ebenfalls Vince.«

Leon nickte. »Er wollte es mir schenken. Aber das geht nicht. Das mit dem Antiaggressionstraining war ein Deal, damit Vince Alexander bequatscht, dir freizugeben, das ist was anderes.«

Parker runzelte die Stirn. »Vince hat dich reingelegt.«

»Ich weiß.«

»Gut. Aber das ist doch alles kein Grund, nicht mehr mit mir sprechen zu wollen!«

»Nein«, sagte Leon, und Parker bemerkte, wie er die Hände zu Fäusten ballte.

Es sah nicht so aus, als würde er mehr bekommen. Natürlich könnte Parker nun darauf beharren, dass er es nicht verdient hatte, einfach so aus Leons Leben verbannt zu werden, ohne wenigstens den Grund dafür zu erfahren. Nach allem, was er für Leon getan hatte. Aber die Wahrheit war, Leon hatte mindestens genauso viel für ihn getan. Und nun wollte er ihn offenbar loswerden und nicht sagen, was dahinter steckte. Die Enttäuschung drückte Parker fast die Luft ab. Aber er würde es akzeptieren.

»Okay«, sagte Parker müde und schickte sich an, zu seinem Mietwagen zurückzugehen.

»Ich halte das nicht mehr aus!«, rief Leon ihm nach.

Parker hielt inne. Drehte sich wieder um.

»Ich rede so gern mit dir«, behauptete Leon. »Jeden Sonntag schlafe ich lächelnd ein, weil es so schön war, deine Stimme zu hören. Der Montag läuft meist ganz gut, aber spätestens am Dienstag fange ich an, mich zu fragen, ob du mir beim nächsten Gespräch erzählen wirst, dass es da jemand gibt, mit dem du dich triffst. Ab Sonntagmorgen bin ich dann ein Nervenbündel. Sie lassen mich nicht mal mehr ins Café rein. Ich bringe alles durcheinander, weil ich mich nur auf die Frage konzentrieren kann, ob es einen neuen Mann in deinem Leben gibt.«

»Es gibt niemand«, sagte Parker.

Leon ignorierte ihn.

»Aber das ist ja längst nicht alles. Weißt du, als wir uns in Maple Meadows getrennt haben, hatte ich einen Plan. Ich dachte, ich studiere ganz schnell, und dann suche ich mir einen Job in San Francisco oder wenigstens in der Nähe und eine Wohnung, und dann, wenn ich Glück habe, findest du mich nicht mehr zu jung und zu unreif, und dann haben wir vielleicht eine Chance, so ein lockeres Verhältnis zu haben wie du und dieser Xavier …«

Leon musste Luft holen. Parker auch.

»Das will ich nicht!« Sie sagten es beide gleichzeitig und mit derselben Ernsthaftigkeit.

»Ich will mehr«, präzisierte Leon seine Aussage, während Parker im selben Augenblick bekannte: »Das reicht mir nicht mehr.«

Wieder starrten sie einander an. Leon schwankte ein wenig, als könnte er sich nicht entscheiden, ob er weglaufen oder die zwei Schritte nach vorn machen sollte, die ihn von Parker trennten. »Du hast gesagt, du bist nicht der Typ für eine feste Beziehung«, erinnerte er ihn.

Parker überbrückte den Abstand zwischen ihnen. »Das dachte ich auch mal.«

»Ich aber schon!«, sagte Leon. »Ich will nicht nur jemand sein, den man trifft, wenn gerade nichts anderes ansteht. Ich will nicht mit irgendeinem Mann ins Bett gehen, nur um herauszufinden, wie es ist, mit einem Kerl zu schlafen. Es soll etwas bedeuten.«

Parker schluckte. Sie waren diesen letzten Schritt nicht gegangen, und sosehr Parker es in den vergangenen Wochen bedauert hatte, weil es nicht dazu gekommen war, dass er Leon tief in sich spüren konnte … Jetzt war er doch froh darüber. Wenn es passierte, dann weil es ihnen etwas bedeutete. Und sie beide darum wussten.

»Ich will …« Leons leidenschaftliche Rede verlor ein wenig an Fahrt. Er deutete auf die Eingangstür zum True Colors. »Ich will einen Mann, mit dem ich da reingehen kann, um ihn vorzustellen. Ich würde sagen, hey, das ist mein fester Freund, und er ist extra aus San Francisco hergekommen, um …« Immer leiser war Leon geworden, jetzt verstummte er ganz.

»Um dir zu sagen, wie sehr er dich liebt«, vollendete Parker den Satz. »Es tut mir leid, so lange gebraucht zu haben, um das zu verstehen. Ich habe nie zuvor so etwas gefühlt.«

»Du … liebst … *mich*? Ausgerechnet mich?«

Eben hatte Leon klar und deutlich seine Vorstellungen für die Zukunft und an einen Partner formuliert und Wert darauf gelegt, sich nicht mit weniger zufriedengeben zu wollen. Es tat Parker in der Seele weh, ihn nun wieder so unsicher zu sehen. Als wäre Leon es nicht wert, dass Parker ihm seine Liebe schenkte.

Denn Leon war es wert.

Leon war es wert, seine Vorstellungen von einer Beziehung zu überdenken, und Leon war es wert, um ihn zu kämpfen. Parker würde es nicht erneut vergessen.

»Ich muss dir etwas zeigen«, sagte Parker. Sein Herz hüpfte, denn Leon folgte ihm sofort zum Mietwagen. Er öffnete den Kofferraum und holte eine alte Kaffeedose aus seiner Reisetasche. Sie war mit längst vergilbten Bildern beklebt, die Parker vor vielen Jahren aus Zeitschriften ausgeschnitten hatte: Die Freiheitsstatue, das Weiße Haus, der Mount Rushmore, der Grand Canyon und viele Orte mehr, die er damals unbedingt hatte besuchen wollen.

»Mein Vater hat sich an Weihnachten mit mir getroffen, während ich bei Amanda und Brandon war. Er … hat mir mein Geld zurückgegeben!« Parker schüttelte die Dose. »Mit Zinsen!«

»Wirklich?«

»Ich habe ihm gesagt, er sei ein bisschen spät dran, ich hätte die Kohle nicht mehr nötig. Weißt du, was er geantwortet hat?«

Leon schüttelte den Kopf.

»Amanda habe ihm erzählt, mein Freund studiere noch. Ich solle es dem geben, der brauche es bestimmt.«

»Ich brauche es …«, begann Leon, aber dann kapierte er offenbar, was dahintersteckte. »Dein Dad hat akzeptiert, dass du einen Freund hast!«

Parker nickte. »Das habe ich nur dir zu verdanken. Ohne dich wäre es nie dazu gekommen. Ich glaube, als er ging und mich mit dieser alten Dose in der Hand zurückließ, habe ich endlich verstanden, wie sehr ich dich liebe. Du bist verdammt sexy, Leon. Und ich kann es nicht erwarten, mich dir ganz hinzugeben. Aber ist Liebe nicht mehr als das? Auch mehr als ein paar Schmetterlinge im Bauch? Ich bin zwar kein Experte, aber der Wunsch, immer für jemand da zu sein und das Vertrauen, sich gleichermaßen auf diese Person stützen zu können, ist das nicht die Definition von Liebe? Aber ich war zu töricht, um in Erwägung zu ziehen, du könntest ebenso starke Gefühle für mich haben.«

Leon schüttelte den Kopf. »Ging mir doch genauso. Auf der Fahrt von Tombstone nach Maple Meadows wollte ich dir sagen, dass ich mich verliebt habe … aber dann hast du erzählt, wie du dir eine Beziehung vorstellst, und ich dachte, ich muss mich erst ändern, bevor du dir vorstellen kannst, mit mir zusammen zu sein …«

»Niemals! Ändere dich nie für mich. Immer nur für dich, Leon. Ich werde den Mann, der du in ein paar Jahren sein wirst, ebenso sehr lieben, wie den Mann, der du heute bist.«

Ein Lächeln erhellte Leons Gesicht und seine Wangen färbten sich rosa. Es schien, als würde er ihm endlich glauben. Langsam rückte er ein wenig näher.

Parker konnte Leons Wärme spüren und merkte, wie sich die feinen Härchen auf seinem Arm aufstellten. Wie hatte er es nur all die Wochen ohne Leon ausgehalten? »Wollen wir reingehen?«, fragte er etwas atemlos. »Möchtest du vielleicht allen deinen Freund vorstellen?«

»Nicht so schnell«, sagte Leon und umfasste Parkers Kinn mit einer Hand. »Hast du nicht eine Kleinigkeit vergessen?« Sein warmer Atem vermischte sich mit Parkers. »Okay?«, hauchte Leon an seinem Mund. Irgendwo in Parkers sehnsüchtigem Wimmern verbarg sich ein »ja«, und dann eroberte Leon seinen Mund, mit einem wilden, besitzergreifenden Kuss. Einem Kuss, der keinen Zweifel daran ließ, wie leidenschaftlich Leon ihn begehrte – und der Parker dennoch die süßeste aller Antworten gab: *Ja, du bist mein. Und jeder darf es wissen.*

Epilog

San Francisco, eineinhalb Jahre später

Leise drückte Leon die Tür zu Parkers Wohnung auf … zu *ihrer* Wohnung. Wie üblich hüllte ihn der Duft nach Schokobrownies ein, sobald er den Flur betreten hatte. »Zu Hause«, flüsterte Leon, auch nach einem Jahr gleichermaßen ergriffen von dem Geruch und der Geste. Er hatte keine Ahnung, wie Alexander die Sache mit den Brownies herausgefunden hatte, da er sich sicher war, niemals darüber gesprochen zu haben, nicht einmal mit Tristan.

Natürlich gefiel sich Alexander viel zu sehr in der Rolle des geheimnisvollen Magiers, um zu verraten, woher er wusste, dass Leon Schokobrownies immer noch mit seiner Mutter – und einem liebevollen Zuhause – assoziierte. Aber das war auch nicht so wichtig wie die Tatsache, dass Parker nur für Leon gelernt hatte, sie zu backen. Er tat es jedes Mal, wenn Leon nach fünf langen Tagen Abwesenheit zurückkam. Damit sich die Wohnung für Leon nach seinem Heim anfühlte.

Als Leon mit dem Studium fertig gewesen war und leider keinen Job in der Nähe von San Francisco gefunden hatte, hatte Parker trotzdem eine neue Wohnung für sie suchen wollen. Eine, für die sie sich gemeinsam entscheiden und die sie zusammen einrichten sollten. Aber Leon fand das von Anfang an unsinnig. Parkers Wohnung war großartig, und es reichte ihm völlig, das ehemalige Gästezimmer nach seinem Geschmack umzugestalten. Dort hatte er nun seinen Arbeitsplatz zum Lernen und einen Rückzugsort.

Die Sache mit den Brownies gefiel Leon sowieso besser. Als Parker sie das erste Mal gebacken hatte, hatte Leon hemmungslos geheult, hatte all die Tränen vergossen, die seit der Beerdigung seiner Mom ungeweint in ihm geschlummert hatten, und Parker hatte ihn gehalten, war stark gewesen, damit Leon schwach sein konnte.

Er liebte diesen Mann so sehr und hoffte, Parker würde genauso glücklich über seine Neuigkeiten sein wie er selbst. Obwohl Parker ihm immer wieder bewies, wie gern er mit ihm zusammen sein wollte, blieb eine kleine Unsicherheit, ob Leon wirklich gut genug für ihn war.

Energisch drängte Leon diesen Gedanken beiseite und eilte in die Küche, wo Parker gerade dabei war, die Brownies auf einer Platte anzurichten. »Hmmm«, machte Leon, schlang von hinten die Arme um seinen Freund und vergrub seine Nase an seinem Hals. »Du riechst gut. Wenn du mal keine Lust zum Backen hast, kannst du dich auch einfach nackt ins Bett legen, und ich werde mich sofort zu Hause fühlen.«

Parker erschauderte in seinen Armen. »Und mir selbst den Spaß nehmen, von dir quälend langsam ausgezogen zu werden? Ich denke doch nicht daran!« Parker drehte sich in Leons Umarmung, und küsste ihn innig.

»Ich muss dir aber erst was sagen!«, meinten sie gleichzeitig, nachdem sich ihre Lippen voneinander gelöst hatten.

Leon erstarrte einen Augenblick, doch Parkers Miene wirkte nicht wie die eines Mannes, der schlechte Nachrichten brachte. Stattdessen schnappte sich Parker einen der Brownies. Dass die seltsame Deko darauf ein Ring war, begriff Leon allerdings erst, als Parker vor ihm auf die Knie ging.

»Leon, ich weiß, es ist nicht immer leicht mit mir, und ich weiß, eine Fernbeziehung ist nicht das, was du dir wünschst. Und dennoch bin ich mir sicher, wir werden auch diese Herausforderung meistern. Du bist die Liebe meines Lebens. Willst du mich heiraten, Leon?«

Wahrscheinlich sah er so baff aus, wie er sich fühlte.

»Ja!«, rief Leon. »Und Nein!«

»Äh, was?«

»Ich will dich heiraten. Und nein, wir müssen uns nicht mehr mit einer Fernbeziehung herumplagen – es hat endlich geklappt mit meiner Bewerbung bei Zoox. Ab nächsten Monat komme ich jeden Abend nach Hause.«

Sofort sprang Parker auf und zog Leon in eine stürmische Umarmung.

»Hey!«, sagte Leon gespielt streng. »Hast du nicht eine Kleinigkeit vergessen?«

»Einen Kuss?«

»Den Ring!«, grummelte Leon, aber da landeten Parkers Lippen auch schon auf seinem Mund, und Leon vergaß alles andere. Alles, außer seinem Mann zwischen zwei heißen Küssen zu versichern: »Ich liebe dich!«

Ende

Liebe Leserin, lieber Leser,

vielen Dank, dass Du erneut mit mir nach Maple Meadows gereist bist und Parker und Leon auf ihrem Weg zueinander begleitet hast. Ich hoffe, du hattest viel Spaß beim Lesen!

Jede Veröffentlichung ist für mich ein Abenteuer und ich bin sehr gespannt, wie Dir dieses Buch gefallen hat. Ich würde mich sehr freuen, wenn Du mir helfen würdest, noch mehr Menschen zu erreichen. Hinterlasse doch einfach eine Rezension auf Deiner Lieblingsplattform, Deine Meinung ist für mich als Autorin von unschätzbarem Wert.

Ein kleines **Geschenk** habe ich auch für Dich: Interessiert es Dich, wie es dazu kam, dass Parker Tombstone verlassen hat? Dann abonniere doch meinen Newsletter unter https://www.bolsani.de/#Newsletter. Dann erfährst Du nicht nur vor allen anderen von neuen Projekten, sondern erhältst als kleines Dankeschön die Vorgeschichte zu diesem Buch als kostenloses eBook zum Herunterladen.

An dieser Stelle noch einmal vielen Dank, dass Du mir Deine Zeit geschenkt und ein weiteres Buch von mir gekauft hast. Ohne Leseratten wie Dich wäre ich keine Autorin, sondern nur eine Frau mit tausend Geschichten im Kopf, von denen nie jemand erfahren würde!

Alles Liebe
  Eva Lucia

Eva Lucia Bolsani – eine Autorin, viele Geschichten

Es war einmal ...

… in einem gar nicht allzuweit entfernten Land voller grüner Hügel, brauner Kühe und einem strahlend blauen Himmel. Dort lebte eine Autorin namens Eva, die mit großer Freude heitere Liebesromane schrieb, welche die Herzen der Lesenden erwärmten.

Doch eines Tages fiel ein dunkler Schatten auf Evas heiteres Gemüt, und in ihren Träumen erschienen finstere Mafiosi. Sie flüsterten von düsteren, erotischen Geschichten, von einer Welt, die fernab von Liebesglück und heiterem Sonnenschein existierte.

Eva, getrieben von der Pflicht, auch diese Geschichten zu erzählen, stand vor einem Dilemma. Wie sollte sie die Welten des Lichts und der Dunkelheit unter ihrem Namen vereinen, ohne ihre Leserinnen und Leser zu verwirren? So erschuf sie schließlich Lucia, ihre dunkle Schwester. Fortan gab es zwei Bolsanis, die Hand in Hand, getrennt und doch vereint, ihre Geschichten in die Welt trugen.

Das könnte bereits das glückliche Ende dieses Märchens sein, doch das Schicksal hielt noch eine

303

weitere Wendung bereit. Bald kamen weitere Genres dazu, und als das Buch »Nur ein Tag« entstand, ein Werk, welches sich keiner der Schwestern allein zuschreiben ließ, erkannten sie, dass die Trennung in zwei Pseudonyme mehr Schatten als Licht gebracht hatte.

Doch wie es in den besten Märchen geschieht, so fand das, was einst getrennt war, wieder zueinander. Die beiden Autorinnen beschlossen, fortan unter einem gemeinsamen Namen zu schreiben: *Eva Lucia Bolsani*. Unter diesem Banner würden alle zukünftigen Werke die Herzen ihrer Leser erreichen.

Und wenn sie nicht gestorben ist, dann sitzt Eva Lucia noch heute in einem Land voller grüner Hügel, brauner Kühe unter einem strahlend blauen Himmel und schreibt an ihrem nächsten Buch …

Buchtipps

Eva Bolsani: Nur ein Tag

ISBN: 978-3757816100
ASIN: B0CM6QKCFT

Alles beginnt mit einer zufälligen Begegnung – und nur einen Tag später ist nichts mehr, wie es war.

Flynn liebt die Musik – fast ebenso sehr wie seinen Lebensgefährten Arne. Der unterstützt Flynn auf jede erdenkliche Weise dabei, seinen großen Traum zu verwirklichen und Pianist zu werden. Doch unter der Oberfläche brodelt es, denn Arne hat sehr genaue Vorstellungen davon, wie ihr gemeinsames Leben auszusehen hat, und setzt dies bisweilen mit unschönen Methoden durch.

Auch finanziell begegnen Arne und Flynn einander nicht auf Augenhöhe, und als sein Partner ihm einen völlig überteuerten Wellnesstag in einem Luxushotel schenkt, ist Flynn alles andere als begeistert. Doch auf dem Weg dorthin trifft er auf den Obdachlosen Pit und seinen Hund Seco. Obwohl sie auf den ersten Blick wenig gemeinsam haben, verbringen die beiden jungen Männer einen unvergesslichen Tag zusammen und Flynn beginnt, seine Beziehung zu Arne zu hinterfragen.

Doch was, wenn Arne von Flynns Abenteuer erfährt? Wird Flynn dann noch den Mut finden, seinen eigenen Weg zu gehen? Und werden Pit und Seco ihn dabei begleiten?

»Nur ein Tag« ist eine vorweihnachtliche Geschichte über Freundschaft, Selbstfindung und den Mut, loszulassen – voller Sehnsucht, Zärtlichkeit und Hoffnung.

Lucia Bolsani: Fatal Mistake

ISBN: 978-3744885782
ASIN: B0C4FR5BQC

Das Schicksal mischt die Karten, aber du spielst das Spiel.

Die Karten, die das Schicksal Nate zugeteilt hat, sind definitiv kein gutes Blatt. Aufgewachsen in einem Wohnwagen und dem Spott gleichaltriger Kinder ausgesetzt, verliert er als Jugendlicher auch noch den einzigen Menschen, der ihm etwas bedeutet hat: Seine Mutter. Daraufhin gerät Nate in die Fänge einer Frau, deren Einfluss er sich nicht mehr entziehen kann. Gefangen zwischen Luxusleben, illegalen Aktivitäten und dem brennenden Wunsch nach Rache setzt er schließlich alles auf eine Karte: Ein altes Foto könnte sein Ticket in die Freiheit sein, wenn er nur das Rätsel dahinter löst.

Jasper will in London einen Neuanfang wagen. Zunächst sieht auch alles nach einem gelungenen Start aus: Schon bevor er seinen Job antritt, lernt er einen Mann kennen, für den Jasper weit mehr als eine flüchtige Affäre zu sein scheint. Besser könnte es doch gar nicht laufen! Aber nach einer folgenschweren Begegnung am Arbeitsplatz muss Jasper nicht nur um seinen Job, sondern auch um seine Beziehung fürchten.

Doch schon verteilt das Schicksal die Karten neu und bringt Nate und Jasper zusammen. Werden die beiden Männer die Chance ergreifen, die das neue Blatt ihnen bietet, auch wenn sie dafür alles riskieren müssen, wofür sie bisher gelebt haben?

Eine Dark Gay Romance mit einem ungewöhnlichen Paar direkt aus London!